關於我轉生變成史萊姆這檔事 20

Regarding Reincarnated to Slime

Kadokawa Fantastic Novels

目錄 一 天地鳴動篇

菲德維
覺醒
關於我轉生變成史萊姆這檔事
20
Regarding Reincarnated to Slime
Story by Fuse, Illustration by Mitz Vah
伏瀨
插畫／みっつばー

舊猶拉瑟尼亞攻防戰

蜜莉姆・拿渥	VS	蟲魔王塞拉努斯
卡蕾拉	VS	蟲將之首塞斯
法比歐 耶斯普利 哥布達 蘭加	VS	蟲妃比利歐德
芙蕾	VS	蟲將托倫
戈畢爾 蘇菲亞	VS	蟲將彼特霍普
卡利翁	VS	蟲將阿巴特
米德雷	VS	蟲將薩里爾
歐貝拉	VS	蟲將提斯霍恩
蓋德	VS	蟲將姆吉卡

天魔大戰

戰場概略

英格拉西亞討伐戰

正幸【魯德拉】
維爾格琳
VS 菲德維　逃亡

坂口日向
VS 萊納　死亡

戴絲特蘿莎
VS 威格　逃亡

威諾姆
VS 阿里歐斯　死亡

終結

達瑪爾加尼亞頂點戰

利姆路・坦派斯特
克蘿耶・歐貝爾
迪亞布羅
蒼影
雷昂
VS
米迦勒　消滅

終結

魯貝利歐斯防衛戰

魯貝利歐斯／坦派斯特聯軍

魯米納斯・瓦倫泰
岡達
路易・瓦倫泰
紫苑
烏蒂瑪
阿德曼
蓋多拉

VS

縛鎖巨神團

達格里爾
芬
副團長古拉索德
副團長跋折羅

暴君
蜜莉姆・拿渥

序章

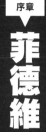

菲德維

Regarding Reincarnated to Slime

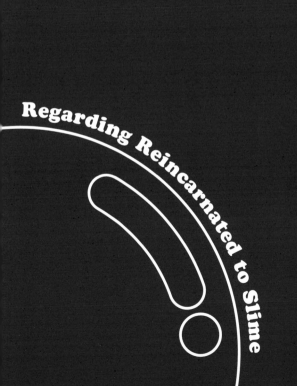

菲德維一敗給魯德拉，便立刻向他事前要求待命以備萬一的舞衣下令，返回安全據點「天星宮」。

菲德維甚至忘了把染血的神衣換下，扭曲著屈辱的表情大吼：

「魯德拉？簡直胡鬧！連維爾達納瓦大人都保護不了的東西，竟敢僭稱『勇者』！」

這是菲德維怒火中燒的真心話。

他早就知道魯德拉實力高強，不料竟強大到能擊敗如今已獲得「王宮城塞(Castle Guard)」的自己。

沒錯，菲德維原本以為此招無敵。「王宮城塞」遭到突破，完全超出他的意料之外。就算菲德維並非行事謹慎之人，這也足以構成他選擇撤退的理由。

所以這麼做並不可恥——菲德維心裡明白，但就是無法抑止內心湧起的怒火。

儘管令人氣惱，這並不代表自己吃下了決定性的敗仗。菲德維如此安撫自己，試著取回平常心。

具體而言，他選擇暫且忘記自己的敗北，將注意力轉向其他人的戰況。然而看到的結果——意想不到的事態卻令他錯愕不已。

『米迦勒大人，您收拾掉魔王利姆路了嗎？』

最令菲德維掛慮的，就是魔王利姆路這號人物。因此他頭一個就向米迦勒發出「思念」，卻沒有得到回應。

（……？現在是怎麼回事？）

米迦勒與菲德維共享權能並非空話，兩人是一心同體。即便雙方相距再遠，縱然存在於不同次元，意識的共享也絕無斷絕之時。

唯有其中一方陷入重大危機以至於連回話的餘力都沒有，才有可能發生這種狀況……然而不同於菲德維，米迦勒可是「並列存在」，照理來講無論陷入何種狀況應該都能復活才對。

因此，菲德維沒有任何必要驚慌失措。

沒有——理應如此，但毫無回應仍是異常狀況。

（停止流動的時間遭到解除，表示勝負應該早已分曉……）

照理來講，魔王利姆路應該連「停止世界」是什麼都不知道。換言之，當他以雷昂作為誘餌成功引出利姆路的那一刻，計謀可說已經大功告成。

那為什麼會……

不祥的預感讓菲德維感到忐忑不安。

隨後，那則訊息傳來了：

《——啊……寡人的願望實現了。菲德維，留下你逝去是寡人唯一的遺憾——》

這是米迦勒於即將消逝的前一刻，擠出最後力量傳給菲德維的「思念」。

他感受到米迦勒的力量宿於自身之中。

然而那當中已無米迦勒的個人意志。

這代表了米迦勒的「死亡」。

「怎麼可能……米迦勒大人可是『並列存在』啊。無論置身於何種狀況，只要我沒出事應該都能復活才對……」

菲德維慌張到甚至沒有多餘精神故作鎮定。

米迦勒是他第一個交到的朋友。

不同於札拉利歐或芬，米迦勒才是他能夠推心置腹的至交。

行事謹慎的菲德維千方百計確保事情絕對安全，都是為了以米迦勒的安全為優先。

但如今，他卻感覺不到米迦勒即將復活的徵兆。

不，其實究極技能（Ultimate Skill）「正義之王米迦勒」並未消失，也能感覺到神智核（Manas）已復活的氣息。

提問也能得到應答，但沒有自我。

只不過是個以完全形式駕馭「正義之王米迦勒」的權能罷了。

與菲德維那出於自由意志盼著維爾達納瓦復活的朋友——米迦勒是截然不同的存在。

菲德維只能接受事實，他的朋友（米迦勒）已經完全消滅了。

「為什麼……怎麼會變成這樣？」

疑問不禁脫口而出，但無人給予解答。

此種令人無法置信的狀況，讓菲德維茫然若失。

然後他想起米迦勒的遺言。

他說願望實現了是什麼意思？

儘管完全無法理解，最起碼這下知道米迦勒死前沒有受苦，明白到他的生命是有意義的，讓菲德維心情輕鬆了些。

而同時，他也心生嫉妒。

心想——你太奸詐了——竟然只顧自己心滿意足，丟下我獨自逝去。

…………………

…………

……

菲德維曾經是孤獨的。

身為「始源七天使」之長必須作為表率，一肩扛起所有責任。菲德維從未想過要找誰傾訴煩惱，一切決斷都交由他自行作主。

維爾達納瓦的離去，也讓他失去了逃離這份沉重負擔的方法。

為了不讓眾人感到不安，菲德維長久以來總是作為領袖身先士卒。

事事獨斷專行的菲德維，無可避免地變得與其他同伴格格不入。從未考慮過同伴們的心情也是菲德維之過。

點點滴滴累積起來形成不和，在菲德維不知情的狀況下漸漸讓齒輪錯位。這最終導致集團失去了向心力。

然而菲德維並未覺察到這項事實，不知該說是幸或不幸……

他與芬這個談天對象算是朋友，但沒信任到可以示弱。說到底，在無數的廣大世界當中沒有任何一人了解菲德維，能夠撫慰他的內心。

然後米迦勒出現了。

作為胸懷相同目的的同伴，作為心意相投的摯友，米迦勒充實了菲德維的內心。

他從未感受過這種至上喜悅。

不知不覺間對菲德維來說，米迦勒已經成為可與維爾達納瓦相提並論的重要存在。

然而，現實竟是如此殘酷。

千載難逢的交心好友，也留下菲德維從世上消失了。

我該怎麼辦——菲德維有生以來頭一次變得軟弱。

……………

……

……

「唷，頭子。別苦著一張臉，快講下一步該怎麼做吧。」

以時間來說不過是眨眼間的工夫，但菲德維的確是茫然自失了片刻。就在這時，大家公認從不顧慮他人心情的威格毫不在乎地向他開口。

另外還有一人——古城舞衣也在這裡，不過她只是照常保持沉默，徹底靜觀其變。

只有威格簡直像是對事情毫不關心。

菲德維大感不快，瞪著威格。

「住口。我與米迦勒大人的聯繫就在剛才中斷了。搞清楚，我現在沒那心情搭理你。」

他撂下這些話，想讓威格住口。

可是，威格不懂得察言觀色。

「什麼？擺那麼大的架子，結果米迦勒那傢伙竟然輸了？真丟臉啊。」

竟然還口出惡言。

這構成讓菲德維情緒失控的充分理由。

「我叫你住口！」

他如此怒吼，對威格爆發出狠酷而具攻擊性的霸氣。

「唔！這可真夠嗆……」

正可謂天地之別。

菲德維與威格之間，存在著無以填補的力量差距。

但即使理解這點，威格仍然喋喋不休。

「頭子你也拜託一下，我哪裡有錯？米迦勒是因為沒本事才會輸吧。這世上講的是弱肉強食，人都死了還哪來的正義！我有說錯嗎？」

這話像是在故意挑釁，卻是威格的真實心聲與行動準則。

就某種意味來說很公正，也能說是真理。

但是，問題是……

就算當真如他所說，菲德維也無法點頭稱是。

「你這種傢伙沒資格批評米迦勒大人！」

菲德維想動手讓威格住口，抹除他說過的話。

然而威格還是不肯住口。

「都是屁話！聽清楚，你在柯洛努那傢伙死掉時無動於衷，而且不也坐視我吞食奧露莉亞與阿里歐斯？那是因為你認為我的想法沒錯吧？我有說錯嗎？」

被他說對了。

菲德維即使聽到柯洛努的死訊，也不覺得悲傷。只覺得作戰失敗令他不快，忙著謀劃替代方案。

就連對老同僚都是這種態度了，只被他當棄子的奧露莉亞與阿里歐斯，當然更是無關緊要的存在。

當他得知威格吞食了二人時，心裡也只有極其冰冷的感想，覺得只要能強化威格的力量就不算浪費。

所以那時他沒責怪威格，甚至還覺得這樣倒好，可以收到強化戰力之效。

「嘖！真會強詞奪理……」

「嘿嘿，本大爺天生就是這樣呢。」

自己的內心被人識破，讓菲德維略顯動搖。為了不讓心思被看透，他加重對威格的威懾氣勢。

「你這種人懂什麼？我等胸懷崇高目的，為此不惜付出任何犧牲──」

威格抗拒菲德維的威懾，用吼叫打斷他說的話：

「少囉嗦，耍什麼小孩子脾氣啊！」

全身承受足以壓縮整個空間的猛烈壓迫感，照理來講絕不可能頑強抵抗。豈料威格卻怒不可遏，據理爭辯。

「真要說的話，這世間殘酷無情本來就是常識。」

威格在嚴苛的環境下長大。

因此，這句話極具說服力。

就連菲德維也不禁陷入沉默，放任威格繼續說下去。

「我以前的老大優樹，就曾經試著抵抗這種不合理。好吧，現在回想起來，也真佩服他能用那麼點渺小的力量奮鬥到那種地步。即使如此，我確實曾經信任過他。我是打定主意要乘虛而入暗算他沒錯，無奈優樹的個性讓人大意不得。結果你看，他還真的假裝被操縱對吧？」

「……那又怎樣？你這麼推崇的優樹，現在還不是不在人世了？」

「對，沒錯。即使是優樹也沒能辦到。我的意思就是面對無可彌補的力量差距，不管什麼理想或正義都是白搭。」

聽到優樹遭到操縱，威格的確對優樹產生了輕蔑。但他內心某處卻一直將優樹視作威脅。原本以為那是這輩子活到現在養成的習性，沒想到似乎是本能上感覺出優樹並未受人操縱。

他一方面慶幸自己沒對優樹放肆，聽說優樹後來死在傑西爾手裡，也讓他感嘆人世間的無常。

所以威格告訴菲德維：

「結論就是能讓人逍遙自在的世界，終究只是場幻夢。既然這樣，不就只能誠實面對自己了嗎？」

「誠實面對？」

「是啊。既然弱肉強食是不變的真理，站上它的頂點自然就是唯一正解啦。」

威格再次確定力量才是正義。

大道理說得再好聽，不能實現就沒有意義。

反過來說，只要能夠實現就可以不擇手段。

簡單一句話，不要輸就行了。管他是哪種悖德惡行，只要自己不被擊垮就會變成正義。

無論行事周旋如何卑鄙無恥，只要能活到最後就是贏家——這就是威格的處世哲學。

讓這樣的威格來看，落敗的米迦勒自然毫無價值。他不懂實力遠比自己高強的菲德維，為何要為了一個敗者心痛悲嘆。

「頭子，你很強悍。就連擊敗了優樹的傑西爾都不能與你相比。那個叫維爾薩澤的女人雖也是個怪物，但我認定憑你的本事能超越她。當然了，米迦勒那傢伙也比不上你。」

「……」

「所以嘍，現在開始你就是我們的老大。沒人敢有怨言啦。」

菲德維實力高強，所以這個結論合情合理。威格毫不猶豫地如此斷言。

「你這傢伙真是單純。」

「少誇我了，很難為情耶。」

我可沒在誇你——菲德維嘆了口氣。但同時也有所自覺，知道失去米迦勒的傷痛稍有減緩。說不定這就是威格安慰人的方式。菲德維無意間有了這個想法。

「力量，是吧。的確，就這點而論損失不大。」

儘管失去米迦勒，其力量終究還是回到了菲德維的手上。雖然多少有所流失，米迦勒擠出最後的力氣將這份力量託付給他。

這正是朋友關懷菲德維的鐵證。

既然如此，可不能辜負這份心意。

菲德維認為像威格那樣蓄意奪取同伴的力量並不恰當，不過若光看結果，自己的行為也並無不同。他原本就無意譴責威格，而在這一刻，菲德維甚至對威格產生了親近感。

「好，現在開始我將取代米迦勒大人為王。直到維爾達納瓦大人復活之前，我願誓死守護王座。」

既然已決意如此，再來只須付諸行動。

菲德維以往一直甘於服從米迦勒。為此他封印真正的肉體以低調行事，然而如今已無保留實力的必要性。

同時為了完善運用米迦勒留給他的力量，現在正是回歸藏在異界的本體、解放一切的時刻。

「好久沒有現出我的真身了。」

維爾達納瓦創造的第一個僕役菲德維，外貌像極了他的創造主。

相較於維爾達納瓦有著蘊藏群星光輝、宛如重現世界樣貌的漆黑長髮，菲德維則是彷彿代表燦爛光明的銀白長髮。

一雙鳳眼澄淨明亮，如幽藍星辰般耀眼。比起美麗漂亮等形容詞，稱其神聖不可侵犯更貼切吧。

而那雙瞳眸裡，蘊藏了決心堅定的鋼鐵意志。

以往虛偽造作的人偶般表情彷彿只是假象。

雖然雌雄莫辨的模樣一如往常，但那是因為太過美麗的緣故。

而與這種「美麗」相稱的存在感更是驚人。

米迦勒蒐羅到的權能，如今全歸菲德維所有。

神智核「米迦勒」管理的範圍包含「知識之王拉斐爾」、「誓約之王烏列爾」、「希望之王薩利爾」這三者以外的四種天使系究極技能，與它們相連的權能也經過情報化而依然有效。

此外，維爾薩澤與維爾格琳這一對「龍種」的因子也成了血肉的一部分。

就戰力角度來看，現在的菲德維可說是前所未有地充實。

「太猛了……真是個怪物啊……」

威格吞吞口水，喃喃自語。

這是他脫口而出的真心話。

只因菲德維散發的霸氣強大至此。

與以往的他已不可同日而語。

「威格，是你點醒了我。就跟你道聲謝吧。」

「嘿，這沒什麼啦。」

威格笑得像是有些害臊。但他旋即假裝沒事，變回平時目中無人的表情補充道：

「不過啊，可別忘了，本大爺隨時都在伺機找你下手。現在是因為絕對鬥不過才順從的，等你一示弱就把你吃了！」

這擺明只是在掩飾害羞，但也是威格的真心話。

菲德維心裡清楚，卻有些愉快地點了點頭。

「呵，我會期待的。」

帶著與以往判若兩人、令人發毛的氣質，菲德維露出微笑。

ROUGH SKETCH

第一章

首場決戰

Regarding Reincarnated to Slime

來到舊猶拉瑟尼亞，魔王利姆路的新都建設預定地。

有人在此地展開命懸一線的戰鬥。

耶斯普利正與蟻蛉比利歐德交手。

（坦白講，這麼認真戰鬥不合我的個性……）

戰況絕望到令她想如此吐苦水。

能讓魔法無效化的比利歐德，與耶斯普利的適性惡劣到不能更糟的地步。

姑且放手一試從極近距離發射的核擊魔法「熱收縮砲（Nuclear Cannon）」也理所當然似的遭到反射。

比利歐德能藉由在自己四周布下的稜鏡結界（Prism Barrier）反射所有魔法。而且它不只能剋魔法，對某種程度的放出系招式也管用。

比利歐德對於以魔法為武器的惡魔（Demon）族來說，是堪稱天敵的存在。

耶斯普利自知這樣下去連爭取時間都辦不到，對自己的無力懊悔莫及。就在這時，來了一個意想不到的救兵。

「我來幫妳。」

原來是法比歐把部隊的指揮工作丟給蘇菲亞，帶著這句話來給耶斯普利助陣了。他本來應該支援團長蘇菲亞才對，不過「飛獸騎士團」成員個個都是道地的武人，不須命令就能行動合宜，各個部隊也都紀律嚴明。指揮官或副官與其在後方待命，不如身先士卒更能提升全軍的士氣。

平常總是讓蘇菲亞專美於前，這次換法比歐搶第一了。

「我說啊，你看也知道這傢伙有多危險吧？」

「知道啦。但是啊，與其由妳來對付她，我來還比較好一點吧？」

他說得沒錯。

擅長魔法戰的耶斯普利打起這一場只覺得無從下手，而法比歐擅長的是肉搏戰。即使對上魔法不管用的對手，讓他來還比較可能找出活路。

「好吧，或許是這樣。那麼我也用這個來打吧。」

其實耶斯普利一開始就有此打算——她決定用魔法劍尋求勝機。

舉刀應戰的耶斯普利與經過半獸化發揮真本事的法比歐，就此與妖豔的比利歐德展開對峙。

二對一。即使如此，以戰力而論仍然是他們壓倒性居下風。

耶斯普利大步向前，將刀一揮到底。

施展的是讓人無法想像幾天前還只是個外行人的高手劍技。

耶斯普利的確只是興趣使然才開始練劍，但她天性就是愛鑽研。抽空反覆練習，重複操練阿格拉示範的招數。結果使她在這短期間內練出精湛技巧。

然而令人傷心的是，比利歐德比她更厲害。

「嘖！是假人啊。而且還精巧到真假難辨的程度……」

沒錯，才一覺得確實砍中的瞬間，比利歐德就像散播光粒般消失了。

耶斯普利當下以為是殘像，不過隨即明白並非如此。這是因為下一個瞬間，比利歐德已分裂出多個形體。

每個都與本尊真偽難辨，就連耶斯普利的「超感覺」也無法看穿。

耶斯普利心想，這下是打不贏了。

她本來想儘量幫上卡蕾拉一點忙，但恐怕最多只能爭取一點時間。

雖然有法比歐參戰助陣，也只是杯水車薪。

（好吧，坦白講，只能說有總比沒有好？）

這已經超出雙人聯手對抗就有辦法取勝的層次。比利歐德的實力就是如此強大超群。

然後果不其然，耶斯普利與法比歐遭受來自四面八方的攻擊洗禮。根本無暇揪出本尊，他們只能在傾盆大雨般的攻擊當中試著自保。

耶斯普利是個勢利鬼，絕不做白費力氣的事。她抱持玩電動重新啟動的心態，放棄了這場打鬥。

不過，她不能死。

（即便死了也能復活，但那等於是不遵守利姆路大人的命令。卡蕾拉大人絕對會暴怒，我可能也會生自己的氣呢。）

所以，耶斯普利不能死。

可是她也不被允許脫離戰線，簡而言之就是卡關了。

陷入這種二律背反的思維，導致耶斯普利的身手變得遲鈍。比利歐德可不會錯過這個破綻，她的毒牙瞄準了獵物——

「發什麼呆啊！」

法比歐將耶斯普利踢飛。

緊接著，比利歐德撒出的含毒鱗粉飄落在耶斯普利前一刻站立的位置。鱗粉散發美麗夢幻的光輝，卻是連惡魔都照殺不誤的猛毒。其毒性足以腐蝕肉體並破壞正常精神，暗藏了縱然是伯爵級惡魔大公（惡魔貴族）耶斯普利也承受不住的狂猛威力。

「很痛耶──啊，謝啦。」

「不會。」

法比歐輕鬆回應耶斯普利真心的道謝，直接回去對付比利歐德。他一再施展感覺毫無效果的爪擊，打散無數的分身。

既然無法分辨真偽，打半天都是白費工夫。可是，法比歐卻過分正直地不肯死心。

「我說你啊，明明就比我還弱，為什麼不肯放棄？」

耶斯普利忍不住詢問。

就算聽到答案其實也沒意義，所以她並不期待得到解惑。但法比歐膽大包天地笑著明講：

「真沒禮貌的傢伙耶。好吧，原諒妳。因為活著就是贏了。蓋德先生也說過，活下來打贏下一場仗就沒問題了。」

所以現在，他必須挖掘導向下一場勝仗的線索。法比歐說他就是為此在奮鬥。

「哎，畢竟我沒啥本事嘛。即使很不爽，也只能老老實實地幹自己能做的事嘍。」

聽到法比歐意外認真的回答，耶斯普利也滿足了。她隨即表示贊同。

「我也挺不服輸的，但你也真是讓我服了。就承認你有兩下子吧，『黑豹牙』法比歐。」

「謝謝稱讚嘍，耶斯普利小姐。」

「跟我講話可以不用這麼拘謹沒關係啦。」

「我以前犯過這種錯，所以還是算了。啊，看來沒時間悠哉聊天了。」

不同於耶斯普利，法比歐態度認真。就算無法取勝也不會臨陣脫逃，繼續對比利歐德展開猛攻。他化身為漆黑之風，出爪撕裂多個分身，無奈一切盡是徒勞無功。

然而就在此時，比利歐德也許是不耐煩了，首次出手反擊。

鱗粉化作旋風，宛如鑽頭一般迫近法比歐面前。縱然只是顆粒微小的鱗粉，群聚起來也是凶器。法比歐只要被打個正著，整個人必定會變成肉泥。

法比歐自己最清楚這個狀況。

實力差距顯而易見，他來對抗比利歐德原本不啻於自殺行為。但他與耶斯普利都擁有相同認知：自己現在不奮鬥，卡蕾拉就輸定了。

（既然這樣，就算再亂來也只能幹了。只要能像這樣盡可能引開對手的注意，賠上我這條命算便宜了。）

法比歐擁有身為三獸士的驕傲。

他其實也想逃走，然而那麼做不但會失去卡利翁對自己的信賴，也等於背叛了相信他的部下們。絕不允許自己這麼做的一份信念驅策著法比歐。

他的戰鬥風格，擅長以高速機動力玩弄敵人的同時用銳利爪擊解決對手。防禦力並不高，但專精閃避能力，因此不構成多大問題。

儘管始終身處只要稍微分心就會喪命的極端危險玩命狀態，這次就是藉由這種速度勉強保住一命。

見識到法比歐的能耐，耶斯普利對他刮目相看。

（哦——記得好像是紅丸大人的部下哥布亞？這傢伙整天滿口都在跟她曬恩愛，本來還覺得是個怪人，想不到該認真的時候還是會認真呢。不同於死後也能復活的惡魔族，明明是個死掉了就完蛋的脆弱人類……）

看在耶斯普利眼裡，就連在高階魔人當中屬於特強個體的法比歐，也不過是無異於脆弱人類的存在罷了。

耶斯普利是追隨惡魔王之一——卡蕾拉的大惡魔，堪稱菁英中的菁英。死亡於她並非結束，可以像電玩接關那樣復活，這使得她欠缺危機意識。儘管視受到的傷害而定，有時會需要睡上數百年的時間，但對於活在永恆時光之中的惡魔族來說，那不過是一眨眼的工夫罷了。

正因為如此，耶斯普利覺得努力活在有限歲月裡的那些人很耀眼。

相比之下，自己又是如何？

遇到什麼困難都有主人卡蕾拉想辦法，麻煩事也都能推給同僚阿格拉。

直至今日，耶斯普利從未有過拚命投入一件事的經驗。

（難道說，我比法比歐先生還要沒用？）

才怪！

絕對沒有這種事，耶斯普利內心深處的某人大叫。

這個某人，恐怕是耶斯普利幾乎快要遺忘的、不肯服輸的真實心意。

最好的證據就是，原本準備放棄的耶斯普利再次堅強地站了起來。

不是出自死亡會構成違反命令之類的消極理由。

她的眼眸中，蘊藏著求勝的明確意志。

只不過——

「我就明講了，不可能打倒她對吧？所以說，法比歐先生，我們就盡全力騷擾那傢伙一頓吧！」

耶斯普利是個勢利眼的現實主義者，不會有勇無謀地作白日夢以為或許能取勝。

她極端冷靜地構築戰術上的勝利條件。

「呵，妳有什麼奇招嗎？」

法比歐笑著詢問。

因為他發現耶斯普利給人的感覺不同了，實際感受到戰勝機率從零往上升了一點。

「硬碰硬是打不贏的吧？所以呢，雖然這有點偏祕技，你願意跟我締結惡魔契約嗎？」

耶斯普利說道。

鱗粉每時每刻都在擦傷法比歐的身體，全身上下不斷增加細小傷痕。毒素擴及全身只是時間問題，這無異於宣告法比歐即將命喪此地。

即使在這種狀況下，法比歐仍然笑得出來。

「又是契約啊……說歸說，其實也由不得我遲疑了。那就幹吧。言歸正傳，妳說的這個惡魔契約是什麼玩意兒？」

法比歐從前曾經與福特曼等人締結契約遭到欺騙，留下一段慘痛回憶。但法比歐還是回應了這次的要求，可見他已經做好最壞的打算。

耶斯普利爽快地回答：

「就是很常見的那一套啦。類似『許下願望吧。作為實現願望的報酬，我將索取你的靈魂』這樣。惡魔用來讓人類墮落的老把戲嘍。」

惡魔或大或小都是以人類靈魂為糧食，因此很擅長訂立這類契約。為了能夠應付任何願望，對魔法也就變得無所不通。

不過，這也只適用於自古至今歷經過大風大浪的老一輩，誕生不久的惡魔不算數就是了。

而不用說也知道，這對耶斯普利而言不過是易如反掌的雕蟲小技罷了。

「明白了。我相信耶斯普利小姐，就答應和妳締結這什麼契約吧。」

法比歐右臂被磨成碎肉，卻哼都沒哼一聲就答應下來。

耶斯普利聞言，滿意地咧嘴一笑。

「很好，你要是稍有遲疑就來不及了。」

沒錯，其實耶斯普利不等法比歐的回覆，早已開始做準備。

「那麼，願望內容當然是——」

「獲得力量突破這一關！」

耶斯普利重重點頭，發動了惡魔契約以實現法比歐的願望。

作為代價，通往法比歐「靈魂」的通道即刻開啟，准許耶斯普利入侵。

耶斯普利僅猶疑了一瞬間，隨即斬斷迷惘，褪去肉體。她就這樣化為與生俱來的精神生命體形態，入侵法比歐的「靈魂」內部。

這也是惡魔族具備的固有技，稱為「附體」。惡魔有時會用這招侵占立契人的肉體，這次的使用目的也與那有些類似。

『我本來是真的很不想用上這招。好不容易向利姆路大人恭領了美妙的肉體，卻不得不扔在這種戰場上。』

『怎麼搞的？現在究竟什麼狀——』

『冷靜。雖然現在情況正危急，但我已經用「超速思考」將時間延長到一百萬倍以上了。』

聽見耶斯普利冷靜的聲音，法比歐這才有了多餘精神掌握狀況。經她這麼一說，世界看起來的確像是時間停止般陷入靜默。

『……原來如此，這就是站在頂點的強者們看見的世界啊？』

『我還嫩得很呢。像卡蕾拉大人好像能延長到一億倍左右，就連需要費時數年的儀式魔法都能在一瞬間發動呢。』

『哈哈，那可真厲害……』

與其說厲害，不如說身處的次元差太多了。

到了那種層次，已經是法比歐理解不及的世界。

無視於法比歐的驚愕傻眼，耶斯普利開始解釋：

『與其說有時間，應該說既然還有餘力就聽我說吧。我現在褪去自己的肉體，變回原本的精神體存在停留在你身上。這麼做本來是要占據宿主的身體奪取其力量，但那需要照順序來，況且坦白講，就算那樣做了也變不了多強。』

法比歐擅長物理戰鬥，尤其是近身戰鬥。受過米德雷的鍛鍊，使得他的技量（Level）獲得了大幅提升。

相較之下，耶斯普利才剛出於興趣練劍沒多久。是因為比利歐德屬於魔法特化型才會在一開始發揮點用處，但立刻就被接招化解，敗北已經近在眼前。也是因為如此，她才會將主導權移交給法比歐。

只不過，這並不代表她準備袖手旁觀。

『我之所以依附在你身上，是為了集中戰力喔。』

『什麼意思？』

『你只要繼續專心躲攻擊就好。假如照剛才那種狀態，你大概十分鐘——不，五分鐘以內就會死在她手裡，但如今統合了我的力量——』

耶斯普利運用惡魔契約停留在法比歐的體內。不只如此，她還將自己的力量全部託付給他。

『——妳是說我只要使用這份「力量」，就能打倒她？』

法比歐的直覺在呢喃，說天底下沒這種好事。

而他的直覺是對的。

『這個對手沒那麼好解決啦。而且她似乎擁有比我更廣闊的「視野」。』

比利歐德也具備能讀懂一切情報的「複眼」。正因為她能清楚辨識魔素的流動，才有辦法反射掉任何魔法。

自從她第一招就把卡蕾拉的「終末崩縮消滅波（Abyss Annihilation）」丟回來，狀況已經再清楚不過。這項事實證明了比利歐德對魔法的運用比耶斯普利更高明。

當然了，思考加速能力想必也在耶斯普利之上。

『那要怎麼辦？』

『全力掙扎讓自己活下來嘍。當然不只是你，我也會幫忙。』

法比歐掌握主導權進行近身戰鬥時，耶斯普利本身打算從旁展開魔法戰。她也知道這不會管用，目的只是要減緩對法比歐的攻勢。

『原來如此，所以要用這種方法盡可能提高生存機率？』

『就是這樣嘍。因為這次的戰術性勝利，就是存活到有可能打倒她的救兵到來。如果還能引開那傢伙的注意，不讓她去妨礙卡蕾拉大人就更沒話說了。』

法比歐也點點頭，贊成她的意見。

『換句話說，就是爭取時間吧？』

『也只能這樣啦。沒辦法，雙方之間實力差距太明顯。不過啊，你放心。根據我的計算，最少應該能撐二十分鐘。』

『哈哈，真是幫我壯膽了……』

聽了一點都不讓人放心，法比歐忍不住笑出來。

不過，這下他豁出去了。

儘管很不樂意自己承認，法比歐實力不足是事實。現在他覺得弱者也有弱者的戰鬥方式，決定全力以赴打一場漂亮的仗。

就這樣，戰鬥正式進入第二回合。

＊

法比歐與耶斯普利現在已融為一體，存在值也得到合併因此有所增加。但是仍然不到一百萬，根本無法與比利歐德比較。

即使如此，法比歐的身手確實比剛才靈活許多，變得勉強能夠與對手分庭抗禮。

原因之一是有耶斯普利代受傷害，使得法比歐不需再介意肉體的受傷。

而且，他也沒把體力的消耗放在心上。

法比歐已下定決心不再胡思亂想，果斷放棄長期戰，變更為火力全開的戰鬥形式。

一旦這麼做，當然會縮短身體活動的時限。不過這種戰法依然能夠成立，是因為耶斯普利在替他補充魔力。

法比歐的「獸人化」分成三階段。

第一階段──普通魔人形態。

這是能力最均衡的姿態，負擔輕微。

第二階段──豹頭魔人形態。

這是專為戰鬥而生的姿態，十項全能。

而第三階段，就是完全獸化形態。

此種形態能夠做出不規則的動作，單論速度足以傲視群雄。只是這種狀態下鍛鍊出的大半武藝都會無法運用，可以說並不適合用來與人交手。

法比歐此刻，變成了最強悍的豹頭魔人形態。

此種形態耗能效率差，使出全力還會傷及自己的肉體。法比歐直到剛才都時時不忘控制力道，只在關鍵時刻解放力量，出手一直有所顧慮。

即使受到傷害，由於獸人族(Lycanthrope)具備高度再生能力，所以還勉強撐得住。但是維持這項能力也需要消耗體力或魔力，從這方面而論並不適合打長期戰。

但是如今，法比歐能夠徹底拋開諸般煩惱，專心戰鬥。失去的那隻手也已再生完畢，恢復到能夠發揮十全力量的狀態。

全都是拜耶斯普利所賜。

是她將法比歐的「靈魂」納入自己的精神體中，保護它的安全。耶斯普利保有的獨有技「見識者」權能讓這得以實現。它為保有者與其熟識者之間維持超越時間與空間的聯繫，與惡魔契約並用之下可讓「靈魂」的掌握更加完備。

儘管結果導致耶斯普利承受大量傷害，這姑且可以不理。她發揮惡魔的看家本領，用上所有抗性盡力撐住。

不過話又說回來，痛還是很痛。

『說真的，我討厭蟲系對手。像是對精神的直接攻擊，就算有痛覺無效也沒意義。』

蟲魔族（Insektor）之所以對惡魔族占有優勢，就是這種大小要素累積而成的結果。兩者適性惡劣到極點，實力相當的高手對打起來永遠是蟲魔族獲勝。

也因為這類負面條件造成影響，耶斯普利受到的傷害轉眼間愈積愈多。

即使如此，法比歐依然生龍活虎。勝利建立在耶斯普利的犧牲上，維持在不分軒輊的狀態。

況且，最起碼還有一個好消息。

『我就知道。你堅持得比想像得久，現在我知道原因了。』

『嗯？』

『沒什麼，你聽聽就算了。』

耶斯普利如此低喃，做進一步說明：

『我猜得沒錯，那傢伙即使是魔法特化型，還是被卡蕾拉大人的魔法打傷了。我就覺得把那種特大規模的魔法彈開，不可能完全不負風險嘛。』

卡蕾拉的「終末崩縮消滅波」具有一旦使用不當，連行星都將毀滅的威力。對手剛才是正面擋下這招，耶斯普利認為造成一些異狀才叫正常。

她想證明這點，無奈實力不足，是附身於法比歐後徹底活用「見識者」才終於對此有所確信。

『那麼，假如我們針對脆弱的部分下手——有辦法贏嗎？』

『沒可能。她只是因為有點虛弱所以攻勢沒有很猛，但防禦力還是很高。不過啊，反過來想，這也算是正中我們的下懷。』

聽到耶斯普利如此回答，法比歐沉默片刻。然後沉重地嘆了口氣。

『也就是說，還是只能徹底閃躲直到援軍到來嗎……』

儘管結論讓他深感遺憾又不合心意，如果這是唯一選擇也無可奈何。

法比歐死了心，將注意力放在比利歐德的一舉一動上，完成自己的職責。

…………

…………

……

然後，過了大約四十分鐘。

『……我們已經夠努力了吧？』

『我沒力氣說話。不行了，真的要掛了。』

儘管渾身傷痕累累，法比歐還活著。保護他的「靈魂」代為受傷害的耶斯普利，也還勉強保有意識。畢竟原本認為能撐二十分鐘就算不錯了，成果令耶斯普利相當滿意。

只不過，這是他們使出渾身解數才有的結果。

相較之下比利歐德還活蹦亂跳的。比起剛開打時身手甚至變得更靈活，這也就表示卡蕾拉對她造成的傷害已經治好了。

以戰略而論大獲全勝，但以戰術而論可說是輸了。

不過，這樣就行。因為法比歐與耶斯普利，都完成了自己的職責。

『嘖！我才剛千辛萬苦交到女友就這樣，真是不甘心到家了。』

『什麼什麼？所以你才會超乎預料地撐這麼久？不過好吧，你能超越我的預料是很值得稱讚，就幫你給女朋友帶個話當作獎勵吧。』

既然已經站不起來，再來就只能等死。兩人對此都看開了，開始一搭一唱地閒扯淡。

法比歐好不容易才跟哥布亞開始交往，其實很想沉浸在與她的回憶中，無奈耶斯普利一直煩他。

『妳是惡魔嗎！』

『是啊，我就是惡魔，怎樣？』

『還真的是咧。連酸都酸不動，真讓人傷心。』

『別這樣誇我嘛，聽了怪不好意思的。』

『我哪句話誇妳了？』

『喔，好吧。好啦，其實想也知道。』

兩人歷經這場高密度的戰鬥，已經變成能毫不拘泥地談心的關係。

他們就這樣一邊排解對死亡的恐懼與落敗的屈辱，一邊苦等那一刻的到來。

然而，意想不到的是——

比利歐德面不改色，伸出手掌心。被卡蕾拉施法打傷的魔法發動器官已經修復完成，現在她能夠更有效率地運用魔力了。

要收拾倒地無法動彈的法比歐，只需一瞬間的工夫。

比利歐德想都沒想到法比歐他們延長了這一瞬間正在互開玩笑，只等著聽法比歐演唱死前慘叫。她對這個難纏的對手沒有半點敬意，一心只想追求本能渴望的快感。

——從比利歐德指尖射出的濃密壓縮魔力光線沒射穿法比歐，在地上打出窟窿。

只因一隻人鬼族（滾刀哥布林）從法比歐的影子一躍而出，順勢抓住法比歐的腳把他扔了出去。

然後——

「嘿！我這樣登場，時機是不是抓得剛剛好啊？」

笨笨的話音在戰場上響起。

發話者是誰不言自明，當然是哥布達。

為了突破這個危急狀況，他前來馳援，充滿自信地登場了。

來者不只哥布達一人。

穿起緋色軍服非常好看的紅髮美女哥布亞，接住了飛來的法比歐。

她將法比歐穩穩接在胸前，退向後方保護他不被比利歐德攻擊。

真走運——法比歐暗自心想，但這就藏在心裡吧。

不只如此，最後登場的蘭加也挺身保護哥布達，威嚇試圖展開追擊的比利歐德。他毫不遲疑地順勢使出「終末魔狼演舞（Apocalypse Howling）」，成功拖延了比利歐德的動作。

就這樣，法比歐與寄宿其身的耶斯普利雙雙死裡逃生。

耶斯普利回到自己褪下的肉體，驀地坐起來說：

「哇，真不愧是哥布達大哥！就知道你一定會來救我們！」

耶斯普利兩眼晶亮，其實她是哥布達的粉絲。

「咦？我也這麼覺得耶，聽了真害羞。」

「身為四天王，請大哥帥氣又有魄力地給我們做做榜樣！」

耶斯普利給哥布達戴高帽。

不是講反話激他，完全是真心話。

「那等到這場仗打完，我們去約會——」

哥布達聽了立刻得寸進尺，只可惜——

「啊，那種的就不用了！」

耶斯普利對哥布達並沒有男女之情，這點可不能有誤會。

拋下頓時垂頭喪氣的哥布達，耶斯普利也脫離戰線。

就這樣，法比歐與耶斯普利的精采表現讓戰線避免崩潰。

接著換人上場，戰鬥進入第三回合。

●

從大戰拉開序幕以來經過幾小時，戰場上出現了幾個不可入侵的領域。這些是超越者之間的戰鬥場域，實力不夠格之人光是靠近就會粉身碎骨。

在戰場的上空，蜜莉姆四天王之一的芙蕾與蟲將托倫單挑，戰況已經慘烈到任何人都無法靠近。

為了不被雙雄超越音速的空戰波及，「天翔眾」以及「蜜莉姆親衛軍」都只能遠遠旁觀。
托倫麾下的飛空蟲群也一樣，行伍大亂地往四面散開。
就這樣，天空戰場乍看之下只能交由雙雄一決死戰分出勝負，但這麼想就大錯特錯了。因為從俯瞰角度來看，只有其中一方的戰力在持續減少。
「嘰嘻嘻嘻！妳很弱。除了逃跑，什麼都不會！」
剛開始，芙蕾還有展開攻勢。不過自從擅長的爪擊被躲掉之後，就徹底打起防禦戰。
不，她還是有施展過幾次攻擊，但對托倫來說都沒發揮什麼效用，簡直不構成威脅。假如她的真本事就這點程度，可以斷定這個敵人除了速度以外毫無看頭。
托倫當然不會這樣就輕敵，所以戰鬥才會拖得這麼久……即使如此，他已經開始覺得是時候做個了結了。
所以他才會有那種發言，然而芙蕾嗤之以鼻。
「哎呀，看起來是那樣嗎？那我得感謝你才行。」
「什麼？」
托倫歪頭不解其意。將對手逼入絕境的應該是自己才對，可是芙蕾的表情卻浮現明確的充裕笑意。
「幸好你是個笨蛋。」
「妳說什麼？」
「你認為在戰鬥中，最關鍵的要素是什麼？」
「速度。」
「好吧，這樣說也對。不過——」

的確，芙蕾也贊成速度是最關鍵的要素。但是同時，還有一項更不能忘記的要素。

這個要素並非取決於體能，而是看個人智慧。

換言之，就是戰鬥方式。

假如是兩個水準相當的高手拚鬥，有沒有思考戰鬥方式，將會大幅左右勝敗趨勢。

以這次的情形而論，當前戰況就證明了這一點。

芙蕾打從第一招被躲掉開始，就料到戰鬥會打很久。既然如此，她認為重點將在於如何只消耗敵人的體力而不讓自己疲勞，於是演出了一場追求最佳效率的戰鬥方式。

這不只限於自己，部下們也都採用此種戰術。

換言之，芙蕾一直讓自己與托倫的戰鬥波及到敵軍勢力，將戰況掌控得對自軍有利。

芙蕾特別值得一提的長才，在於有頭腦，能夠利用托倫的力量成功地逼得敵方潰不成軍。

這就是芙蕾。

狡猾的天空女王（Sky Queen）露出了本性。

遭到芙蕾取笑，托倫才終於發現苗頭不對。

「什……！妳從一開始，就是這個打算……」

「不曉得，你猜呢？」

「狂妄的傢伙……但是，妳只要傷不了我分毫，贏的、就是、我！」

氣急敗壞的托倫加快速度，逼近芙蕾。

然而，這芙蕾也早就料到了。

托倫變幻自如的空中殺法極其難纏，達到魔王種等級甚至無法目視的水準，但芙蕾另當別論。這種招式她只須看個幾次就能識破套路，還從托倫的初速進行推算，預測其攻擊位置。

有些強者行動時能夠完全無視物理法則，因此不能有刻板觀念，但她已經確認過托倫的每一分行動都受限於基軸世界的法則。

正因為如此，她告訴對方：

「有刻板觀念是很危險的。我很膽小，所以會花很多時間做確認。」

芙蕾如此說完時，托倫已經到達一如她所料的位置。

接著托倫感到一陣痛楚，發現自己的胸膛外骨骼已被爪子刺穿。

托倫引以為豪、帶有金屬光澤的外骨骼，沒有以生體異鋼（Alionium）構成的拳頭來得堅硬。既然如此，要刺穿它用生體魔鋼就綽綽有餘了……結果形成眼前的現實。

「——啥？」

托倫驚慌失措，但已無法挽救了。

他拚死抵抗，然而沒有一項權能發動。被芙蕾的爪子擒住的當下，勝負已經分曉。

而托倫遭到貫穿的胸膛，藏有對蟲型魔人（蟲魔族）而言極其重要的「魔核」。芙蕾的爪子握緊它……

「那麼，永別了。」

托倫的「魔核」被一把捏碎。

這導致托倫的「死亡」。

露琪亞與克萊亞慰勞芙蕾。

「芙蕾大人，您辛苦了。」

「芙蕾大人，真是漂亮的勝利。這下就能正式進行掃蕩作戰了呢。」

芙蕾優雅地點頭回應：

「嗯，麻煩妳們。真是把我累壞了，可是這場戰事還有得打呢。恐怕也沒時間讓我休息。」

芙蕾一面說道，一面環顧戰場。

視線遠遠望去，可以看到她的同伴正陷入苦戰。

●

芙蕾自始至終占盡優勢，但不是每個人都像她這樣。

儘管實力差距沒有法比歐他們嚴重，作為援軍前來馳援的戈畢爾，也在受到敵人玩弄於股掌之間的同時，頑強抵抗。

戈畢爾可是一點都不弱小。

而且還獲得了全新力量，經過成長後名列強者之一。

問題是對手實在太過強大。蟲將彼特霍普這號強敵對戈畢爾來說負擔過於沉重。

相較於戈畢爾的存在值為一百二十六萬，彼特霍普則是超過一百七十萬。儘管存在值的差距不一定等於決定性的戰力差距，彼特霍普的體能等戰鬥能力有很大一部分與存在值直接相關。他不具有一些虛有其表的權能，相對地屬於專精近戰的蟲型魔人。

與萬能型的戈畢爾，論適性也是差到極點。

假若戈畢爾是獨自應戰，老早就吃下敗仗了。之所以能避免如此，是因為有同伴與他並肩戰鬥。

「戈畢爾先生，你還行嗎？」

「還、還行。我沒這麼快就倒下！請蘇菲亞小姐儘管放心！」

戈畢爾與蘇菲亞曾經並肩對抗進犯猶拉瑟尼亞的米德雷，這次也聯手與彼特霍普展開對峙。

蘇菲亞同時也肩負「飛獸騎士團」團長的職務，但她全丟給部下們去做了。這次由於法比歐搶先放棄指揮職務害她花了點工夫找人接替，不過蘇菲亞本來就不適合當指揮官，每次都是振奮團員的士氣之後就功成身退了。

比起指揮將士，為了發揮她個人的戰力，不如儘量多打倒幾個敵將，這樣就結果來說更有幫助。

由於本人也對此有所自覺，這次又是毫不猶豫地投身戰場。然而塞拉努斯的大軍也不簡單，二對一照理來講應該能占上風，兩人卻反倒陷入苦戰。

「很好，很好！戰鬥就是要這樣才對嘛。」

彼特霍普興奮地放聲大笑。

他陶醉於自己的力量。用壓倒性的力量打倒弱者太好玩了，戰鬥對彼特霍普來說，就像是保證能贏的一場遊戲。

就這點來說，這次與他交手的戈畢爾與蘇菲亞，兩人加在一起恰到好處。

如果一次來一個必定不夠過癮，況且以少勝多的場面也讓彼特霍普更加亢奮。

所以，其實本來可以更快決勝負，他卻像這樣慢慢享受戰鬥的樂趣。

這種邪念很容易被對方察覺。

戈畢爾與蘇菲亞一面拚命尋找勝機，一面喟嘆自己實力不足。

「我也遭遇過各路強敵，但你在他們當中似乎最強大。」

「哦，是嗎？很高興聽你這麼說，但我可是不會放水的！」

彼特霍普的語氣聽起來是真的很高興。

恰好相反地，戈畢爾與蘇菲亞怏怏不樂地叫道：

「哼！簡直可笑！戰鬥至今從未拿出真本事，還有臉這麼說。」

「嗯，就是說啊。身為武人就該有武人的尊嚴，別以凌虐敵手為樂！」

彼特霍普並不覺得自己有放水，但的確希望快樂的時光能再久一點。戈畢爾與蘇菲亞就是看透了這點而感到忿忿不平。

不過也多虧於此他們才能活到現在，這令他們火氣更大。這種被敵人的自高自大幫了一把的狀況簡直是羞辱人。

戈畢爾一面感到憤慨交集，一面喝下回復藥。

同樣地，蘇菲亞也闊氣地把昂貴的完全回復藥（Full Potion）一飲而盡。

然而兩人身上的無數傷口，卻連一點癒合的徵兆都沒有。原因很簡單，因為他們的存在值超出了回復藥的療效。

蘇菲亞也受到卡利翁的覺醒影響而得到進化，如今存在值已經強化到將近五十萬。雖不到戈畢爾那種水準，但與高階魔人或聖騎士級的人類等等仍有明顯區隔，即使是一般人能完全痊癒的藥，對他們來說效果還是太弱。

完全回復藥的原理，是藉由魔素讓細胞活性化來彌補缺少的部分，就連身體殘缺都能再長回來。然而像戈畢爾他們這樣細胞內部魔素密度特高的魔人，喝一、兩瓶回復藥是不夠補回細胞的。所以兩人在這場戰鬥中，已經用掉了一百瓶回復藥。若是一點小傷，光是灑在身上就有療效，因此兩人早已渾身浸滿藥水。

「幸好口味做過改良。我短期之內都不想再喝回復藥。」

「同感。一開始還覺得草莓口味挺好喝的，但老娘早就喝到快撐死了。」

蘇菲亞比戈畢爾更需要回復藥，看來是喝到煩了。

然而兩人還能平安無事，已經算幸運了。

這一切都是拜米德雷的特訓所賜。

兩人這幾個月來一直拿米德雷當對手，學習近戰技巧。若不是有練到運用自如的「氣鬥法」護壁，肯定連回復藥都來不及用就喪命了。

但是這種幸運隨著彼得霍普的氛圍產生轉變，也即將宣告結束。

「等一下，托倫死了嗎？」

彼得霍普之所以放任戈畢爾他們閒扯淡，是因為他發現一名同伴被芙蕾擊敗了。

陷入膠著狀態的戰場，任何一角淪陷都會引發危機。彼得霍普深知這個道理，認為狀況已不容許他繼續找樂子。

「沒辦法呢。本來是想慢慢料理你們的，這下得放大絕了。」

彼得霍普放話說道。

其實打到現在也都不是玩票性質，只不過是戈畢爾他們比想像中更頑強善戰罷了。但此種力量均衡也是以彼得霍普有考慮到體能分配為前提才得以成立。

如同卡利翁的戰法也是如此，彼得霍普不願在這裡使出全力，打鬥時總是保留餘力。不過現在同伴的落敗，促使他決定進入不考慮後果的殲滅模式。

「殺了你們。」

留下這句低語，彼得霍普消失了。

他活用腳力，運用足以與「瞬動法」比擬的瞬發力一口氣逼近兩人。然後順勢給了蘇菲亞一腳。

蘇菲亞當然不是用肉眼盯住彼得霍普，而是藉由「魔力感知」掌握其動作。她早已擺脫以往只靠自身能力戰鬥的風格，把技量認真鍛鍊過一遍。

然而，無奈的是──

彼得霍普的身手過於快速。

這也是理所當然，因為彼得霍普甚至不顧自身受到傷害，使出了如假包換的全力攻擊。

「呃啊！」

蘇菲亞勉強用雙臂護住身軀，結果卻悽慘無比。交叉的雙臂骨骼被擊碎，腹部挨了記強烈的踢擊。

「蘇菲亞小姐──唔！」

戈畢爾只看了一眼維持踢腿姿勢停住不動的彼得霍普，大聲叫道。

他做好防備，眼光迅速掃向蘇菲亞。

蘇菲亞勉強保住一命。

（唔……才不過一擊，竟然就把蘇菲亞小姐傷成這樣……）

這麼一下，導致蘇菲亞確定必須脫離戰線。

戈畢爾覺得她沒死反而算是僥倖。

但光是有這種念頭，都已經太天真了。

戈畢爾是習武之人，沒興趣去無謂地折磨已經擊倒的對手。更何況勝負都已揭曉還刻意給對手致命一擊，更是有違戈畢爾的美學。

他當然也明白這裡是戰場，有些人會將殺死敵人視作正義。但他認為沒有人在面對強敵時還會多花精神追擊敗者。

換言之，既然彼得霍普也是善戰的戰士，戈畢爾竟以為他不會做出對自己露出破綻的行為。

但是很遺憾，現實是殘酷的。

彼得霍普轉身背對戈畢爾，那隻始終沒放下的腳往蘇菲亞踩了下去。

「嗯呼！」

只聽見一陣低沉的悶聲，蘇菲亞口吐鮮血。

彼得霍普的腳踩碎了蘇菲亞的心臟。再這樣下去她必死無疑——在變得漫長的思考當中，戈畢爾正確認清事實。

（怎麼會——竟然寧可冒著被我攻擊的風險，也要先給她致命一擊……不對，想必是因為這人自認能撐過我的攻擊。）

認清的事實內容無疑是奇恥大辱，但恐怕只能接受。憑戈畢爾與彼得霍普的力量差距，變成那種結果的機率確實很大。

戈畢爾開始想辦法。

內心瀕臨崩潰，思考卻極其冷靜。

是該繼續將一切賭在得到的攻擊機會上盡力求勝，抑或是——

（根本無須遲疑。利姆路大人必定也會讚賞我做出的抉擇！）

他瞬間下定決心。

這個作戰計畫就連究竟能否成功，都是場賭注。不過戈畢爾沒有遲疑，相信自己的力量。

「我不會讓蘇菲亞小姐死的！」

他一面吼叫，一面把堪稱戰友的寶貴水渦槍(Vortex Spear)往彼得霍普擲射而去。然後，就在彼德霍普躲掉它的那一刻奔向蘇菲亞。

接著，戈畢爾解放了自身的權能。

這項權能的影響力究竟能否擴及他人，就連戈畢爾也不確定。但現在除了抓住這一線希望，沒有其他手段能拯救蘇菲亞。

「命運啊，倒轉吧！聽見我的心願，引發奇蹟吧！」

戈畢爾衷心祈禱。

他忘卻雜念，堅信蘇菲亞必能復活，而且自己的權能有辦法助她復活。

結果——

究極贈與(Ultimate Gift)「心理之王(Mood Maker)」一天僅能發動一次的「命運改變」，改寫注定造訪的悲劇——

彼得霍普眼神略帶詫異，望著戈畢爾在戰鬥中暴露出毫無防備的姿態。但他隨即判斷對手既然長槍已經離手，就是放棄了勝負。

「蠢貨。」

彼得霍普嘲笑他。

「看我把你和你的好夥伴一起收拾掉。」

彼得霍普即使對手已喪失戰意，也不會手下留情。他向來堅持的信念，就是同情會使人疏於警惕。

只不過，低階蟲魔族都不具有感情，像彼得霍普能理解所謂的慈愛之情就已經證明了他是優秀的個體，但對敵對者來說連一點安慰效果都沒有。

就這樣，戰場颳起一陣風。

彼得霍普再次解放力量，施展飛翔旋穿踢擊（Spindle Kick）招呼戈畢爾。

覆蓋腳刀的生體異鋼散發暗沉光輝，戈畢爾似乎已命在旦夕。

然而，那種未來不會來臨。

因為命運已被改寫，蘇菲亞完全復活了。

「戈畢爾先生，很危險耶！」

蘇菲亞一復活，就順從本能敲響的警鐘採取迴避行動。戈畢爾被捲入其中，當場跟著翻了個身。

彼得霍普的踢擊把地面炸出一個大坑，但戈畢爾與蘇菲亞平安脫離危機。

「呼，得救了。」

「這是我要說的啦。還以為死定了，幸好戈畢爾先生救了我一命。」

「唔嗯。其實是孤注一擲，能成功真是萬幸！」

可能是脫離危機鬆了口氣的關係，兩人互相幽默了一下。

但彼得霍普還好端端的，真正的戰鬥接著才要開始。

「……？我明明把妳殺了，妳怎麼像沒事似的？」

「我很喜歡當解說員，但偏不告訴你！」

「哼，那就算了。下次出手就確實要你們的命。」

彼得霍普中斷對話，試著再度往全身灌注力量。不過戈畢爾笑著打斷他：

「你辦不到。我已經發現了，你那種力量無法連續使用對吧？否則何必陪我們廢話？」

戈畢爾充滿自信地對他說。

彼得霍普的速度快過阿畢特，拳腳威力沉重得可與蓋德匹敵。豈止如此，從急遽加速到急停的不規則動作，更是精妙到連阿畢特也無法效仿。

想看穿他的身手難如登天，彷彿幾乎無從閃躲。正因為如此，戈畢爾反而覺得有蹊蹺。

（就連厲害如阿畢特小姐，都說過加速容易急停難。日向小姐能夠以魔法扭曲慣性法則做出違反常理的動作，但這人似乎並未施展魔法。那麼能想到的可能性就是——）

不是藉由特殊權能支配物理法則，就是靠蠻力。

戈畢爾將這兩種可能記在心裡持續觀察，發現彼得霍普每次攻擊後都會讓肉體進行「超速再生」。

換言之，彼得霍普是靠蠻力強行發揮超越極限的戰鬥能力。

既然如此，對策只有一個。

繼續這樣勉強出招，彼得霍普遲早會自尋毀滅。戈畢爾只須專心防禦，等著那一刻到來即可。

話雖如此，畢竟是實力在自己之上的強者超越極限施展的招式。稍有不慎就會一擊致命，等於是不斷走在險象環生的鋼索上。

彼得霍普犧牲自己突破極限進行的攻擊，非但速度是阿畢特的數倍，威力大到一旦命中要害就會讓戈畢爾一命嗚呼。倘若打中手腳的話注定殘廢，光是擦到都會受重傷。

戈畢爾判斷長時間化解這些攻擊有困難，所以才會試著讓彼得霍普自行修正目前的戰術。

就算不使出突破極限的攻擊，彼得霍普的實力仍然在他之上。戈畢爾期待的是如果把戲被看穿，對手也許會回頭使用原本的戰法。

「……」

沉默令人尷尬。

最後，彼得霍普的放聲大笑打破了沉默。

「哇哈哈哈！很好，很好！真的，你明明沒多大本事卻讓我玩不膩啊。」

笑著說完後，彼得霍普散發的氛圍再一次出現變化。

「我承認你有兩下子。既然這樣，就陪你認真較勁吧！」

他賭輸了。

「什麼！」

戈畢爾心中大呼不妙。

耍帥的大話都說出口了，事到如今已是騎虎難下。

戈畢爾的背後還有蘇菲亞在，逃跑這個選項不值一提。

事已至此，只能將命運託付給上天，全力撐過難關了。

（至少，要是水渦槍還在我手上……）

那把長槍是蜥蜴人（Lizard Man）族的祕寶，方才丟出去之後就一直沒收回。他很想去撿回來，但不認為彼得霍普會放任他這麼做。

戈畢爾做好了必死決心。

就在他繃緊全副神經的那一瞬間——

「戈畢爾大人，東西掉嘍！」

隨著助郎的聲音傳來，水渦槍重回戈畢爾的手裡。

「這玩意兒也是與我們共同戰鬥至今的夥伴吧？別再放手了。」

助郎帥氣地說。

「誠然。」

角新也點頭說道。

「就是說啊！戈畢爾大人只要有了它就天下無敵，請戈畢爾大人出手，趕快收拾掉那種貨色吧！」

彌七還是老樣子，盡做些強人所難的要求。

連手裡緊握的水渦槍，都像是在點頭回應般陣陣抖動。

「你們……」

戈畢爾的雙眼湧出熱淚——

（嗯？怪了？這槍怎麼會像是有心跳般顫動個不停——）

他即將發現一件重大事實，偏偏……

「戈畢爾大人，我們相信你。」

「誠然！」

「戈畢爾大人，你會表現給我們看吧？」

三人寄予的期待好沉重。

與其說是加油打氣，根本是想逼死人……

特別是彌七最可怕。

總是毫無自覺又天真無邪地，把戈畢爾步步逼進死路。

戈畢爾不再有那心情去想長槍的事，他一如往常地挺起胸膛逞強。

但就在這時，發生了異於往常的狀況。

連蘇菲亞也替他加油打氣。

而且，她說——

「是啊，老娘也同意。戈畢爾先生，這幾個傢伙說得對。就連老娘來看，都覺得你帥到跟卡利翁大人有得比。」

對戈畢爾來說，完全是一顆震撼彈。

咦，妳說我很帥？

蘇菲亞的聲音在戈畢爾的腦海裡迴盪。

已經無法思考其他任何事情。

就連眼前的威脅性強敵彼得霍普，也照樣從戈畢爾的腦袋裡消失不見。

不是，這不能怪他吧？

誰教戈畢爾活到現在，從來沒有過桃花運？

其實有些女生會偷偷對他拋媚眼，無奈戈畢爾這人太輕浮，根本不可能察覺到女生的細微心理，苦無機會營造浪漫氣氛。所以才會持續更新單身資歷到今天。

這時蘇菲亞卻拋來一句：「你好帥。」

在戈畢爾的人生當中，這個瞬間正是至關重要的決定性時刻。

（一定得說出口！錯過這次機會，我恐怕得單身一輩子了——）

戈畢爾鼓起勇氣。

都說人在面臨生死關頭時繁衍後代的本能會受到刺激，此時的戈畢爾恐怕就陷入這種狀態。

「啊，那個……該怎麼說才好？我、我也覺得蘇菲亞小姐，那個……妳、妳很漂亮……諸如……此類的……」

在這個完全搞錯場合的戰場上，選在這種應該絕望悲嘆的時間點，他竟然開口對蘇菲亞告白了。勇氣瞬間用光，聲音變得愈來愈小，只能請大家多包涵。沒能把告白的話好好說完，也可以說挺符合戈畢爾的本色。

但是，令人驚訝的是……

戈畢爾這種軟弱的感情，竟然傳達進蘇菲亞的心裡了。

「咦！真、真的假的啊……你說我可愛？」

戈畢爾是誇她漂亮，並沒有說她可愛。

其實蘇菲亞在這種極限狀態下也慌了。最好的證據，就是自稱也從「老娘」變成「我」。

就某種意味來說，兩人還真是天生一對。

「呃，就是這樣！」

戈畢爾，這時候沒挑語病算你聰明。

萬一糾正了蘇菲亞，命運大概又會有所不同吧。但戈畢爾選到正確答案，讓幸運女神向他回頭了。

「真、真拿你沒辦法，戈畢爾先生。現在不太方便，等打倒那傢伙結束這場戰爭後，我就親你一下作為獎勵吧！」

興奮過度的蘇菲亞不知道自己在說什麼。她被現場氣氛沖昏頭，講出震撼性發言，自己卻沒發現。

可是，戈畢爾就不同了。

他把蘇菲亞說的話深深銘記在心。

（咦？親我？不是把「踢」聽成「親」，是說要給我一個香吻的那種親我嗎！）

這可是前所未聞的一樁大事。

戈畢爾心想這下不得了，腦袋六神無主地全速運轉。

彌七、角新與助郎這三人組跟戈畢爾瞎起鬨：

「戈畢爾大人好有女人緣喔！」

「帥喔！這可嚇到我了。即使早就知道大人是關鍵時刻能拿出魄力的男人，但是在戰場上告白也太豪氣了！」

「正是！這才是男子漢應有的生存方式！」

「「「啊，來喲，戈、畢、爾！啊，來喲，戈、畢、爾！啊來喲～！」」」

平常那首戈畢爾音頭一開始唱起來，就沒完沒了了。

戈畢爾放棄思考，身體擅自開始手舞足蹈。

因為這種事重複太多次，身體都養成直覺反應了。

而且害得他沉浸在幸福美滿的妄想中。

（唔呼呼！我也終於交到女朋友了。呵，當大情聖可不簡單！）

雖然未免也太猴急，反正是戈畢爾自己在妄想，所以沒有任何人發現。

彼得霍普對這樣的戈畢爾忍無可忍。

起初還怕有詐而觀察了一段時間，但現身的三人沒有半點要助陣的跡象。

這樣倒也正中彼得霍普的下懷。因為他一直在硬逼自己將戰鬥能力提升到超出本身實力，因此實際上並不從容。

傷勢用「超速再生」固然能立刻治好，問題是能量消耗得太激烈。所以他並不想硬撐，打算恢復體力再一口氣收拾對手。

之所以縱容戈畢爾等人演這場鬧劇，原因就在這裡。

而現在，他的體力已經充飽。

彼得霍普判斷不需要再客氣，於是重新對戈畢爾展開猛攻。不如說是打算把他一擊收拾掉。

（竟然敢把我晾在一旁，廢話連篇不懂什麼意思。很好，那我就讓你知道自己的分寸！）

彼得霍普如此心想，氣急敗壞地對戈畢爾使出一招奪命的飛翔旋穿踢擊。

但沒想到——

這時發生了令人吃驚的狀況。

「滾開，別來攪局！現在這個瞬間，正是我這輩子當中最重大的場面啊！」

戈畢爾大聲叫道，用長槍猛力毆打彼得霍普。只不過這麼一揮，竟然打得彼得霍普丟人現眼地飛了出去。

簡直令人無法置信。彼得霍普驚愕地睜大所有複眼叫道：

「你做了什麼！」

可是，戈畢爾充耳不聞。

「蘇、蘇菲亞小姐，妳說的親一個就是那個對吧？」

蘇菲亞被他一問，才知道自己說出了什麼話。

她覺得快羞死人了，但事到如今也不能反悔。

「是、是啦。就是那個啦，那個。」

她如此說道，告訴自己這沒什麼大不了的。

戈畢爾不停點頭。

「明白了！我發誓會傾注全力贏得勝利！」

戈畢爾發憤圖強。

絕望的心情早已一掃而空。

不是能不能贏，是要贏。他帶著這股氣魄瞪著彼得霍普。

「小嘍囉，少狗眼看人低。」

戈畢爾的這種態度，刺激了彼得霍普。

他心想：擺明了不是我的對手，還敢這麼囂張。但是同時也沒忘記方才發生的神祕現象。他覺得那應該只是巧合，然而不怕一萬只怕萬一而有所戒備。

（當真只是巧合嗎？我好幾次出手，都打定主意要他們的命。我可沒有放水，也曾經覺得確實到手了。那為什麼這兩個傢伙還沒死？）

彼得霍普的本能，已經看出這絕非巧合。

他判斷兩人比想像得更危險，擺好架式不敢大意。相較之下，戈畢爾則是因可能交到女朋友而心浮氣躁。

心態完全不同。

這讓人同情彼得霍普，但人世間本來就充滿不合理。

「我來也！」

戈畢爾正色吆喝。

彼得霍普一言不發地準備接招。

然後，下個瞬間——

雙雄再次交鋒。

彼得霍普下手毫無保留，甚至灌注超越全力的力量，讓全身螺旋式旋轉進行超速飛翔。渾身力量逐漸匯聚於雙拳前端突出的生體異鋼毒針——這正是彼得霍普的必殺奧義——飛翔旋穿針擊（Spindle Needle Spear）。

相比之下，戈畢爾則是忠於基礎舉好水渦槍。他不慌不鬧，細細觀察彼得霍普的一舉一動，再施展出必殺一擊。

兩個巨大漩渦波濤洶湧，在戰場上爆發衝突。

結果，倒下的是彼得霍普。

「渦槍水流擊（Vortex Crash）！」

戈畢爾的必殺技貫穿了彼得霍普。

「超猛！」

「戈畢爾大人好帥！」

「唔嗯，這招漂亮！」

三人組當然會驚聲讚嘆。

只因戈畢爾的攻勢簡直無人能敵，彷彿剛才的苦戰都是假的。

彼得霍普並沒有大意或輕敵，結果卻是如此。

祕密出在水渦槍。

戈畢爾滿腦子只想著向蘇菲亞告白所以沒察覺，其實在這危急狀況下，水渦槍已進化為神話級(Gods)武器。它當然也已經承認戈畢爾這個主人。

結果使得戈畢爾的存在值總和高過彼得霍普。既然論技量幾乎不分軒輊，自然由戈畢爾奪得勝利。

「「「戈、畢、爾！啊，來喲，戈、畢、爾！啊來喲！」」」

戈畢爾接受三人組的聲援，跟著勝利音頭跳舞。

蘇菲亞也笑盈盈地旁觀，但無意間想起剛剛說好的約定，霎時滿臉通紅。

戈畢爾注意到蘇菲亞的反應也跟著臉紅，兩人你看我我看你，當場僵住。

「看來我們變成電燈泡了。」

「正是。」

「戈畢爾大人，加油！」

留下這些話，三人組匆匆離去。

被他們拋下使戈畢爾與蘇菲亞很尷尬，但沒想到這兩人這麼來電……

加上戰場的吊橋效應起了推波助瀾之效，沒過多久兩人便誠實面對自己的內心。

就這樣，戈畢爾的春天終於到來。

*

話說蟲將托倫之死形成契機，戰場的情況有了一百八十度轉變，但發生變化的可不只是戈畢爾他們這邊。

卡利翁、米德雷與歐貝拉這三人也對戰場上雙方勢力的失衡提高戒備，持續觀察情形。他們做出決斷，將在這個關鍵時刻一決勝負。

第一個行動的是卡利翁。

「哼，芙蕾打贏了啊。好吧，雖然贏是當然的，本大爺也不能輸給她。」

他膽大包天地笑道，目光緊瞪阿巴特。

手腳特多的阿巴特不只善於近戰，魔法戰鬥也難不倒他。

伸縮自如的細瘦手臂覆蓋了一層生體異鋼外骨骼，能夠比長槍更銳利地刺穿敵人。豈止如此，空出的手還能夠以結印的方式跳過咒文詠唱步驟施展魔法。

藉由這種結合了魔法與獨特體術的戰鬥方式，乍看之下似乎是卡利翁陷入苦境。

然而，現實情況並非如此。

卡利翁是在等待機會下手。

如何才能把必殺技獸王閃光吼（Burst Roar）保留不用，消耗最小的力量打倒對手？卡利翁一邊考慮這點，一邊試探阿巴特的弱點。

戰鬥開始沒多久，卡利翁就知道自己占了上風。話雖如此，他也並未因此就從容不迫。

阿巴特是貨真價實的實力派，卡利翁若是大意輕敵也有落敗之虞。再加上他有種預感，覺得急於求勝而不必要地受傷似乎會引來危險，因此想儘量避免。

其實他想對了。原來阿巴特是特殊個體，當體力即將耗盡時會陷入暴走狀態，使得攻擊力與回復力暴增三倍。屆時卡利翁必然陷入苦戰，最糟的情況下甚至得吃敗仗。

但他藉由野生直覺看出這點，因而有驚無險地維持住戰線。而且也看穿了阿巴特的戰鬥習慣。

卡利翁摸透了對手再度使用魔法所需的時間，以及手臂長槍伸到最長之後縮回所需的時間，然後等著阿巴特同時用上這兩種招式。最後，那一刻終於到來。

芙蕾打倒蟲將托倫形成契機，讓阿巴特著急了。

「我就在等這個。獸魔粒子咆（Beast Roar）！」

卡利翁的招式貫穿了阿巴特的胴體。魔粒子散發的閃光隨即擴大效果範圍，把阿巴特完全吞沒。

米德雷極其冷靜地俯瞰戰場。

他沒將站在眼前的蟲將薩里爾放在眼裡。

米德雷能夠完美控制自己的肉體，運用力量總是有所保留。他甚至曾經把力量調整到與交戰的對手相同水準，更為純粹地享受戰鬥行為。如果光論這點，可以說與迪亞布羅是同類。

正因為米德雷是這種個性，所以這次對付薩里爾又犯了老毛病。

「唔嗯，唔嗯。出招不夠深入。你似乎對自己的毒很有自信，但對我沒用。倚賴毒尾巴的攻擊風格既然不管用，那麼，你現在還能怎麼辦？」

閃躲薩里爾攻擊的同時還不忘挑釁。

「該死！竟敢如此囂張！」

被米德雷玩弄於股掌間，薩里爾勃然大怒。

然而，儘管怒氣提升了攻擊的威力，打不中就沒意義。薩里爾的身手一旦變得單調，就落入米德雷的陷阱了。

想給這傢伙致命一擊很簡單。米德雷之所以遲遲沒下手，是因為他察覺到有種詭譎氣氛籠罩戰場。

（這股黏膩的氣息是什麼？唔嗯，用我的力量查探看看吧。哦，又失去興趣啦？也就是說，此人認為想殺我隨時都能下手……）

那種氣息醞釀出一種存在感，與米德雷崇敬的蜜莉姆十分相似。

只是，完全感覺不到蜜莉姆所具有的那種溫情。

氣息冷靜透徹到彷彿缺少一切情感……讓人不寒而慄。

米德雷就是為了找出氣息的來源，才會故意放薩里爾一條生路。

（唔嗯，歐貝拉小姐果然厲害。跟我一樣察覺到這股氣息了。）

歐貝拉也沒打倒對峙的蟲將，正在觀測戰場的狀況。

雙方力量差距大到歐貝拉只要出手必定獲勝，因此應該可以認定她的目的與米德雷相同。

其他人似乎渾然不覺。

正在對付敵將塞斯的卡蕾拉更是無須贅言。兩者正在進行外人無法介入的激戰，恐怕沒有多餘心思左顧右盼。

蓋德也一樣。

彷彿將大蜈蚣擬人化的蟲將以僅次於比利歐德的存在值為傲，看起來與蓋德旗鼓相當。就算沒多餘心思關注其他問題也不奇怪，米德雷不想讓他擔不必要的心。

正在對付比利歐德的哥布達與蘭加那對搭檔，眼前的敵人更是比他們強上太多，不可能有那餘力。

不過，米德雷由衷感謝這個二人組的馳援。照剛才那狀況，法比歐與耶斯普利恐怕注定一死，米德雷原本也在考慮要前去搭救。但瀰漫於戰場的詭譎氛圍令他掛慮，想去救人又不便動身。

米德雷心想晚點陪哥布達練練武當成謝禮好了，殊不知哥布達恐怕避之唯恐不及。

就這樣，戰況陷入膠著已有一段時間，但狀況終於有變化。

芙蕾打倒蟲將托倫成為開端，接著戈畢爾也打倒彼得霍普，卡利翁則擊敗了阿巴特。

米德雷察知到充斥於戰場的不祥氣息變得更加濃厚而凶險。

原因不明，只知道即將發生某種禍事。他產生此種確信，提高了警覺。

他的同僚卡利翁與芙蕾打倒了原先對付的蟲將，似乎才終於察覺到這股詭譎的氣息。不，他們本能應該已經感覺到了，只是到現在才有所確信。

（那兩位人士還是有待精進。戰鬥方式是有點長進，但得讓他們更懂得眼觀四方，否則恐怕難以追隨蜜莉姆大人的腳步。）

雖然把他們批評得一文不值，這就是米德雷毫無虛偽的真心話。

「咯咯咯，竟敢把咱給看扁。這招本來是咱的祕密武器，管他的。」

看到米德雷簡直像是對自己絲毫不感興趣，薩里爾失控了。他將毒尾巴插進自己身上，以自己的意志發動暴走強化狀態。

「唔嗯……」

對付力量與速度暴增數倍的薩里爾，厲害如米德雷也不能再當兒戲了。儘管心裡藏有極其不祥的預感，還是決定結束這場戰鬥。

認真起來的米德雷十分強悍。

他用具有質量的鬥氣(Aura)束縛逼近過來的薩里爾，封鎖其行動。然後直接賞一記奪命正拳給變得動彈不得的敵人，薩里爾的身軀就這樣碎成一堆齏粉。

正可謂一擊必殺。

身為能夠陪蜜莉姆打打鬧鬧的武功高手，這回的活躍表現算是盡情展現了他的實力。

然而，米德雷的表情卻鬱鬱寡歡。

「這下不妙。感覺到的寒意果然愈來愈強了。」

米德雷如此喃喃自語，仰望曾幾何時變得烏雲密布的天空。

他的背影像是在說：「殺死薩里爾真是失策。」

●

歐貝拉一如米德雷的推測，也對狀況抱持著危機意識。

（我還是覺得不對勁。敵軍帶來的壓迫感，從開戰當初到現在簡直不見減少……）

對付讓雙臂的生體異鋼產生細微振動以切斷萬物、凶狠殘暴的提斯霍恩，歐貝拉簡直把她當成小孩。她之所以沒給提斯霍恩最後一擊，是因為她與米德雷抱持著同樣的疑慮。

戰場上死傷慘重。

己方的傷亡以回復藥控制在最小程度，而且及時與第二軍隊輪替上陣因此無人犧牲。然而蟲魔族的大軍反覆發動絲毫不顧兵員損耗的猛烈攻勢，目前戰力已減少到當初的一半以下。

可是歐貝拉以「超直觀」感覺到的敵方戰力卻依然完好，簡直毫無衰退。

就在芙蕾打倒托倫的那一瞬間，這種異樣的感受變成確信。

分明死了一員敵將，戰場卻毫無變化。這也就是說，就連蟲將捐軀對蟲魔族大軍都不構成影響——不，說不定更糟。

搞不好就連蟲將的戰死，都是敵人計謀的一部分……

（不至於吧？那也太誇張——）

但她無法斷定不可能。

昔日，她的同僚札拉利歐曾經抱怨過一件事。

他說——那些傢伙實在太難纏，令人頭痛。隨便打倒反而更難對付，所以還得慎選地點。

當時她只覺得難得聽到沉默寡言的札拉利歐抱怨，應該是太累了；現在想想，他的那番話似乎意義重大。

她那時認定蟲魔族不用自己來對付，所以從一開始就不想幫忙出主意，沒有認真傾聽。

這不是歐貝拉一個人有問題，而是以菲德維為首的妖魔族整體的壞毛病；如今歐貝拉開始反省，覺得至少一些重大問題應該相互分享情報才對。

話雖如此，現在講這些也太遲了。

既然對敵人的情報一無所知，也只能臨機應變、慢慢摸索最適當的對策了。歐貝拉作如此想，便一邊應付提斯霍恩一邊持續觀察戰場的狀況。

就在這種掌握不到決定性關鍵的情形下，戰況驟然產生巨變。

托倫倒斃後接著是彼得霍普戰敗，阿巴特也喪命了。有這麼多名敵將倒下，敵軍戰力卻絲毫未減。結果已經再明顯不過，無庸置疑地這正是敵人計謀的一環。

（太危險了，最好別再打倒更多蟲將——）

蟲將是必須打倒的敵人，但安全對策更需要優先考量。既然現在發生了意外狀況，保持鎮定除去不安因素才是上策。

歐貝拉下此判斷後想開口提出警告，無奈遲了一步。此時就連米德雷都已經收拾掉薩里爾。

如今蟲將只剩下正與歐貝拉對峙的提斯霍恩、由蓋德擋下攻勢的姆吉卡、哥布達&蘭加艱苦應戰的比利歐德，最後再加上與卡蕾拉上演異次元般戰鬥的塞斯這四隻。也就是說已有半數遭到消滅。

歐貝拉預料到禍事可能即將發生，面無表情的端麗容顏僅一瞬間蒙上陰霾。而提斯霍恩眼尖瞧見，笑了起來。

「呵呵呵，看來妳已經察覺了。低階蟲將不過是墊場戲罷了。只要有尊貴的夫人在，那些二等兵在不在都影響不了大局。」

此言不假，提斯霍恩是高階蟲將，且是排名第四的強者。

存在值達到一百八十多萬，與彼得霍普相差無幾。然而，她歷經漫長歲月擔任十二蟲將高階幹部的事實，才真正證明了她的實力。

「千裂次元斬！」

從提斯霍恩雙臂射出的衝擊波，化作剖切平面來去自如地斬裂萬物。其影響甚至深及次元，儘管次元斷裂瞬間即被世界的治癒力復原，存在於斷裂面上的物質卻不可能保持完好。

當然從這點而論，即便是歐貝拉也不例外。

只不過，歐貝拉一眼就看穿了她的攻擊，沒糊塗到會中招。即使如此，她依然判斷提斯霍恩構成了威脅。

也因為如此，歐貝拉運用身法極力將損害壓抑在最小程度，然而目前她也無法判斷此舉是吉是凶。

「千裂次元斬！」

提斯霍恩故技重施，凶惡的衝擊波隨之飛來。

歐貝拉遊刃有餘地躲開，但也慢慢開始感到心急。

「一直重複不管用的攻擊，好像沒別的把戲似的。」

「呵呵呵，妳說話真有意思。管不管用是由我來判斷，不是妳。」

提斯霍恩回答得很對。

沒有人會笨到相信敵人說的話。敵人如果覺得不管用，早就作罷了。就是因為認為有效，提斯霍恩才會反覆施展同樣的攻擊。

而歐貝拉也是因為吃不消，才會用否定的口吻想讓對手作罷。但這招以失敗告終，讓歐貝拉自知小看了提斯霍恩。

（看她這樣淡定地採取最佳手段，可見的確是戰鬥老手。想贏她很簡單，不過如果要癱瘓她又不能殺掉，即使是我也有困難……）

歐貝拉早已看透提斯霍恩的實力。她與提斯霍恩的實力天差地遠，可以斷定這個對手遠不如自己。只不過前提是，如果歐貝拉沒在對抗米迦勒時負傷。

歐貝拉的外傷已全數癒合，身體狀況也沒有問題，這些都是真話。可是失去的能量尚未充飽，很難說她現在處於萬全狀態。

否則，她早就打到提斯霍恩無法再戰了。就是因為沒能辦到，才會有現在的結果。

即使如此——沒時間讓她繼續猶豫了。

「伏願夫人賜垂照覽！」

提斯霍恩如此喊叫的同時，她的戰鬥能力大幅上升。就像蟲將薩里爾一樣，她憑著自我意志引發了暴走強化狀態。

只是，有一點與薩里爾不同。

提斯霍恩能夠完全駕馭暴走強化狀態，得以有效運用時間限制。

「千裂次元斬——終焉之舞。」

其攻勢之凌厲，與剛才簡直判若兩人。

四周產生了數以萬計的次元斷口，眼前熾烈的景象讓人不禁覺得，無論是誰都不可能逃離此種絕命空間。

面對這種場面，歐貝拉採取的行動是——逃也不逃，無所畏懼地站著罷了。

不，錯了。

歐貝拉已經放棄剝奪提斯霍恩的戰力，決定發揮全力。

「『神氣』解放。」

歐貝拉輕描淡寫地說道。

這便是她準備發揮全力的宣言。

纏繞其身的神話級裝備，取回了群星的光輝。得到歐貝拉的魔力循環其上，使得裝備徹底恢復原有的性能。

接著歐貝拉的手裡，握住了巨大的雙刃劍。

「巨獸獵人大劍（Beast Slayer）」——歐貝拉愛用的大型長劍，如今變成它應有的樣貌。

對付歐貝拉的宿敵幻獸族時，必須拋開手下留情之類的想法。講那種天真的傻話只會導致災情不斷擴大。

歐貝拉總是全力以赴，將心思放在如何以最佳效率驅除敵人。因此一旦她決心戰鬥，就不能顧慮對周遭造成的災害，唯有滅殺敵人一途。

而此時此刻，存在值超過兩千萬的她即將發揮真正價值。

「呵呵呵，現在才拿出真本事已經太遲了！」

正如提斯霍恩所言，歐貝拉已被關進絕命空間。由於提斯霍恩出手阻撓，連「空間轉移」此一退路也被封住，歐貝拉沒有任何辦法能逃過碎屍萬段的命運。

本來應該是這樣。

結果卻是——

「這種攻擊跟小孩玩遊戲沒兩樣。」

直接命中的次元斬，確實撕裂了空間。然而當空間恢復到原有的樣態時，歐貝拉的身體也完好如初地得到復原。

「怎、怎麼可能！」

「因為我的肉體不只存在於物質世界，也與精神世界有所聯繫。這點程度的攻擊不算什麼。」

歐貝拉一邊淡定地給出解答一邊提升魔力，像是在說接下來輪到她了。

「巨獸獵人大劍」大放光明。

看到這危險的光芒，有生以來初次產生的心境讓提斯霍恩困惑不已。

（我在發抖。難道、難道本小姐竟然在害怕？竟然會感到畏懼？）

現在才明白到這點為時已晚。提斯霍恩已無計可施——

「即將消逝之人啊，美麗地死去吧！極星爆擊霸（Planetes Bombing）！」

自天而降不挑對象的大質量斬擊，無情而公平地散播死亡。慘遭波及的提斯霍恩連強者的尊嚴都來不及展現，就這樣灰飛煙滅了。

●

蓋德竭力奮戰。

對峙的敵人是蟲將姆吉卡。

這個武將類型的蟲型魔人身覆武者盔甲般色彩俗豔的甲殼，雙手揮舞太刀。

姆吉卡論實力，與蓋德在伯仲之間。

雙雄一步不肯相讓。

而他們的部下也正展開一進一退的攻防。

黃色軍團（Yellow Numbers）及橙色軍團（Orange Numbers）死守防線，不讓姆吉卡所率領體長超過三十公尺的巨大蜈蚣群越雷池一步。由於雙方體格上有差距，每一隻蜈蚣都需要他們組隊應付。

受傷就用回復藥治好，體力不支就與後方人員做輪替，在不至於硬撐的狀態下守住戰線。這都是拜平日的訓練所賜。

因此雙方經過數小時仍然維持在膠著狀態，最值得詳述的，仍然要屬蓋德與姆吉卡的一對一單挑。

姆吉卡憑著一流武士都自嘆不如的本事揮動太刀。從他的高度技量來推測，這些招數絕不可能是自成一家。

一般認為「異界」也有轉生者的存在，但事實如何都不重要。唯一可確定的是，姆吉卡是個強敵。

蓋德用大盾擋下太刀。這面大盾也已與蓋德一體化，如今是達到神話級的珍品。它就像蓋德的一部分血肉，變化出與蟲型魔人的外骨骼類似的性質。

因此，多少受點損傷都能即刻修復。

流竄的衝擊力道使大氣為之震盪、電漿四散飛行，蓋德依然神態自若。甚至手握剁肉菜刀（Meat Crasher）往姆吉卡橫掃過去作為回敬。

然而姆吉卡也不是省油的燈，料到這招而用太刀架開。豈止如此，甲冑隙縫間還冒出無數隻腳，施展連擊欲將蓋德捅成蜂窩。

蓋德於千鈞一髮之際，採取的行動是以「魔王霸氣」應戰。

蓋德藉由究極贈與「美食之王巴力西卜」賦予了「腐蝕」效果的霸氣（氣場）──「混沌吞食（Chaos Eater）」宛如本身宿有意志一般，以不規則動作咬向姆吉卡的腳。

姆吉卡的腳也不遑多讓，纏繞著邪惡妖氣與蓋德的混沌吞食互相抵消效用。

雙方就這樣不斷地你來我往，至今仍未能分出高下。

然而這樣的戰鬥，卻也突如其來地宣告結束。

「唔嗯，連提斯霍恩都死了啊。真是沒料到。想不到此地的戰力居然如此充實，不過這下夫人那邊就萬事俱備了。」

「嗯？」

「沒什麼，這和閣下無關。鄙人許久沒與哪位武人打得如此難分難解了，實在可惜。很想與閣下繼續鬥力比武，無奈時機已經成熟。」

姆吉卡單方面宣言完畢，隨即與蓋德拉開距離。然後率領活下來的魔蟲們，做出準備收軍的態勢。

蓋德見狀依然不敢鬆懈。

但就在這時，他也注意到了。

（這是……戰場氣氛有異。這種猛烈的懼意，會是即將出事的預兆嗎……？）

空氣中醞釀著無法忽視的危險預感，讓他不敢相信自己至今居然都渾然不覺。

蓋德瞪著天空。

只見天上波詭雲譎，有種恐怖存在呼之欲出的氣息。

「全體人員，竭力維持高度戒備！」

蓋德一聲令下，就連正在療傷的人員也展開行動。

看到蓋德嚴肅到令人害怕的反常態度，所有人都明白到戰鬥還沒結束。

●

哥布亞一救出法比歐，便急著重整戰線。

在紅丸的指導下，哥布亞已成長為一流的指揮官。在迷宮內的大規模戰鬥訓練中，再悽慘的戰術都能進行運用訓練，使得她經驗已經豐富到令一般戰術家望塵莫及。

由哥布亞領軍的「紅焔眾」三百壯士，也盡是與哥布亞一同成長、身經百戰的勇士。用不著一一指示，自然會體察哥布亞的心意採取最佳行動。

儘管就人數來看只是小隊援軍，卻大幅改善了戰況。

而同樣地，指揮官的有無也足以對戰況帶來影響。自從法比歐重回戰線發號施令，「飛獸騎士團」也恢復了活力。

就這樣，蜜莉姆勢力慢慢取得優勢，然而……

狀況獲得好轉，哥布達卻命懸一線。

只因與他對峙的比利歐德，是個凶惡到令人無法置信的強敵。

好比說毒霧，毒性猛烈到就連具備毒抗性的哥布達都會當場斃命。這可不是吞食會致命之類的小玩意兒，是碰一下都會皮膚溶化、肌肉焦爛的劇毒。

只不過是皮膚擦到一點，一陣劇痛頓時竄過。也是多虧於此，哥布達才會察覺這種毒霧的危險性。

然後——

（要命，好險！會死人的，再這樣下去我鐵定會上西天！）

戰鬥開始還不到三十秒，他就認清狀況了。

所以他毫不猶豫地仰賴趕來助陣的蘭加，決定使出殺手鐧。

「魔狼合一（變身）！」

參戰之後沒過幾回合，就與蘭加「同化」了。

就這樣，哥布達與蘭加變身為長有不祥雙角的人型黑狼，而這決定很正確。只要判斷得稍遲一些，蘭加姑且不論，哥布達肯定已經捐軀沙場。

「好～那就來大幹一場吧！」

『哥布達，儘管運用我的力量吧。』

兩人一開始還能衝勁十足地講大話，然而這股氣勢很快就受挫了。

理由很簡單，因為比利歐德太強大。

哥布達與蘭加即使「同化」，戰鬥能力也不會暴增多少。只不過是蘭加的潛能與哥布達的戰鬥天分合併起來，變得能夠發揮比總計值更大的力量罷了。

應該說，由於哥布達的存在值並沒有多高，所以在數值上等於沒什麼增加。

相較之下，比利歐德光是本身條件就讓人毛骨悚然。

其存在值高達六百八十萬，足足比經過「同化」的哥布達&蘭加多出一點五倍以上，傲人的數值僅次於塞斯。

豈只如此，她還擁有超乎常理的空間系能力，連卡蕾拉的「終末崩縮消滅波」都照樣反射不誤。

也就是說即便用殺手鐧，她仍然是令兩人望其項背的存在。

即使如此之所以沒有立刻落敗，純粹是因為相對於哥布達他們擅長物理系近戰，比利歐德在魔法系當中擅長的是遠距離戰鬥。

事情就是這樣，自從戰鬥開始至今，哥布達一直置身於鬆懈不得的緊張狀況。幸好他們勉強維持住對自己有利的敵我間距，才能勉強打得難分勝負。

但是這種平衡，也隨著比利歐德顯現異常跡象，而準備宣告結束。

『哥布達，你注意到了嗎？』

『蘭加先生，情況不妙啊。那傢伙怎麼好像力量愈來愈強了？』

令哥布達與蘭加憂心的是，此時正與他們對峙的比利歐德情況很不對勁。比起戰鬥剛開始時，她的戰鬥能力似乎有上漲的跡象。

有一點可資佐證，就是她愈來愈跟得上哥布達他們的動作了。

假動作早已騙不過，兩人逐漸失去轉守為攻的餘力。儘管還不至於只能挨打，但比利歐德的凌厲攻擊開始慢慢擊中哥布達他們。

比利歐德不再只會發動單調攻擊，每一發攻擊都變得暗藏奪命意志。

『在戰鬥過程中成長也太犯規啦。』

『這種事常有。我也有過類似經驗，所以即使敵人有這能耐也不吃驚就是……』

『說得是沒錯啦，但被人用同一招對付就會覺得很不服氣耶……』

兩人湊在一起怨天怨地，隨即識相地繃緊神經。

哥布達很清楚。

他知道他們就是援軍，不會再來更多幫手了。

哥布達敬愛有加，無論發生什麼狀況總是會伸出援手的利姆路，此時也在其他戰場上戰鬥。這次敵人實在太過強大，不可能期待什麼救星。

硬要說的話，也許紅丸會來相助。但那就表示放著本國陷入危機，哥布達也不希望他擅離職守。

換言之——

『好吧，也就是說咱們只能好自為之了。』

『是啊。如果敵人強大，我們變得比敵人更強就是了！』

講來講去就是這樣，到頭來結論還是靠毅力。

雖然身為指揮官不該有這種論調，卻構成了哥布達逼緊自己的理由。

有句話叫做「背水一戰」，對於永遠以開溜為基本態度的哥布達而言，溜不掉的狀況有助於逼迫自己努力。

「從現在開始，我要速戰速決了！」

哥布達振奮精神，加快攻擊速度。

然而，他們的所有攻擊全揮了個空。

兩人試著以「疾風魔狼演舞（Dance with Wolves）」耍弄比利歐德的同時施展必殺技「終末魔狼演舞」，發動勢在必勝的二段攻擊，但連這招也被躲開。

（真的假的啊！這可是我們偷偷練習的祕招耶！）

這下就連哥布達也產生危機意識了。

蘭加也是同樣的心態。

『哥布達，也許我們應該暫且撤退？』

他做出這種提議，但哥布達不贊成。

『不行啦。咱們現在要是撤退，對卡蕾拉小姐造成的負擔太重了。』

蘭加也覺得他說得有理。

既然沒辦法期待援軍到來，逃離戰場以重整態勢也是種策略，不過那是最終手段。這不是決鬥而是戰爭，臨陣脫逃對整體的影響太大了。

可是，一旦必殺祕招都不管用，繼續打下去只會每況愈下、注定慘敗。哥布達不服輸的志氣比一般人更強，只好絞盡腦汁避免走到那一步。

可是怎麼想就是想不到好方法……就在這時，狀況有了變化。

「哥布達，我來助你一臂之力吧。」

打倒蟲將阿巴特的卡利翁，見哥布達居於劣勢，來加入戰局了。

而且還不只如此。

「我也來幫你吧。」

連看穿比利歐德有多危險的芙蕾，也趕來表示要並肩戰鬥。

雖然算不上光明磊落的戰鬥，但現在是在打仗而不是單挑。需要優先重視的是勝利而非名譽，哥布達也舉雙手歡迎。

「得救啦！」

他歡欣鼓舞地大叫，戰況如同經過重新洗牌。

——眾人無不是這麼以為的。

「傷心啊，我太傷心了。想不到我的孩子們，竟是如此的不堪一擊。」

怪物的這番喃喃自語，嗓門明明沒有多大，卻傳進了戰場上所有人的耳裡。

而在場的所有人都領悟到，這正是最終回合的信號。

●

卡蕾拉對付蟲將之首塞斯，上演了一場旗鼓相當的戰鬥。

塞斯雖是強敵，但絕非卡蕾拉贏不過的對手。卡蕾拉將對手視為值得欣賞的可敬勁敵，其實很享受這場戰鬥的樂趣。

卡蕾拉展現了最近才剛融會貫通的招式。

使用黃金刀槍的戰鬥風格與近藤中尉相同，卡蕾拉用起來也十分相襯。她的身手自然不做作，就算說是長年修練至爐火純青的功夫也能讓人信服。

再加上卡蕾拉本身就習慣對付蟲型魔人。面對她理應不善於應付的屬性卻能打得毫不遜色，原因就在這裡。

沒錯，塞斯與卡蕾拉熟知的一名人物，擁有相當多的共通點。

從個頭到覆蓋全身的外骨骼都是。

儘管戰鬥方式截然不同，但施展的招式水準，以及震懾他人的強者氣質等等，都跟卡蕾拉擅自認定為勁敵的賽奇翁如出一轍。

的確，塞斯的存在值高得嚇人。即使保守估計也在卡蕾拉之上，比起賽奇翁更是多出將近三倍。

然而論威脅性，卡蕾拉感覺賽奇翁更勝一籌。

她與賽奇翁打鬥過好幾次。

所以卡蕾拉才會第一次與塞斯交手，就能超越他的思維。

不只如此，她這次沒給自己設限制。

對付賽奇翁時迪亞布羅提出的「不能攻擊以利姆路的細胞形成的部分」那個腦袋有問題的規則不適用於塞斯。正因為如此，卡蕾拉才能使出全力。

戰鬥剛開始時，有比利歐德這傢伙來礙事。但如今有耶斯普利他們拚死排除障礙。怎麼想敵人的力量都在自己之上，他們卻知其不可為而為之，為了卡蕾拉而努力。

（好吧，既然朋友都願意這樣激起鬥志，我也不能在他們面前漏氣！）

於是卡蕾拉解放滿腔的熱血，享受與塞斯的生死鬥。

瞄準甲殼縫隙的刀刃，斬裂塞斯的肉體組織。不只如此，趁著劍舞空檔貼近敵人擊出的槍彈也射穿了塞斯的複眼。

戰況一點一點傾向由卡蕾拉占優勢。

「哈哈哈，真好玩！」

「嘖，區區惡魔竟敢耍小聰明……」

「你算是滿強的，但沒賽奇翁來得厲害呢。」

「什麼？」

「賽奇翁是我很欣賞的勁敵，我跟他打起來可不只是這樣。曾經與他連續打上幾天幾夜，卻一次都沒能讓他受傷。」

這是事實。

即使扣除莫名其妙的規則不論，賽奇翁確實強得異常。

塞斯是很強沒錯，但卡蕾拉的攻擊打中他好幾次。卡蕾拉確定繼續戰鬥下去，肯定會是自己得勝。

「那又怎樣？」

「也就是說，你沒我厲害。」

「別蠢了。那就讓妳見識我的真本事。」

卡蕾拉的發言，已足以傷害塞斯的自尊。

塞斯將憤怒化作能量，對卡蕾拉散發殺意。

換成未滿A級的人，光憑這道視線就能奪命了。不，就算換成高階魔人，碰上這種如同暴力的壓迫感，稍有不慎也可能造成致命傷。

但卡蕾拉對此處之泰然，絲毫不為所動。然後卡蕾拉自己也開始提升魔力精煉霸氣，砸向塞斯作為回敬。

雙雄霸氣互相壓擠，逐漸在戰場上形成巨大渦流。碰到這股渦流的人，都遭駭人的魔力波動吞沒，一命嗚呼。

蜜莉姆陣營早已料到這種危險性，沒有人靠近卡蕾拉自尋死路。但蟲魔族人畢竟人多勢眾，戰場上到處是他們的身影，這股渦流導致族群人數大幅削減。

最後——

塞斯踏出一步，卡蕾拉展開迎擊。

塞斯的拳頭撕裂卡蕾拉的臉頰，而她的刀割開了塞斯外骨骼的縫隙。

塞斯使出就連高階魔人都會一擊斃命的踢擊。卡蕾拉毫無懼意，鑽進對方懷裡用黃金槍猛射。她貼近敵人射出的子彈，穿透塞斯外骨骼的縫隙，開出彈孔。然而就在下一刻，塞斯那記以為撲空的踢擊抬得老高，對準卡蕾拉的腦袋砸落。

「嘖！」

卡蕾拉於千鈞一髮之際察覺到，勉強護住頭部。然而防護做得不夠，肩膀還是挨了踢擊。

「失手了。」

「我竟然會犯這種失誤，真是丟臉。」

卡蕾拉雖然肩膀被踢碎，嘴角卻依舊浮現膽大包天的笑意。

儘管很懊惱本來以為可以零傷害打倒對手卻受了傷，但她並不認為自己會輸給塞斯。

經過長達數小時的戰鬥，卡蕾拉已經看透塞斯的毛病。然而塞斯的實力絲毫不假，一旦輕敵，輸的就是卡蕾拉。

她必須一點一滴讓塞斯累積傷害，以期確實獲勝。

卡蕾拉用蔑視的眼光，堂而皇之地瞪視塞斯。肩膀部分的軍服破了洞，雪白肌膚若隱若現。

沒錯。傷口早已停止流血，徹底痊癒到彷彿從沒受過傷。

而塞斯也一樣，被卡蕾拉打傷的部位皆已痊癒。

對於卡蕾拉或塞斯這種超越存在來說，不夠嚴重的傷害等於沒有意義。因此如何才能有效率地讓對手疲憊就成了勝負關鍵，暴露重大破綻的一方將會陷入劣勢。

卡蕾拉不但先施放過開場大絕（終末崩縮消滅波），能量總值又不如塞斯。所以她才會覺得接下來應該慎重行事。

（呵呵呵，我已經摸透這個什麼塞斯的技量。他很強沒錯，但贏的是我。）

於是卡蕾拉做出判斷，認為沒必要再硬撐。

會有這種想法全是因為她確信自己會贏，但就在這時，她無意間發現戰場的氣氛產生了變化。

（嗯？這個氣息……是什麼？蜜莉姆大人有在戒備，所以我沒特別去管——）

因為有蜜莉姆待在附近，卡蕾拉才能夠隨心所欲大展身手。所以她遲了一步才注意到變化。

不，原因不只如此。

畢竟塞斯的實力非同小可，這也形成了她沒有餘力關注周遭情形的一大原因。而這竟是塞斯刻意造成的狀況。

「咯咯咯，總算注意到了啊？我承認妳很強悍，但贏的會是我軍。因為這不是決鬥，是戰爭。」

「你說什麼？」

卡蕾拉略顯不快地皺起眉頭。

塞斯不以為意，悠然自得地舉起右手指向一個方向。

「自己看吧。」

卡蕾拉沒有轉頭，以「魔力感知」查探狀況。

然後，她知道了塞斯那番話的意思。

●

當著哥布達的面前，比利歐德美麗地脫胎換骨。

比利歐德的容貌原本就帶有異形之美，如今的她更是搖身一變，化作看在任何人眼裡都神祕莫測的絕世美女。

不，這不是變化——是「進化」。

比利歐德在至今戰鬥中留下的大小傷痕擴大裂口，一名擁有美麗「肌膚」的美女就此破繭而出。

「各位幸會，我是統領群蟲的皇妃比利歐德。」

連講話都變得更流暢了。

顯然與剛才交戰的對手已經不是同一個人，而是達到了超乎常識的層次。

理當如此。

因為比利歐德這號人物正是蟲魔族的副王，更是真正統領蟲將的女皇帝。如今其真面目已揭曉，哥布達他們等於是喪失了勝機。

「拜託別開玩笑啦，真的……」

哥布達忍不住喃喃說出真實心聲。

『這已經不只是增強力量了。恐怕也不能再說什麼我們變得比她更強就好。』

蘭加似乎也深有同感，重重地點頭。

『那該怎麼辦啊？』

被哥布達追問，蘭加欲言又止像是感到為難。但隨後可能是下定了決心，說出他的想法：

『恐怕只能逃走了。哥布達，你應該也感覺出此人有多危險了吧？』

聽他講得這麼直接，哥布達也不禁支吾其詞。

『呃，是沒錯……但我覺得就咱們倆逃走，有點說不過去……』

哥布達也覺得蘭加的看法正確。

假如是剛才對付的那個比利歐德，視戰術而定或許還有求勝機會。然而事到如今，那種可能性已經無限趨近於零。

現在的比利歐德散發的存在感，就是如此地令人懾服。

不愧是自稱皇妃之人，其力量凌駕於任何一名蟲將之上。沒錯，甚至比卡蕾拉正在對付的蟲將之首塞斯還要強大。

蘭加與哥布達都確切地感覺出這一點。

再怎麼戰鬥也注定落敗。

話雖如此，他們也不願意現在選擇自己開溜。

因為就算溜得掉，之後也會沒臉面對其他同伴。

進退都是地獄。但是，沒那閒工夫讓他們在這裡煩惱。

「別得意了！管妳變成什麼樣子，照打不誤啦。」

卡利翁大聲說道，身先士卒出手進攻。

在這一刻，卡利翁選用的是自己身懷的最強必殺技——獸王閃光吼。他完全不考慮事後影響，毫無保留地施放出變幻自如的擴散集束粒子砲。

卡利翁的身體化作具有意志的粒子，迫近堂而皇之地站著的比利歐德。

換算成時間，只是眨眼工夫。比利歐德動也不動。

不是因為動不了——

「怎、怎麼可能……」

是因為根本不用動。

比利歐德的吐息變為毒霧，纏住化作粒子的卡利翁。然後直接奪取動能，剝奪他的行動能力。

然而，芙蕾早已料到卡利翁會在這裡敗下陣來。她以卡利翁的攻擊作為障眼法，自己趁機飄落在比利歐德的背後。

接著，芙蕾在這一刻使出了祕招。

「讓我封住妳的動作吧。」

當她如此宣言時，前一刻已經以「神鳥爪擊（Garuda Claw）」抓住比利歐德。

芙蕾的技能「魔力妨礙」由於帶有神性而能夠將效果發揮至究極領域。其威力足以封住阿德曼的

「魔導之書」，用上她如此信任的「神鳥爪擊」，任何對手的能力都能封殺殆盡。

——不，本來應該是如此。

分明應該正身陷窘境，比利歐德卻面露微笑。

然後，她說道：

「真令我傷心。我的孩子們，竟然連這點程度的對手都打不贏。」

「妳說什麼？」

芙蕾如此逼問，但緊接著腹部遭受強烈毆打，使得她無法再開口。

「呃呼，呃啊！」

芙蕾換上驚愕表情吐血的同時，順從本能鬆手放開比利歐德。

這救了芙蕾一命。

假如她相信「神鳥爪擊」繼續留在原位，想必已經被比利歐德的下一擊斷送了性命。

「原來如此，看來妳直覺還挺靈的。雖然那爪子讓我有點使不上力，但本來以為可以兩擊收拾掉妳的。不過，這下我終於明白了。你們論力量是很弱，戰鬥經驗倒是還算得上豐富。那我的孩子們也多少挽回一點名譽了。」

比利歐德驚聲婉轉地說。

「真不敢相信……我的爪子，竟然這麼輕易就失效了。想不到妳竟是如此超乎常識的怪物。」

芙蕾也在此刻有了確信。

就像哥布達或蘭加一樣，確定此地將成為自己的葬身之處。

倒在地上的卡利翁也抱持著相同想法。

他已經消耗力量到連聲音都發不出，想臨死掙扎也力不從心。在這狀況下，就連想逃都沒了機會。

（嘖……不是要學芙蕾講話，但真沒想到會是這麼誇張的怪物……）

他懊悔自己沒在戰鬥開始時看出這一點。

（好吧，就算看出來也不能怎樣就是。）

卡利翁自我解嘲。

仔細想想，自從得知這個對手連卡蕾拉那種強者的「終末崩縮消滅波」都能擲還回來，就應該更有戒心了。

把對手認定為中、遠距離魔法型，可說是在場所有人的過失。

（可是啊，我怎麼想都不覺得蜜莉姆會沒察覺，她為什麼沒採取行動？不，我懂了……這就表示蟲魔王塞拉努斯是更不容輕忽的對手吧……）

一陣惡寒竄過卡利翁的背上。

然後他回想起與蜜莉姆的戰鬥。

那個宛如絕對性存在的蜜莉姆，有什麼理由在這場危機當中按兵不動？原因自然出在蟲魔王塞拉努斯身上，這也就意味著他們無法期待蜜莉姆伸出援手。

（要這樣就對了吧，該死的！如果是這樣，那這場戰爭——）

繼續想下去，就是在侮辱戰友了。卡利翁如此心想，開始思索還有什麼是自己能做的。

＊

雖然沒有卡利翁來得嚴重，但芙蕾也身受重傷。

她在這種狀態下，與比利歐德四目相交。

芙蕾已做好準備接受死亡。

既然比利歐德是此地的絕對支配者，恐怕沒有任何人能阻擋得了她。若是如此，比利歐德應該會從最虛弱的人開始解決起。因為如果是芙蕾就一定會這麼做。

（對不起，卡利翁。本來想再多認識你一點的……看來我的死期到了。）

芙蕾如此做好最壞的打算，擺出架式心想至少最後要報一箭之仇。

然而，一名男子站到芙蕾的面前。

這名男子──米德雷挺身保護芙蕾，與比利歐德對峙。

「這下我明白了，原來是這麼回事啊。遍布於這戰場的『結界』，其實是用來把死去同夥的能量集聚至閣下身上吧。」

「可不只是集聚喔。我呢，為了生下更強壯的孩子們，需要更多更多的力量。」

比利歐德望向米德雷，面帶微笑如此回答。

這個答案已經足夠符合米德雷的內心推測，讓他決定無論如何都要在這裡收拾掉比利歐德。

（現在若是讓此人逃走，她必定會接連生下這次打倒的蟲將們無法比擬的一群怪物。問題是我們比她更想逃走。）

米德雷苦笑著做如此想，但眼中還留有一線希望。

「既然如此，妳先打倒我再說吧！」

他如此宣告，擺出腰部下沉的姿勢。

重心移至右腳，左腳略往前站。同時握緊右拳收至腰際，左手掌心向前牽制比利歐德。

然後下個瞬間，他以左腳腳尖為起點引爆力道，將自己的身體變為砲彈猛衝而出。

接著從卯足全力筆直擊出的正拳，射出了形似拳頭的整團鬥氣。

「龍牙聖拳霸（Dragonic Cannon）！」

他讓大地能量與自身鬥氣合而為一，從腳尖循環於全身上下後凝聚於拳頭。然後射出的就是這招必殺技——「龍牙聖拳霸」。

不但毫無保留地火力全開，還結合了大地能量。這個帶有神性的強力一擊即使用來對付自己以上的強者一樣夠用。

這正是高階聖魔靈「龍魔人」米德雷的奧義。

然而很遺憾地，對比利歐德不管用。

「這招真有意思。孩子們如果能學起來，一定會變得更強悍。」

她面帶笑容，易如反掌地展開操縱空間的魔法陣把龍牙聖拳霸消除乾淨。

然而，這米德雷也早就料到了。

其實米德雷從一開始就不覺得她有這麼好對付，這一招只是誘敵。

至於壓軸當然是哥布達。

「可別把我給忘了喔！這個也讓妳嘗嘗！」

哥布達從米德雷的影子裡一躍而出，抓準最佳時機發動「終末魔狼演舞」。

但是，這也一樣不管用。

比利歐德無動於衷，同時又另行展開一個魔法陣，把「終末魔狼演舞」也消除乾淨。

都已經拿米德雷當誘餌使出無懈可擊的奇襲了，卻仍然傷不到比利歐德分毫。

然而，米德雷與哥布達的臉上依然留有希望的光芒。

這時又有另一個人——真正的壓軸摩拳擦掌出招了。

還會是誰？除了歐貝拉不會有別人。

「妳太自大，忘了蟲子的分寸！」

趁著米德雷與哥布達引開比利歐德的注意，歐貝拉一直在準備發動必殺攻擊。然後射出的是本日第二發「極星爆擊霸」。

不同於米德雷或卡利翁等人，歐貝拉的存在值毫不遜於比利歐德。因此比利歐德再怎麼神通廣大也不可能在這種攻擊下全身而退——不，錯了。

「就像札拉利歐很會動腦，妳跟他是一夥的，我早就料到妳也會來這招。」

「豈有此理！」

「騙人的吧……」

「想不到竟然厲害到這種地步。」

也就是說一切都在比利歐德的手掌心裡。

而且，沒時間讓他們絕望了。

「這是回敬你們的。」

比利歐德面帶微笑如此宣告。

這句話的含意，由從天而降的隕石群獲得說明。原來是比利歐德挪用米德雷他們三人各自不同的必殺技之力，使其在戰場上擴散。

簡直是惡魔的行徑。

遇上這場凶殘的威勢來襲，敵我雙方都會送命。

「嘖……！」

米德雷心急地瞪視天空。

「所有人預防衝擊來襲！」

哥布達也沒閒著，用「思念網」警告同伴們。

至於歐貝拉，只有她冷靜地揮劍斬向比利歐德。

既然魔法或放出系招式不管用，她打算以近身戰解決比利歐德。

這讓比利歐德蹙額顰眉。

事實上，歐貝拉與比利歐德論整體戰鬥能力，並沒有多大差距。比利歐德能藉由「空間支配」確保對抗中、遠距離系的絕對優勢；但看她沒能解決掉耶斯普利等人就知道，她並不是很擅長打近身戰。

她原本想對歐貝拉維持心理優勢，直接逼對方屈服。誰知歐貝拉即使自己的必殺技被破解，竟然還能無動於衷。

歐貝拉也是個對付幻獸族經驗老到的猛將。長久以來因具備各種特性的棘手敵人而頭痛不已，使得她處事能夠穩如泰山。

儘管歐貝拉的這種態度不在預料中，比利歐德占優勢的事實依然不變。在戰場上散播死亡，產生的能量全變成了比利歐德的力量。

（可是，奇怪了。只有回收到孩子們的力量，其他人都——）

比利歐德帶著這個疑問環顧戰場，這才發現她還誤判了第二件事情。

敵軍勢力——也就是蜜莉姆的大軍，被蓋德等人保護得好好的。

「不要放棄希望。只要有我們在，誰都不用犧牲！」

蓋德堅強可靠的嗓音迴盪於戰場。

「是！」

蓋德率領的軍團團員們，也都回應軍團長的期待死命苦撐。

縱然盾牌碎裂、鎧甲脫落，他們依然讓強韌的肉體充滿氣力，徹底保護其他人不受天外隕石傷害。

還不只是如此。

卡蕾拉麾下的惡魔們，也把握機會大展長才。

回復魔法在戰場上此起彼落，依次治好受傷的士兵們。而且——

「喂喂，還有工作等著你做咧！」

一名高階惡魔騎士（Diable Chevalier）行使了神的奇蹟「亡者復活（Resurrection）」。對利姆路的信仰，竟使他們獲得亡者復活能力。

即使肉體遭粉碎，「靈魂」還是有惡魔們進行回收，於日後另行復活。

雖然有時間限制，但是死者可以復活，蜜莉姆大軍的高昂士氣得以維持。所有人無不勇敢挺身面對眼下困境，只為全力完成使命。

注意到這點，比利歐德初次變得心慌意亂。

「死了還能復活？想不到這個世界竟連這種祕術都有……」

看到比利歐德驚訝地喃喃自語，歐貝拉聳聳肩解釋：

「是呀。本來應該被指定為禁術，現在卻擴散到一發不可收拾的地步。」

說句老實話，歐貝拉得知這件事時也感到傻眼。在作戰會議上同時聽到這件事時，差點沒讓她仰天長嘆：「這是在跟我開玩笑吧？」

然而，現在計較這個也沒用。

既然祕術已經擴散到無法收拾的地步，不如善加利用更有建設性。這麼一來可以讓戰場的人員損耗率無限趨近於零，因此歐貝拉也認為默認才是上策。

因為這些原因，歐貝拉也早在某種程度上預料到現況。雖然萬萬沒想到連他們的招式都會被反彈，不過受災情形僅限敵軍蟲群。儘管能量全聚集到比利歐德身上是一大麻煩，但想成敵人僅剩比利歐德一個，就覺得狀況也沒那麼糟。

「好了，做好準備受死吧。接下來輪到我單方面獵殺妳了。」

歐貝拉最擅長的，就是將獵物逼進絕路再下手宰殺。不愧曾經多次以強者為假想敵指揮團體戰，歐貝拉的表情甚至開始透出游刃有餘的笑意。

「軍師閣下，給我們指示吧。」

米德雷見戰場上傷亡不多，也放下心中大石。雖然沒料到會發生那種規模的毀滅性場面，幸好蓋德等人奮鬥不懈讓眾人逃過一劫，可說是意外收穫。

眼看已經沒了後顧之憂，他樂於接受歐貝拉的指揮。

「小的也沒有異議！」

哥布達也跟進。

對付比利歐德這樣的強敵，不聯手出擊絕無勝算。未經訓練直接上場就想默契十足談何容易，倒不如老實接受歐貝拉的指揮。

就這樣，歐貝拉、米德雷、哥布達&蘭加這三人與比利歐德形成對峙場面。但就在這時，又來了另一個人闖入戰局。

「母親大人，請賜予鄙人擊敗母親敵人的榮譽！」

姆吉卡放著蓋德不理，挖掘地底一路來到這裡現身了。

這下就是三對二，但這個數字繼續產生變動。

「也別把本大爺給忘了啊。」

「還有我。請別以為那樣就打敗我了。」

原來是蓋德趕去治好了卡利翁與芙蕾，兩人即使滿身創傷仍然挺身應戰。儘管外觀上的傷勢已全數治好，流失的體力尚未恢復。在這種氣力耗盡的狀態下想發動大招也辦不到，但總比袖手旁觀來得好，所以才決定強打起精神參戰。

「還有我在喔。」

蓋德用鼻子噴氣，也顯得意氣軒昂。

這下就六對二了。

哥布亞以及三獸士等人，正在戰場上負責處理蟲群餘孽。反正他們對上比利歐德也構不成戰力，把聚集於此的幾人視為總體戰力應該沒錯。

即使戰士們在眼前集合，比利歐德依然妖異地笑著。

「多好的一群素體啊。那好，就讓我用你們創造出更強壯的孩子們吧。」

面對歐貝拉等人，居然還能說出如此充滿自信的言論。
根據就在於——
「生命重建（Restore Life）。」
比利歐德能夠運用累積的能量，強化自己創造的孩子們。
理所當然地，這招只適用於存活者。但在這戰場上，塞斯與姆吉卡依然健在。
就在此地，率領著兩名超級戰士侍衛，作為蟲魔王塞拉努斯之妻當之無愧的皇妃現出了本性。

●

被塞斯指出實際狀況，卡蕾拉面露極度不悅的表情。
與塞斯打得正盡興，忽然被潑這一桶冷水讓她覺得十分掃興。
接著就在下一刻，一股惡寒讓她急忙向後跳開。
只隔了剎那的時間，原本的位置轟然爆炸開來。
「唔嗯，太好了。感謝母親大人，我又離新一代創世神更近一步了。為了讓我測試這份力量，妳可得派上用場才行。」
塞斯講話變得比剛才更為流暢，一邊握拳又張開，一邊對卡蕾拉如此宣告。
這是強者會對弱者說的話，而這種口氣也踐踏了卡蕾拉的尊嚴。
「是、是喔……你還真敢講耶。竟然敢叫本小姐陪你測試力量？」
「妳無權拒絕。」

話一說完，塞斯隨意向前揮了一拳。

對他來說只是徐緩的刺拳——但其速度卻達到音速的數十倍。而造成的衝擊波強烈到能焚燒空氣、擊碎地面。

顯然變得比剛才更為強悍。

儘管不到加倍的地步，塞斯的存在值似乎已經大幅上升。更棘手的一點是，他很可能還新獲得了各種特殊能力。

拜託，也太奸詐了吧……卡蕾拉不禁在心中抱怨。

好不容易才架構起通往勝利的路徑，現在又得重新來過。

不過即使很困難，她覺得自己辦得到。這是因為對方只有力量增強，技量(等級)本身看不出任何變化。

假如塞斯開始展現與賽奇翁同等的精湛武藝，卡蕾拉自然也會產生危機意識。但事實不然，因此卡蕾拉只是心有不滿，並未因此失去鎮定。

只不過被塞斯看扁還是讓她氣不過，所以她已經決定要好好回禮了。

卡蕾拉的臉上失去笑容，並不是因為對塞斯的力量感到絕望。

同伴們那邊的狀況才更讓她擔心。

（那傢伙看起來相當不妙。感覺比我這邊的獵物(塞斯)更強大，就算歐貝拉與米德雷先生組成搭檔也不見得能贏——）

另外據卡蕾拉的推斷，哥布達&蘭加、蓋德，再加上卡利翁與芙蕾這對組合全部一起上，可能才有辦法勉強打倒姆吉卡。經過強化的姆吉卡已經變成如此厲害的強敵。

假設狀況發展一如卡蕾拉預料，勝敗機率是五成。

（——出現人命傷亡，等於是違反主上的心意。）

卡蕾拉忠實服從利姆路的命令。

她之所以這樣對付塞斯，也是想由自己來應付最棘手的敵人，好保其他同伴性命無虞。

真要說起來，這種想法建立於敵軍大將塞拉努斯有蜜莉姆設法解決的前提上，她認定只要排第二位的交給自己對付，之後多得是辦法可想。

既然這個前提錯了，就不能在只排第三位的塞斯這邊耗費精力。卡蕾拉此刻不得不做出重大決定。

（本來想保留力量以備萬一，但也不想因為捨不得用而後悔莫及。抱歉了，塞斯。原本想多享受一下和你的戰鬥，看來是時候說再見了。）

卡蕾拉在心中對塞斯賠不是。

她本來很想靠實力打倒塞斯吸收經驗，但現在戰友們性命垂危，還以自己的樂趣為優先就太可惡了。於是毫不猶豫地下判斷，黃金槍對準塞斯。

「呵，難道妳還沒搞清楚，那玩意兒對我不管用嗎？」

塞斯說得對，即使是以黃金槍濃縮卡蕾拉魔力而成的子彈，也只有傷到塞斯外骨骼程度的威力。而且這種小傷立刻就能再生，實質上等於零傷害。

但卡蕾拉還是繼續使用黃金槍，作為障眼法之用。除此之外，還有一個理由。

這個理由更是重要——

「那麼，你受死吧。」

——那就是要在關鍵時刻當成殺手鐧。

卡蕾拉的發言還沒傳進對方耳裡，黃金槍已先射出致命子彈。

這種能消滅任何存在的子彈——稱為「神滅彈(Judgment)」。

「啥？」

塞斯當場愣住，看著自己胸膛開出的大窟窿。

遲了一些，生命消逝的感覺隨之而來。維持自我存在的「魔核」被毀，他發現自己無論如何都無法逃離步步逼近的「死亡」——

「妳……從一開始就在放水……？」

「沒有，我們實力幾乎相當，現在的你更是強大無比。如果與你硬碰硬，恐怕很難取勝吧。」

「……那妳，為何……？」

「就是因為這樣啊。」

長時間打一場不確定輸贏的戰鬥很好玩，但如今情況已不允許卡蕾拉以個人心情為優先。卡蕾拉苦戰愈久，同伴全軍覆沒的機率就愈高。

除此之外，她還有另一個真心話：

「跟你打鬥是滿好玩的，但你沒賽奇翁來得厲害，我也玩夠了。」

卡蕾拉如此說道，帶著天真無邪的燦爛笑容，說出了令塞斯絕望不已的真相。這種行徑很符合惡魔的作風，不過卡蕾拉這麼做並沒有自覺。

「……竟說我……不如人……？我可是，有資格成為新一代創世神………」

塞斯帶著憾恨如此低語。

而這也成了他的遺言。

即使目睹強敵生命走到盡頭，卡蕾拉並沒得到什麼成就感。她也無暇感受戰鬥的餘韻，只想去馳援哥布達他們。

＊

但就在這時，潛伏藏身的敵人終於行動了。

「哼哼哼，我等這一刻很久了。」

「什……！」

至今不曾感覺到任何氣息的卡蕾拉，雙臂忽然產生的「痛楚」令她驚愕萬分。這不是痛覺，是告知受到傷害的情報。急忙抬起護住要害的雙臂，被一陣沉重而激烈到難以置信的衝擊力道痛毆所造成。

這記攻擊的真相，原來是卡蕾拉的「萬能感知」都追蹤不到的蟲魔王塞拉努斯現身踢來的一腳。

卡蕾拉還勉強反應過來，若換做別人早已死在這一腳下。

「哼，千呼萬喚始出來，沒想到一出場就這麼性急。」

「該打擊的敵人，就該毫不猶豫地擊潰。」

蟲魔王塞拉努斯正如他所說，一直在準備伺機打擊卡蕾拉。

他有自信論實力壓倒性勝過卡蕾拉，但怕有意外，所以隱藏行蹤虎視眈眈地等候必勝時刻。

他戒備的是卡蕾拉的「神滅彈」。

塞拉努斯派來的尖兵美納莎，向他報告過近藤這個男人的情報。儘管近藤並未把所有權能公開，美納莎經過長時間觀察後判斷「此項全能細節不明，極度危險」，塞拉努斯也很重視這個問題。

塞拉努斯記得這事，於是對米迦勒以及菲德維等人查探過一番，得知近藤的權能已轉讓給卡蕾拉。

他基於這些情報做了某種程度的預測，現在才來進行作戰。

米迦勒似乎以「王宮城塞」防禦了這招，但塞拉努斯沒有那種權能。他判斷憑自己的防禦能力還留有疑慮，於是一直靜待卡蕾拉用掉那項棘手的權能。

正是這種膽小謹慎，將塞拉努斯造就為最強的存在。

而等待沒白費，隱憂總算是除去了。

雖然失去塞斯這個重要的棋子，但反過來說，也可以認為之前萬般警戒是對的。

（即使是敵人，還是得佩服這種強大威力。要是吃了這招，縱然是本王恐怕也無法全身而退。）

塞拉努斯雖如此讚賞敵人，不過憂心的問題已成過去式。

因為如今事情已經萬無一失，他對卡蕾拉不再抱持任何警覺心。

卡蕾拉親眼見到塞拉努斯，也明白到對方的危險性。

（這傢伙很危險。這下糟了，簡直深不可測……）

實在就像與賽奇翁對峙時一樣……不，比那更慘。塞拉努斯毫無破綻，讓她覺得連一點可乘之機都抓不到。

儘管不愉快，也只能承認了。

蟲魔王塞拉努斯，確實是比「破滅王（Menace Lord）」卡蕾拉更強大。

但是，還沒完。

卡蕾拉可不會因為這樣就輕言放棄。

「哦？自稱為王，做事還這麼狡猾啊？」

卡蕾拉故意講話氣他。

然而就連口角之爭，也還是塞拉努斯高她一等。

「呵，死到臨頭還逞強，看來惡魔是真的從骨子裡不服輸啊。」

他拿出贏家的風範，從容自在地蔑視卡蕾拉。

「難道說，你當自己已經贏了？站在我面前，有這種想法未免太過傲慢了吧？」

卡蕾拉雖如此回嘴，表情卻不帶半點從容。

畢竟光是被塞拉努斯踢上一腳，卡蕾拉的雙臂就已變形了。現在豈止握住刀劍，連想舉起黃金槍都有困難。

卡蕾拉的骨骼，原本是利姆路特製的神輝金鋼（Oreikhalkos），如今已進化為究極金屬（緋緋色金）。它兼具相當於神話級的強度、硬度與韌度，並具有不壞屬性。

現在卻發生這種狀況。

如果是被神話級武器弄傷還能理解，但她作夢也想不到才被踢一腳就會受這麼重的傷。

光這一件事，就能讓她充分理解蟲魔王塞拉努斯的威脅性。

至於祕密出在哪裡，把蟲魔王塞拉努斯從頭到腳看一遍就會明白了。

他的外骨骼散發著七彩光芒。

這正是究極金屬的光澤。

（真沒想到竟然全身都是究極金屬……）

看一眼那肉身就會知道，蟲魔王塞拉努斯是攻防一體的究極生命體。全身都是致命凶器，也是最強的盾牌。

卡蕾拉細細觀察塞拉努斯的完整樣貌。

從額頭綿延至背後的銀色纖毛，看起來頗像是一頭長髮。但是仔細一瞧，會發現每根毛表面都長出了極小突起物，形成刀刃狀。加上換個角度就會看見七彩光澤，可以推測就連這些纖毛都是究極金屬所形成。

（也就是說那每一根毛，都是相當於神話級的利刃？雖不知道他會如何運用，但不多加提防搞不好會被切成肉末——）

在他那額頭上，有一對晃動的觸角。長在背部與腰際的兩雙翅膀散發紅光，三雙手臂有所戒備地擺好架式。

（那些翅膀看起來也很危險。密度高得嚇人，是因為壓縮了能量嗎？光是解放那些能量，可能就會讓星球換個形狀吧……）

破壞力恐怕在卡蕾拉操縱的極大魔法之上。從那兩雙翅膀感覺到的駭人能量，令她產生這種預測。

然後是那三雙手臂。

只有一雙隨意交疊，其餘兩雙已擺好備戰架式。

最底下那雙在腹部前面交疊的手臂，已做好隨時可以發動魔法的準備。而且高舉過頭的手臂下半段變色變形，變得如刀刃般細長而散發冷光。

假如剛才第一招來自那對細瘦手臂，卡蕾拉極有可能已被擊斷雙臂。

不理會持續觀察的卡蕾拉，塞拉努斯把一隻腳放到了倒臥在地的塞斯身上。

等於是把兒子踩在腳下，但真實情況比那更惡劣。

「你做什麼——」

卡蕾拉如此問道，得到從塞拉努斯腳下傳出的咀嚼聲作為回答。

沒錯。塞拉努斯當著卡蕾拉的面，把兒子兼蟲將首席賽斯給吃了。

「我問你，那傢伙剛才驕傲地說自己將成為下一代創世神，你難道從一開始就打算拿他當棄子？」

卡蕾拉眯眼問道。

對於這個問題，塞拉努斯高聲嘲笑作為回答。

「別蠢了。本王的傳人必須無人能敵。甚至可以說必須超越本王。」

「……」

「實力不如本王之人，豈有可能成為什麼創世神？」

然後突如其來地，塞拉努斯有了動作。

他已經用腳底另外出現的口腔，將塞斯吞食完畢。

然後為了將這份力量納為己用，吸收了知識與經驗。

最好的證據，就是塞拉努斯講話變得流利而不再帶有口音。

至於獲得的力量——

卡蕾拉拚命試著擺出防禦姿勢。

但雙手就是動不了。

（慘了！要是被那個打個正著，會受到無法恢復的重傷！）

儘管以加速至百萬倍的思考能力導出這個結論，現實依然殘酷無情。

至少在卡蕾拉以往走過的人生當中，總是如此……

然而，眼下這個瞬間似乎成了特例。

塞拉努斯的踢擊，被某人擋下了。

「哇哈哈哈哈！現在正是我登場的時候。我不再忍耐啦！」

這位甩動著櫻金色（Platinum Pink）頭髮登場的少女，笑得相當開心。

而這位少女，正是卡蕾拉的新朋友兼這世界的最強存在之一——魔王蜜莉姆・拿渥本人。

＊

「卡蕾拉，這傢伙就由我收下了！」

留下這句話後，蜜莉姆與塞拉努斯隨即用上渾身解數開始廝殺。

事情演變成這樣，輪不到卡蕾拉插手了。

「好吧，沒辦法。就當作我也還有待精進，趕快來療傷吧。」

卡蕾拉極其冷靜而迅速地轉換心境。

然後一面替自己療傷，一面把注意力轉向歐貝拉他們的戰鬥。

結果發現，那邊上演的生死鬥比她想像得更慘烈。

由於卡蕾拉打倒了塞斯，如今僅剩比利歐德與姆吉卡這兩名蟲將。但這兩名才是真正的大麻煩。

特別值得一提的是比利歐德。這個蟲魔王塞拉努斯之妻兼全蟲魔族的親生母親，力量似乎正在不停高漲。

為了對抗這樣的比利歐德，歐貝拉率領著米德雷以外的五人對付她。

歐貝拉一面指揮戰鬥一面當肉盾。當她消耗過度時，立刻換蓋德上前頂替。

其餘三人——卡利翁、芙蕾、哥布達&蘭加則作為游擊戰力，反覆出手攻擊比利歐德。

就卡蕾拉的看法，這種戰法相當危險。

即使都是覺醒級的高手，遭受比利歐德的一擊仍可能對身心俱疲的卡利翁或芙蕾造成致命傷。他們卻得一面保護自己一面戰鬥，因此儘管有歐貝拉與蓋德引開敵人的注意，走錯一步必定導致嚴重後果。

正因為如此，歐貝拉與蓋德扮演的角色在這場戰鬥中舉足輕重。特別是這次由於少了回復角色，要不是有自動再生能力優越的蓋德，戰局根本無法成立。

至於米德雷，則正在代替蓋德應付姆吉卡。

這兩人目前呈現捉對廝殺的狀態。

大幅增強力量的姆吉卡，光看存在值遠比米德雷強大。然而戰況卻是一進一退互相抗衡的狀態。

理由出在米德雷全力應戰的姿態。

米德雷似乎覺得現在不是保留實力的時候，解除了對自己設下的所有限制，展現除了與蜜莉姆對打時從未現於人前的「龍戰士化(Dragon Body)」模樣。

人類外型猶存，只有手腳覆蓋龍鱗。衣服下的整個身體也是如此，除了關節部分之外全受到保護。

當然，這麼做並不能提升存在值或什麼，純粹只是讓他能夠十全發揮力量。換言之，如今的米德雷不會再手下留情。

或許是因為這樣，雙方開始互探虛實，演變成一場鬥智鬥力的激戰。

「哦，不愧是米德雷先生。原本就在好奇他跟賽奇翁誰比較強了，結果還真的是難分高低！」

米德雷也的確有真功夫，讓一旁觀戰的卡蕾拉佩服地叫了起來。

畢竟具備武人氣質的姆吉卡，技量也同樣是真材實料。否則早就成為蓋德的手下敗將了。

姆吉卡強化前就與蓋德不分軒輊，如今存在值更是膨脹了數倍。即使與米德雷相比也有他的三倍以上，兩人之間擁有壓倒性的差距。

而米德雷卻能與這樣的姆吉卡打得平分秋色，從這點就能理解米德雷是多違反常理的存在。

實際上假如認真對打，應該會是賽奇翁得勝。

但是，假如賽奇翁配合米德雷控制力道交手的話……

就卡蕾拉的判斷，兩者論技量應該是不分軒輊。

●

經過激烈的攻防之後，米德雷與姆吉卡拉開距離互相對峙。

雙方都在窺伺對方的破綻，不敢輕舉妄動。

在這狀況中，姆吉卡開口說道：

「你挺有兩下子的。讓鄙人聽聽閣下的名號吧。」

「我叫米德雷。你也要報上名號嗎？像你這樣能夠取悅我的勇士，名字值得讓我記住。」

即使處於敵對關係，米德雷與姆吉卡仍然惺惺相惜。尤其是姆吉卡自從歷經「生命重建」似乎變得更有人性，招式也不再冰冷死板而更增犀利。

米德雷似乎也感覺到姆吉卡的變化，發自內心欽佩他。否則也不會用全力以赴的模樣現於人前。

但是這裡是戰場，兩位英雄是敵對關係。

即使欣賞對方的能耐，實際上卻得殺個你死我活。

米德雷笑著用流暢的動作揮出左拳。然後用快過出拳的速度收回，利用反作用力來一記迴旋踢。

說穿了就是假動作，但讓米德雷來用可沒這麼簡單。他於一開始握拳出招之際，已經壓縮空氣將其擊出。

而且其中還融合了鬥氣，威力比隨便一個魔力彈要厲害得多。

姆吉卡對拳頭做出反應舉起武士刀，得以彈開這枚壓縮空氣彈。然而緊接著，米德雷抓準武士刀舉至上段露出的空隙，動作精采地一擊踢去。

「唔呼！」

踢擊威力直穿透至甲冑底下，循環於姆吉卡的全身妨害了身體機能。不用說也知道，這是因為米德雷的踢擊也充滿鬥氣。

米德雷是「氣鬥法」的高手。

如同維爾格琳在抵達的異世界開創出名為「龍拳」的流派，在這基軸世界，也擁有獨一無二的流派代代相傳。

這種流派以近似古流柔術的基本動作融合自身鬥氣進行身體操作，也表現了開山始祖蜜莉姆的豪邁奔放。

流派沒有名稱，硬要命名的話應該會是「龍魔拳」。

附帶一提，此種流派不像「龍拳」具有繼承「魂魄」等儀式。涓滴累積的知識與經驗，就是拳師所掌握的一切。

基軸世界居民壽命不一，能隨著生活方式大幅增壽。光是進行修行以「氣鬥法」調節身心就能讓壽命延長數倍，而像米德雷這種出現返祖現象的純血種，更能活上超過千年的歲月。

事實上，米德雷的歲數也已超過兩千歲。

正是將這所有時間全用在修行上，造就了米德雷的強大武藝。

姆吉卡結實地吃了米德雷此種強者的踢擊，不由得倒退一步。然後他瞥了眼傷處，頓時大吃一驚。

只因功夫不到家的攻擊連一點傷痕也無法留下的甲殼甲冑，居然凹陷碎裂出一個大洞。

蟲魔族的下級士兵不知何謂恐懼，只要收到命令就絕不會罷手，無論對手比自己強大多少都會反覆發動敢死攻擊。但是高階個體由於數量稀少，能夠出於本能掌握自己與對手的實力差距。

蟲將階級的這種本能更是精準無比，幾乎可以完全正確地推測對方的戰鬥能力。

只不過，這種本能純粹僅適用於對手的直接能力，無法看穿技能的權能等等。至於對方歷經過多少的鑽研苦練，更是得實際一戰才能得知。

姆吉卡如今吃了這一招，對米德雷的戒心提高到最大級。比利歐德賜予的力量讓他一時自大起來，現在才冷靜地看出勝負拖得愈久就愈有可能害自己落敗。

既然如此，該採取的唯一行動就是——用上渾身解數使出最強招式，向對手致敬。

「嘗嘗我這招吧——噬牙！」

姆吉卡的武器嚴格來說並非武士刀，而是經過淬煉鍛造的刃狀生體異鋼。如今這把刀刃，伴隨著姆吉卡的進化而變得更加鋒利。

還不只是如此，這把足以與神話級匹敵的利刃又注入了姆吉卡的魔力，達到足以切斷萬物的威力襲向米德雷。

豈料，米德雷不為所動。

只見他「哼嗯！」一聲大喝，以左臂擋下姆吉卡的刀刃。

對，擋下了。

堅硬刺耳的聲響迴盪四下，震耳欲聾。此乃威力與硬度相當之物互相碰撞產生衝擊波，所演奏出的旋律。

「怎麼可能……！」

「有何好驚訝的？只要氣勢夠強，想把自己的肉體變作武器還不簡單？」

簡單才怪。

姆吉卡的反應才是對的。

但米德雷這個男人，向來都是以蜜莉姆這個強得不像話的存在作為鍛鍊對手。他想都沒想過自己的道理對常人來說有多違背常識，還以為是天經地義而不曾懷疑。

當然，他也不是真的全靠氣勢。

手臂覆蓋著龍鱗自然是原因之一，但其中也有穩紮穩打的技藝在。

米德雷是操控自身的鬥氣，讓肉體硬化。

他先預測敵人會攻擊的部位，注意力集中於該處。然後不怕其他部位的防禦力降低，全身鬥氣集中於一點。

如此一來左臂就附加了能抵禦神話級威力的力量，但他只用氣勢二字解釋一切，簡直沒道理。

只有米德雷才有如此能耐。

米德雷的本質在於戈畢爾終有一日會企及的「龍神」之位，以他具備神性的肉體強度，光憑名為氣勢的毅力就能與神話級爭鋒。

而理所當然地，他的技藝並不只限於防禦。

「再來換我了。」

米德雷說完露齒一笑，維持著左手擋刀的姿勢下盤一沉。

也就是空手道所說的蹲馬步。

他維持此一姿勢，直接沿用左臂產生的龐大能量將其集中於右拳。不只如此，還從接觸大地的雙腳汲取流動於這星球上的地脈能量——甚而更進一步，將等同於星球本身的能量累積至自己的體內。

這正是稱作「星身同化」的「龍魔拳」之絕招。

當然，這對身體造成的負擔超乎想像，但米德雷就是有本事靠氣勢制伏它。他絲毫不擔心後果，純粹以勝利為考量。

「唔！」

姆吉卡察覺到大禍臨頭時已經太遲了。

「龍魔剛爆霸（Dragonic Blast）！」

這就是米德雷充分發揮實力施展的奧義，令龍牙聖拳霸瞠乎其後的最強招式。

乍看之下，與剛才擊碎蟲將薩里爾身體的招式似乎同樣都是平凡的正拳，然而威力卻逸出這世界的法則與常識。

姆吉卡也產生了同樣感想——要等到甲殼甲冑的胸膛中央被開出大洞，才終於理解到米德雷的異常能耐，然而為時已晚。

（原來光是提高警戒還不夠……鄙人也真是老糊塗了……）

姆吉卡臨死之前，如此心想。

但不知為何，他輸得心服口服。

姆吉卡就這樣放下蟲將的身分，作為一位武人心滿意足地逝去。

米德雷先生真有一套——卡蕾拉睜大了雙眼。
她原本就很欣賞這位人士，如今在眼前展現的實力更是令她激賞。
光是觀摩覺醒後的高深攻防技巧，就讓卡蕾拉感到獲益匪淺。
不過現在比起這個，還是先設法解決剩下的問題——比利歐德要緊。
如今米德雷已打敗姆吉卡，己方可以展開總體戰。如果卡蕾拉也能參戰就更好了，無奈身體還是無法動彈。
塞拉努斯剛才那一擊，就是造成了如此致命性的傷害。
卡蕾拉心急地覺得自己怎麼這麼沒用，但同時也冷靜地分析戰況。
（傷腦筋，這些蟲子實在也夠棘手的……）
這是真心話，也是結論。
就在這一刻，比利歐德的力量又增強了。能打倒姆吉卡是很好，但也因此強化比利歐德的力量。
原因在於，她連姆吉卡的力量也一併吸收了。
塞斯的力量剛才已被塞拉努斯直接吸收，因此未曾回饋到比利歐德身上。然而像姆吉卡這樣死於戰場上的人，力量會被比利歐德吸乾抹盡。而她又利用這份力量，對自己的肉體也做了生命重建。
這正是支配目前戰場的比利歐德，其權能的棘手之處。

比利歐德全身為武者般的甲冑所覆蓋，手裡握著恐怖不祥的刀。將姆吉卡的特性與經驗納為己用，似乎讓比利歐德如今也獲得近戰本領。

（弱點好像愈變愈少呢。想到她能奪走戰場上死者的力量，就不能不慶幸主上制定了禁止人命傷亡的方針。）

不分敵我雙方，在這戰場上敗亡之人的力量都會流向比利歐德。想毀除這個前提的唯一方法，就是「破壞」覆蓋這戰場的結界。

但那是不可能的。

這是因為不只是統領敵軍的蟲魔王塞拉努斯，連魔王蜜莉姆也在傾力維持結界。

若非如此，這顆星球早就灰飛煙滅了。

塞拉努斯的目的是支配這顆星球而不是破壞，雙方陣營只有在這一點上達成共識，用來保護環境的「結界」便自然得到維護。結果卻連帶造成比利歐德的無雙狀態。

儘管說起來教人頭痛，但事到如今後悔也來不及了。

（不過好吧，大概也不會再變得更強……應該吧？不可以心急。只能設法找出攻略的起點了。）

蟲魔族如今除了皇帝與皇妃，已經無人存活。只要己方陣營沒人犧牲，便可以認定對方不會再得到強化。

而理所當然地，如同卡蕾拉已發覺，歐貝拉與米德雷等人也對現況擁有正確認知。正因為如此，眾人無法採取玩命特攻或是犧牲小我等戰術，除了有耐心地打持久戰，消極但腳踏實地給予傷害之外別無他法。

只不過，其實這也就是開戰至今的作戰方針，因此沒有人特別感到焦急或是心態上急於求勝。即使比利歐德獲得強化也並未改變這點，大家繼續維持以歐貝拉與蓋德為中心的戰術，確實而有耐心地等著比利歐德耗盡氣力。

（大家果然厲害。可是……）

都已經有米德雷這號強者參戰了，戰況非但不見好轉，反而還漸漸走向絕境。

再這樣下去是輸定了——卡蕾拉如此判斷，心裡產生危機意識。

蜜莉姆與塞拉努斯的戰鬥簡直是進入了另一次元，卡蕾拉刻意忽略。

現在該思考的是，如何在戰友們出現人命傷亡之前攻下比利歐德。

找不到能起關鍵作用的方法。

戰鬥還能維持平衡已經是奇蹟，她不認為這種走鋼索狀態能維持多久。只要一個失誤，戰況就會像千里之堤潰於蟻穴那樣一口氣兵敗如山倒。

得在那之前，先想想辦法——

卡蕾拉再次怒形於色，瞪著自己遲遲無法動彈的右臂。

現在不行動，自己待在這裡等於沒有意義。

換言之，這個問題足以影響卡蕾拉的存在意義。

因為她追求強大力量，就是為了用在一時。

這時，黃金槍發出微光。

『——既然如此，我就助妳一臂之力吧。』

卡蕾拉的耳朵，聽見了不可能聽見的「聲音」。
不會吧——她很久沒有這麼驚愕了。
然後下個瞬間——

●

那是一場重演神話場面的惡戰。
蜜莉姆與塞拉努斯，雙方只不過是拳頭揮空，就導致大氣振動、大地震盪。
儘管戰況激烈到連星球都可能粉碎四散，但一個原因避免了那種狀況。
只因塞拉努斯與蜜莉姆，各自使用「防禦結界」保護了這個戰場。
真要說起來，蜜莉姆當初沒有立刻參戰也是因為如此。
她很清楚卡蕾拉的極大魔法「終末崩縮消滅波」會造成的影響，並計算出這場戰爭將對大地帶來的災害。這使得她採取行動，運用「結界」保護這整顆星球。
蜜莉姆雖是個暴君，也兼具深思熟慮的一面。
儘管她的言行全是發自內心，私下也能準確預測與理解自己的行動會帶來的結果。要說這種能力是一種雙面性也行，總之蜜莉姆．拿渥這個魔王就是能做到正反兩面俱到。
回到正題，蜜莉姆因此將大顯身手的機會讓給卡蕾拉，但隨即察覺除了自己以外還有另一人在試著守護這顆星球。

不是別人，正是統領敵軍的蟲魔王塞拉努斯。

（唔嗯，看來此人與我所見略同。這下有點棘手了……）

塞拉努斯的行動，就連蜜莉姆也始料未及。

對方既然企圖侵略這個世界，會想保護這顆星球想想也很合理。但站在蜜莉姆的立場，卻無法輕易表示贊同。

如果只是普通「結界」的話還不礙事，但它偏偏附帶了對敵人有利的效果。所以蜜莉姆很想直接把它毀掉，可是又會連帶影響到自己的「結界」，結果恐怕會對這顆星球帶來嚴重災害。

（唔唔，竟敢利用我的「結界」，太囂張啦！）

雖然滿肚子怨言，然而現況讓她無法輕舉妄動。因為這狀況正是敵軍首領實力堅強的明證，她不能衝動行事。

即使蜜莉姆大多數的事情都能用暴力解決，面對實力可能與自己旗鼓相當的敵人，還是不得不謹慎處理。

她就這樣耐著性子等候良機，最後終於輪到自己出馬。

塞拉努斯採取行動了。

蜜莉姆二話不說就想動身，但這時遇到一個問題。塞拉努斯做事可真夠周到，居然對「結界」動了手腳讓蜜莉姆無法入侵。

儘管解除只需不到十秒的短短時間，被拖延這麼一下卻很有可能導致狀況致命性惡化，無疑是一大失敗。

雖然從結果而論只達到一點整人效果，自己著了敵人的道是事實。蜜莉姆一面反省一面真心佩服對手，並冷靜鎮定地發誓此仇必報。

只不過那也是因為及時趕上救卡蕾拉脫離危機，才能有這種感想。即使以卡蕾拉的能耐想必不至於送命，萬一當時狀況致命性惡化，蜜莉姆也不知道自己會氣憤到什麼程度。

對這世界來說，這同樣也是有驚無險的一幕。

總而言之，蜜莉姆最不願看見的狀況未曾發生，再來只須擊敗塞拉努斯即可。

蜜莉姆高高興興地參戰，開始與塞拉努斯交手。

塞拉努斯很強。

他能輕易接住蜜莉姆的拳頭，犀銳地出拳還擊。蜜莉姆也輕鬆自在地格擋，施展一連串的踢擊、肘擊與頭槌痛打對手。而塞拉努斯也不曾落於蜜莉姆之後，漂亮地一一化解。

兩者靠的都是肉搏，展開激烈攻防。

「挺有一套的嘛。我都沒有手下留情，你卻能陪我玩這麼久！」

「呵，笑死人。原本還提防創造主的女兒有多大力量，看來也不怎麼樣。」

儘管塞拉努斯妄自尊大地回應蜜莉姆的玩笑話，實際上卻沒有半點輕敵。他心裡仍然對蜜莉姆抱持最大戒心，只不過是裝出一副輕蔑的態度罷了。

看他對卡蕾拉的「神滅彈」百般戒備就知道，塞拉努斯為人謹慎。向來與自高自大這幾個字無緣。身為絕對強者，但從不過於自負。而且無論面對何種對手總是全力以赴不敢輕敵，這就是魔神塞拉努斯的天性。

也正因為如此，塞拉努斯提防的可不只有蜜莉姆一人。強敵弱者一律不敢輕侮，隨時全力應戰才符合他的天性。

因此才會對「結界」設小機關延誤蜜莉姆的參戰。而他原本打算趁這一瞬間收拾掉卡蕾拉，並占據她的力量。

沒能得逞，是因為蜜莉姆出色的演算能力超出塞拉努斯的預測，而卡蕾拉又超乎他想像得頑強。即便是對於塞拉努斯這樣的人物，無法奪走卡蕾拉的性命仍算得上是沉重打擊。

萬一卡蕾拉治好傷與蜜莉姆聯手，事態將會變得相當麻煩。要是還拖延成持久戰，對手有可能再次使出一天只限使用一次的「神滅彈」來對付他。冷靜判斷這些要素，就知道戰況絕不樂觀。

所以塞拉努斯在與蜜莉姆對話時，才會不忘併用深層的心理戰術。

（如果這樣能讓她輕敵算是幸運，只是不知創造主的女兒究竟有多大能耐。）

塞拉努斯一邊暗想，一邊觀察蜜莉姆如何出招。

相較之下，蜜莉姆依然態度高傲地笑得燦爛。

「哇哈哈哈哈！很會耍嘴皮子嘛。那你可得給我找更多樂子才行！」

於是蜜莉姆就在這一刻，初次現出全力應戰的模樣。

彷彿替她美麗的櫻金色秀髮做中分，她的額頭長出了美麗紅角。背上張開一對龍翼，全身披起漆黑鎧甲。

手裡握著金轉送給她的「天魔（Asura）」。

難得看到蜜莉姆使用武器。

無論嘴巴如何不饒人，這就證明了她承認塞拉努斯是對手。

而塞拉努斯也就此明白，自己的演技對蜜莉姆不管用。既然如此，再裝下去也沒意義。

「你明明這麼厲害，為什麼要小心謹慎到這種地步？膽小嗎？」

蜜莉姆不解地詢問，塞拉努斯無所隱瞞，想到什麼就回答什麼：

「呵，什麼叫膽小？與其因為不懼敵而戰敗，本王寧可膽小也要成為勝利者。」

塞拉努斯言行舉止維持王者威嚴，堅定地表示自己毫無可恥之處。這都是他的真心話，也是自尊。

「勝利者？你究竟想得到什麼？」

「呵，這還用說嗎？超越創造者才是吾等使命。」

這正是塞拉努斯毫無虛假的真心話。

事實上，塞拉努斯自從得到維爾達納瓦命名之後，始終在思考自己的存在意義。

不像菲德維那樣因為過於崇敬創造主而變得盲目，他針對自己該做的事從錯誤中反覆學習。

最後歸結的答案是——「超越父親」。

塞拉努斯的肉體永遠不滅。全身細胞都在精神控制下，能夠超越再生層次瞬間重現出同樣的細胞。

他與一切傷病無緣，是超越壽命的存在。

即使如此，一旦能量枯竭還是會死。

就算肉體永不毀滅，精神上還是有其極限。

換言之，並非不死存在。

塞拉努斯總有一天必須超越維爾達納瓦。以現況來說他還無法抗拒「死亡」，所以打定主意要做個膽小鬼，用盡一切手段提升自我。

正因為如此才需要增加手下人馬，而不是唯我獨尊。

他甘願冒巨大風險，創造出比利歐德作為自己的配偶。然後和她生下了能夠作為自己左右手的一群孩子。

這些孩子也都獲得父親塞拉努斯的真傳，一心追求強大力量。

尤其是塞斯與自己最像，而且一樣十分膽小。

不只如此，個性更是卑鄙狡猾。

甚至因為從剛出生的「弟弟」身上感覺到威脅，就試著摘除禍根。

還吞食準備作為次世代女王而生下的個體，企圖將其力量據為己有。

儘管這個企圖似乎以失敗告終，這一切塞拉努斯都直接忽視。

全都放任不管。

因為如果塞斯能因此成為下一個創世神，那也是值得欣喜之事。

身為父親的自己，與身為兒子的塞斯。誰勝出即為正義，下個世紀也將由勝利者一步步建立打造。

只不過，塞拉努斯從未有意讓出王位，打算等塞斯成長後就奪走他的力量……

塞拉努斯為了能夠勝券在握，對塞斯疼愛有加以贏得他的信任，藉此隨時正確地掌握塞斯的實力。

這次由於來了卡蕾拉這個危險分子，給了他巧妙活用塞斯這個試金石的機會。而且塞斯的力量也成為他的囊中物，這個結果令塞拉努斯十分滿意。

既然塞拉努斯這般強者如此狡猾，又步步為營謹慎行動，這下可以說是堅不可摧了。

所以他才能坦坦蕩蕩、光明磊落地回應蜜莉姆所言。

蜜莉姆見狀，隨即認定塞拉努斯比原先預料得更危險。她認為不趁現在打倒此人將會釀成不可收拾的災厄，最終的判斷是必須全力收拾掉他。

「本來想再多跟你玩一下，遺憾的是你這人太危險。抱歉，接下來我要認真對付你嘍。」

蜜莉姆換上嚴肅的表情，對塞拉努斯如此宣告。然後不容分說地解放力量。

這下子塞拉努斯也無法等閒視之。除了拿出真本事別無選擇。

「別蠢了。作為挑戰巔峰之前的餘興節目，本王就陪妳玩兩下。讓本王見識創造主的女兒有多大力量吧！」

雙方不再顧慮對世界的影響，解放體內累積的不祥力量。

兩者的力量不斷高漲，大氣為之震盪。

既然彼此技量相差不大，以格鬥戰互相消耗體力只會讓勝負曠日彌久。這是雙方的共通認知，正因為如此，蜜莉姆此時才會選擇以必殺魔法迅速殲滅對手。

為了準備接招，塞拉努斯也開始精煉鬥氣。

蜜莉姆與塞拉努斯的霸氣就這樣互相衝撞，在空間各處引發壓縮爆炸（電漿）。

威力強到光是餘威就能把隨便一隻魔物炸成碎屑。

就算是高階魔人，受到波及恐怕也無法全身而退。

戰場上有這種可怕的爆炸此起彼落，第三者自然無從介入。其他人早就避難完畢，從「結界」外躲得遠遠地觀望情勢。

眾人只要逃生稍微慢了一點，此時恐怕已經上演一場地獄光景了。然而，都已經造成如此凶險的能量力場，兩者卻還沒真正拿出全力。

「讓你瞧瞧我的祕招！龍星爆焰霸（Drago Nova）！」

蜜莉姆的雙手間出現輝煌的星粒子，人世間不該有的破壞之力旋轉翻騰。她集聚力量，朝塞拉努斯擊出。

就算擁有比利歐德那種扭曲空間的力量，也不可能完全卸除這道洪流。蜜莉姆是全都經過考慮，才用這道暴虐之力重擊對手。

儘管此種暴行像是在誇耀「破壞的暴君（Destroy）」的威信，以目前情況來說卻是對的選擇。超常者之間展開大戰時，戰鬥拖得愈久造成的災害愈慘重。此處是因為有結合了蜜莉姆與塞拉努斯之力的「結界」，蜜莉姆才會徹底加以活用，欲與對手一分高下。

至於塞拉努斯選用的也和蜜莉姆一樣，是用來殲滅敵人的必殺奧義。

「將敵人吞噬殆盡吧——『黑暗增殖噬（Devastator Virus）』——！」

只見塞拉努斯的身體開始冒出漆黑的微細粒子。而這些粒子像是具有意志般，阻擋了龍星爆焰霸的光輝。

這些粒子，原來是構成塞拉努斯身體的黑暗細胞。

塞拉努斯能夠自在操控於異界吸收的物質，將自己的身體化為微細分子侵蝕敵人。具有意志的極小細胞擁有足夠力量衝破「結界」自內部啃噬對手，一般泛泛之輩連抵禦的手段都沒有。

蜜莉姆射出的輝煌光彩，與塞拉努斯支配的黑暗粒子產生交錯。

光華驅逐幽暗的同時，黑暗也逐漸吞沒光明。

雖然論時間只在須臾，卻是恍如無限的緊迫時刻。

這對雙方來說都絕非本意。

蜜莉姆原以為這招能壓倒性獲勝，塞拉努斯也自認能夠吞噬蜜莉姆。

最後，孰勝孰敗終於揭曉。

當光明與黑暗聚斂之時，依然屹立不搖的是蜜莉姆。

即便黑暗微細粒子也纏在蜜莉姆身上，但都受到她的霸氣洗禮而逐一消失。感到疲勞是事實，不過蜜莉姆本身毫髮無傷。

至於塞拉努斯這一邊……

「……這就是……疼痛嗎？真沒想到……竟然有本王無法吞噬的存在……」

令人震驚的是，竟也安然無恙。

蜜莉姆的龍星爆焰霸以名為星粒子的特殊物質作為主成分。這種唯有蜜莉姆才能操控的物質暗藏了超越靈子之上的破壞力，只要無法分析其性質，無論是誰都駕馭不了它。

即使試著吞噬它而失敗，也只能說理所當然。

只不過，塞拉努斯也只是沒能吞噬，還是成功抵銷它。雖然無可避免地承受了幾成傷害，但還在完全可以再生的範圍內，對繼續戰鬥不造成任何影響。

蜜莉姆感覺精神疲勞，塞拉努斯則是肉體有若干損耗。這便是這場奧義互相轟炸留下的唯一結果。

塞拉努斯霍地站起來，用他的複眼目不轉睛地瞪視蜜莉姆。

然後他想了想：

（本王再這樣繼續打下去，真能獲勝嗎？）

不愧是創造主的女兒，蜜莉姆果然厲害。聽說她繼承了父親的大半力量，這樣看起來恐怕還隱藏深不可測的更大神力。

塞拉努斯有這份確信。

這是因為他看過蜜莉姆昔日與魔王金上演生死鬥的遺址「荒蕪大地」。

塞拉努斯一如他的謹慎性情，收集情報總是面面俱到。那片又稱為死亡沙漠的土地，誕生時期明明是在兩千多年前，至今卻仍然受到濃密的魔素汙染。

蜜莉姆施放的龍星爆焰霸威力是很驚人沒錯，但不會造成那麼嚴重的汙染。既然如此，就該假設她還有其他更可怕的祕招。

不知道她暗藏哪一手，讓塞拉努斯內心不安。

塞拉努斯可不願拚生盡死贏得勝利。他要的是確實而安全的勝利。

這份信念無可撼動，如果以它為出發點思考，繼續戰鬥太危險了。

因為他絕對不能有個萬一，但蜜莉姆的實力至今仍是未知數……

塞拉努斯個人就在這一刻，已經將撤退納入考量。

而就在下一刻，發生了一件事迫使他做出決斷。

●

卡蕾拉聽見了不可能出現在這裡的人物的聲音，確定現在不是繼續隔山觀虎鬥的時候。

雖然覺得不敢置信，不過她沒不知趣到會在這種狀況下懷疑現實。

「嗨，你是沒死成嗎？」

「呵，是因為妳太不中用，我才會從彼岸被喚回。」

說完這句話，理應早已死在卡蕾拉手裡的近藤中尉膽大包天地笑了。

卡蕾拉無從得知的是，就在不久之前，正幸的究極技能（Ultimate Skill）「英雄之王」發動了效果。

換言之，眼前的近藤雖具有實體但並非活人，與本尊無異但並非本尊，是與資訊生命體（Digital Nature）同一性質的存在「英靈戰士（Einherjar）」。這種事本來不可能發生，是透過正幸的權能，他才得以趕來解救卡蕾拉於險境。

「言歸正傳，厲害到能殺得了我的惡魔，不會跟我說這樣就玩完了吧？」

「最好是這樣。我本來正要狠狠海扁他的，是你自己愛來攪局吧？」

近藤也沒反問：「妳哪有辦法？」

他大膽無畏地笑著點頭說「那就好」，並告訴她：

「我也來幫妳，多包涵吧。」

援手伸得極其自然。

而卡蕾拉也像是本該如此般接受了。

「好吧，哎，畢竟我現在都這樣了，那就欠你一次吧。」

絲毫不執著於身為惡魔的驕傲。

不，甚至還顯得喜孜孜的。

於是，強悍無比的二人組就此誕生。

都什麼狀況了，兩人卻照樣輕鬆自在地討論計畫。

「所以，要採用什麼樣的作戰？你要幫我打倒那傢伙嗎？」

一變成夥伴，卡蕾拉開口就做霸道要求。

近藤也顯得很傻眼，但嘆了口氣就開始說明：

「就算是我，也贏不了那種東西。」

近藤這人很實際。

明明才剛在現世顯靈，便已經相當冷靜地掌握了狀況。
而且基於這點一一做出極其合理的判斷。
「不過幸運的是，那傢伙目前關注的是其他對象。」
「哦？」
「既然硬碰硬沒有勝算，用密技就是了。」
近藤如此說完，把自己的手疊在卡蕾拉的手上。
更正確來說，是想把自己的力量注入卡蕾拉握住的黃金槍裡。
「竟然冷不防握我的手，這樣很害羞耶。」
「住口。現在不是開這種玩笑的時候。」
其實卡蕾拉說的完全是真心話。卻慘遭冷淡地隨口應付，聽得她很生氣。
然而，近藤說得很對。
為了不讓戰友出現傷亡，現在的確是打倒敵人的重要時刻。
卡蕾拉集中注意力，觀察近藤準備採取的行動。
然後她看出來了。
「我懂了，是你的『神滅彈』吧。」
「沒錯。我把所有力量全注入這顆子彈上了，妳只須專心控制它就好。」
他不會問什麼：「妳已經能運用自如了吧？」
近藤很信任卡蕾拉。
卡蕾拉也感覺出來，心情又好了起來。

「好，包在我身上。」

她笑容燦爛地扛下這個擔子。

●

比利歐德是戰場的支配者。

儘管經過許多曲折，事情發展大致上不出原訂計畫。

令她不悅的是，死者人數沒想像得多。

而且，敵軍還無人死亡。

即使有人身受重傷必須退離戰場，似乎也用魔法或回復藥等等做了急救，無人因此送命。

枉費她塑造特殊力場，想藉此吸收戰場上死者的力量，這下卻害她沒能收到預期的成果。

（不過好吧，反正還是有吞噬我的孩子們整合力量，沒什麼好挑剔的。）

事實上，現在的比利歐德的確已經強化到與開戰時判若兩人。

不光只是單純比較能量總額，她連孩子們的技量也都納為己用，當然不能相提並論。

將本身就很擅長的「空間支配」搭配剛獲得的近戰能力，糾纏不休的雜碎們不可能動得了她分毫。

只是這群雜碎——歐貝拉、米德雷、卡利翁、芙蕾、蓋德、哥布達&蘭加的聯手行動無懈可擊，將傷害控制在最小程度。比利歐德是不會受到致命傷，但想打倒他們卻也意外地困難。

這使得比利歐德煩躁不耐。

（真沒意思。都獲得這麼大的力量，打了半天竟然還是解決不了這些傢伙……）

時間一久絕對是自己贏。比利歐德儘管清楚這點，就是難以克制煩躁的情緒。

特別是名叫蓋德的魔人，最讓她看不順眼。

比起現在的比利歐德又沒多大本事，卻異常地耐打。

他早就該奄奄一息了。

比利歐德帶著奪命意圖的攻擊明明一再打個正著，他竟一次又一次重新站起來。

而且那雙眼睛更是讓她討厭。

此人應該十分清楚敵我的力量差距，卻簡直不肯死心地瞪視著比利歐德。就好像確信贏的會是他們一樣──

（夠了沒啊，別再胡鬧了。該用這種眼光看你們的是我才對！）

如果是歐貝拉的話她還能理解。

這是因為比利歐德會派出斥候蟲對幻獸族進行調查，關於該族的敵對勢力歐貝拉軍當然也有接到報告。而她在此次戰鬥中目睹了歐貝拉的實力，承認其確實是危險的存在。

所以才會誘使歐貝拉二度施展大招消耗力量，絕沒有看輕對方的意思。

然而問題是，她沒想到會來個叫蓋德的壞她好事。

（這傢伙明明實力只跟生命重建前的姆吉卡差不多，也太能撐。究竟打算抵擋我的攻擊多久……）

特化型就是這樣才難對付──比利歐德一面極力安撫自己煩躁的內心，一面聰明地保持冷靜。然後她揮動觸手發動「千裂次元斬」藉此洩憤。

但問題是大半斬擊都被蓋德的混沌吞食抵銷。其餘斬擊也被躲得乾乾淨淨，結果只讓比利歐德氣上加氣。

這不能怪比利歐德實力不足，是蓋德等人卯足全力搏命奮戰的結果。

哥布達戰勝恐懼，專心干擾比利歐德。

蘭加對這樣的哥布達寄予信賴，也提供全方面的後援。

米德雷享受戰鬥樂趣的同時，對生死看得很開。他早已克服恐懼，只是純粹地出招直取比利歐德的性命。

卡利翁與芙蕾充分發揮覺醒後的力量，從空陸兩路反覆攻擊比利歐德。

在菈米莉絲的迷宮內進行的訓練，在此正可說發揮了奇效。若不是有那些經驗，眾人早已弄錯力量分配敗下陣來了。

歐貝拉也有一套，精準無比地研判戰況趨勢並給予指示。蓋德之所以能安然無恙，也是因為她抓對肉盾輪替的時機。

但是說到蓋德，他本人已經意識恍惚了。

一如比利歐德的判斷，還能活著已是奇蹟。

只是憑著一股氣魄屹立不倒。

與權能一體化的「全身鎧」碎裂一地，殘缺不堪。肉體更是早已超出極限，遍體鱗傷到了連「超速再生」也來不及治療的程度。

蓋德之所以還能繼續戰鬥，祕密出在他的權能。

蓋德獲得的究極贈與「美食之王巴力西卜」具有代替他人受傷的「代打」與提升夥伴防禦力的「守護賦予」等權能。不只如此，藉由結合這兩項權能的方式，還能發揮另一種全新的效果。

也就是讓他人代替自己受傷。所以蓋德一直在調整傷害量，把傷害分配給各個部下與自己。

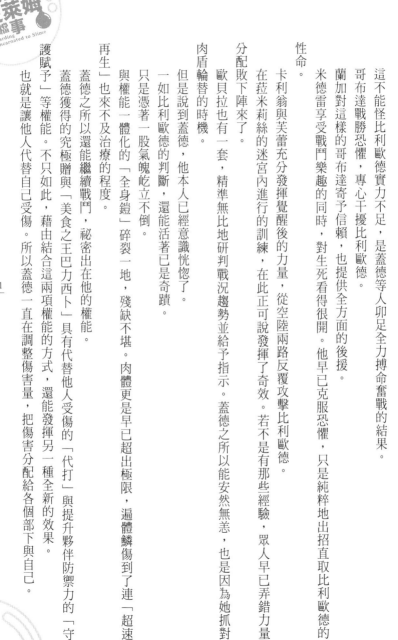

但這也有限度。

部下都在主張自己能承受更多，然而蓋德看出他們在說謊。

就跟自己一樣，所有人都已經達到極限。

但蓋德依然屹立不動。

面向前方，視線不曾離開比利歐德片刻。

幹架時誰先別開目光就輸了——他這是在老實遵守利姆路說過的話。

雖然那只是酒席上的戲言，對蓋德而言卻是至理名言。就算事實並非如此，他認為只要憑自己的本事讓它成真即可。蓋德這個漢子向來如此。

可是，諒蓋德再有本事也是有限度的。

他再次挨打，終於膝蓋一軟跪了下去。

「唔……我站不起來了。」

「呵呵呵呵，總算倒下啦。為了褒揚你的努力奮鬥，就最後再殺你吧。」

比利歐德嗤笑著說道。

她把蓋德擺最後並非因為仁慈，而是想之後再慢慢玩死他。不過是純粹想做個實驗，看看他能撐多少攻擊罷了。

再說，現在繼續跟蓋德一個人糾纏也非上策。

其他人沒蓋德這麼能撐，她認為威脅應該儘早剷除。

如今障礙已經消失，她贏定了。

硬要說還有哪裡需要擔心，可能就是比利歐德的主君塞拉努斯此時已與魔王蜜莉姆開始交戰，而且孰勝孰敗不可預料。

事情是照著計畫走。

不過問題是，魔王蜜莉姆的力量仍是未知數。

比利歐德也不是懷疑塞拉努斯可能落敗，但凡事只怕萬一，她很想快點去助陣以期確實贏得勝利。

（好吧，反正這個打不死的已經倒下，其他雜碎一定很好收拾。）

比利歐德確信自己一定能贏，準備對歐貝拉等人發動必殺技——卻忽然停了下來。

只因一陣惡寒竄過她的背上。

她感覺到這個戰場——由比利歐德支配的空間，正受到某人的干涉。

（怎麼可能！能踏入這個空間的，應該只有少數幾人——）

即使是事前聽聞到的那些強者，想從外界入侵這個支配空間也絕非易事。就算像蜜莉姆那樣藉由攻性演算干涉時空，在「結界」出現異常徵兆後也應該會花上更多時間。

可是現在，那人卻如入無人之境，直接出現在這個空間。

不可能有人有這種能耐。

萬一真的有，那人絕不會是生命體，而是——

比利歐德算出那人出現的座標，視線盯緊一個點。

然後她從那裡看見了黃金的光輝。

那光彩來自於槍身，而槍口對準的是比利歐德本人。舉槍瞄準的，是她以為已經無力再戰而放著不管的黃色始祖（Jaune）。

而比利歐德注意的人物此時與黃色始祖（卡蕾拉）互相依偎，眼光銳利而堅定，他目不轉睛地盯著比利歐德的腦袋。

有什麼企圖再明顯不過了。

而其威脅性，大到足以讓比利歐德驚惶失色。

「快住——！」

話還來不及說完，槍彈已擊碎比利歐德的腦袋。

然後毫無遺漏地，完整地收割了她的性命。

比利歐德甚至沒有餘力留下什麼離世前的感悟，就這麼被消滅殆盡。

＊

塞拉努斯發現比利歐德消失了。

存在消逝——換言之，就是死亡。

這事非同小可。

「是時候了。」

塞拉努斯如此低語，決意撤退。

「唔？」

蜜莉姆語帶懷疑。

「本王的意思是再打下去也沒意義。」

比利歐德的死，不在塞拉努斯的預料之內。

這個損失大到將嚴重影響今後的計畫，使得他不能繼續執著於眼前的勝利。

就算繼續跟蜜莉姆鬥下去，塞拉努斯的勝率也只有五成。他之所以出面一戰，是因為盤算比利歐德會殺掉那些蝦兵蟹將吸收其力量，然後前來馳援。

只要比利歐德整合此地戰士們的力量對自己進行生命重建，即使不到塞拉努斯的水準，應該也能讓她重生為經過超強化的存在。

可是，這個計畫如今泡湯了。

再這樣下去，等於是投身於勝負不定的戰鬥。塞拉努斯個性沒闊達到能包容這種不確定因素。

再說，還有更大的一件事令他掛慮。

這個戰場由複合「結界」所覆蓋，其中一個用意是為了減輕對這星球的損害。然而由於擔起了「結界」一角的比利歐德死亡，導致「結界」整體強度變弱。

如同蜜莉姆深藏不露，塞拉努斯也沒使出全力。這麼做也是因為他判斷繼續戰鬥下去，有引發意外事故之虞。

「你想逃嗎？」

「別蠢了。」

塞拉努斯對蜜莉姆的挑釁嗤之以鼻。

蜜莉姆也不是傻子，明白「結界」若是就這樣消失會讓她無法使出全力。所以她剛剛才會想速戰速決，而既然這麼做沒能得勝，拖住塞拉努斯也沒任何意義。

蜜莉姆的確深藏不露。

她沒用上體內暗藏的權能，甚至認為只要用上，要戰勝塞拉努斯也不是難事。

但是，之後問題就大了。

蜜莉姆的權能一旦加以釋放，想喊停極其困難。這是因為她只要一超過極限就會喪失理智，直接進入暴走狀態。

以前芙蕾曾經對克雷曼提過蜜莉姆的「狂化暴走」能力，其實那是真有其事。蜜莉姆告訴她這件事時語氣輕鬆，芙蕾以為只是說笑，沒想到是毫無虛假的真話。

蜜莉姆陷入思考。

（大夥兒都累了，有些人萬一延誤治療甚至有性命危險。與其繼續硬撐急著收拾他，不如先各自收兵才是上策。）

這是她得出的結論。

就這樣，蜜莉姆也決定放塞拉努斯一馬。

＊

卡蕾拉確定比利歐德已消滅後，開心地笑了。

「呵呵呵，你看，是我們贏了。」

卡蕾拉轉過頭說道，但近藤已不見蹤影。

近藤並非以正幸的權能正式被喚出，不過是以他讓給卡蕾拉的黃金槍為媒介強行顯靈罷了。就算說是卡蕾拉的願望化作幻影出現在她眼前，也很容易讓人信服。

「呵，我知道啦。你只是看我太不中用而擔心，才會趕來對吧？」

卡蕾拉依然面帶笑容，對著無人的虛空如此訴說。
雖然很寂寞，但卡蕾拉很堅強可以撐過去。
所以，為了下次不要再丟同樣的臉，她決定要變得更強悍。
哥布達在高喊勝利。
蘭加也差不多，在發出勝利吶喊。
兩人意外地同類相親，看了很溫馨。
耗盡精力的蓋德不支倒地，歐貝拉帶著對他奮鬥的讚許將其扶起。
卡利翁與芙蕾相視點頭，去幫歐貝拉的忙之後跟蓋德分享歡笑。
急忙趕來的戈畢爾等人，把蓋德抬到擔架上潑灑回復藥。儘管吵成一團，但看來沒有生命危險。
米德雷目送蓋德等人被直接送往魔國聯邦(Tempest)，感慨萬千地低語：
「我們贏了。」
「是啊，米德雷先生。」
「呵呵，被比我更長命的始祖稱呼一聲『先生』，怪難為情的。」
「哎，又不會怎樣。我向來主張啊，對自己欣賞的人都要表示敬意。」
「這是我的榮幸。」
對話到此結束，片刻之間，兩人都沉浸在勝利的餘韻中。
畢竟有相當多人受傷，很難稱之為完美勝利。
但是，沒有任何一人死亡。光是這樣卡蕾拉就滿意了。
就以這單一戰場來說，她已經嚴令部下的惡魔們回收死者的「靈魂」，因此這種規模的災害還應付得來。即使如此，萬一中了歐貝拉的大破壞招式那種高威力的廣範圍攻擊，想必早已造成無可挽回的死傷人數了。

大家能夠像這樣分享死裡逃生的喜悅，可稱得上是全面勝利。

「我會變得更強的。」

「唔嗯，我所聽聞過的傳說中那些惡魔們，都是完全無法理解人心的怪物……但實際上與本尊這樣談心，才發現意外地很能互相理解呢。」

「你現在才知道啊？」

米德雷這種直話直說的口吻，讓卡蕾拉苦笑起來。

看到卡蕾拉的反應，米德雷也露齒燦笑。

「若閣下以更高強的實力為目標，那我也不能輸。只不過是稍微拿出點真本事就搞得筋骨痠痛，可見功夫還不夠到家啊。」

「啊哈哈，都已經練到多高的境界了，竟然還想繼續練喔？」

「這還用說嗎？必須將精神與肉體逼迫到極限，讓自己可以更長時間發揮全力才行。卡蕾拉小姐看起來很適合做我的練武對手，如何？」

「不錯啊。正好也想多鍛鍊一下主上賜給我的肉體。就欣然接受你的提議吧。」

卡蕾拉與米德雷堅定地握手。

兩人擁有朝更高巔峰邁進的共通目標，當然沒有任何理由拒絕這個提議。

接著蜜莉姆也照平常那種調調，加入了這段對話。

「你們好詐！我也要跟你們一起做特訓！」

只見她滿面春風，一副不容爭辯的態度。

「喂喂，蜜莉姆應該沒必要變更強吧？」

「是啊。蜜莉姆大人已經是天下無敵，不需要再做特訓吧？」

雖然卡蕾拉也挺誇張，但人外有人天外有天。誰都知道蜜莉姆是個超乎常理的存在，而卡蕾拉來到這裡結識了蜜莉姆之後，對這點也體會到不能更深的地步。

卡蕾拉還算不錯，對蜜莉姆大多數的蠻橫要求都能笑臉以對；可是米德雷就不行了。他跟卡蕾拉不一樣，是真的很想婉拒。

可惜的是，蜜莉姆聽不進去。

「哇哈哈哈！說這什麼話啊。有任何好玩的事情，都不准把我屏除在外！」

就這樣，她硬是決定參與了。

哥布達這時候就很會察言觀色。

也可以說是很有警覺性。

看到蜜莉姆自天而降之後，哥布達就一直在偷聽。然後從對話的發展中感覺出危險預兆。

他料到再這樣下去連自己也會強制參加，於是決定來個戰略性撤退。

狀況判斷能力真是優秀到令人激賞。

「我去報捷，馬上回來！」

他說完之後跨到解除合體的蘭加背上，快如一陣風般逃離現場。

可以說是隨時關注周圍狀況，不錯過任何有益情報的態度救了哥布達一命。

蘭加很信任哥布達。

哥布達的危機預知能力救過他好幾次，所以這次也毫不懷疑地照哥布達說的做。結果蘭加也成功逃過了一劫。

至於其他人的情形……

「嗯？喂，不是吧……」

「等一下，蜜莉姆，妳不會是想把我也捲進去吧？」

不只是第一個被抓住的米德雷與卡蕾拉，連卡利翁與芙蕾也在經過無謂抵抗後確定強制參加。

就這樣，這地區的戰爭儘管帶來了重大災難，但是沒造成致命性損害就暫時進入停戰狀態——看似如此。

——『風雪啊，令萬物凍結，進入沉眠吧。』——

彷彿看準所有人全都不禁疏忽大意的那一瞬間，世界染成了通白。從戰場的外圍地帶直達中央，像是將所有人包圍起來一個不漏，絕望性的風雪席捲全境。

「妳難道是——」

蜜莉姆第一個察覺到異狀，但那時已成了無可挽回的狀態。

徹徹底底遭受了偷襲。

沒幾個人能騙得過蜜莉姆這樣老奸巨猾的魔王。

然而若是由她——由龍種的長姊「白冰龍」維爾薩澤出馬，想達成絕非難事。

「蜜莉姆，好久不見了。」

「維爾薩澤，妳這是什麼意思？」

「呵呵，我來看可愛的姪女。有件事想請妳幫個忙。」

「別把我看扁了，有事請我幫忙是這種態度嗎？快把妳的風雪給我收走，否則沒得談！」

蜜莉姆按捺著脾氣，威嚇維爾薩澤。

再這樣下去夥伴們會有生命危險。

此時外圍地帶的那些人已經凍成冰雕。雖然還沒死，但連生命活動都停止了。

說成假死狀態很好聽，可是只要維爾薩澤動個念頭就能殺死他們。

蜜莉姆清楚明白這點。

她算準蜜莉姆結束與塞拉努斯的生死鬥後心情鬆懈的瞬間，偷襲得神不知鬼不覺。

芙蕾產生的危機意識比蜜莉姆更強烈。

萬一蜜莉姆怒火攻心失去控制，此地將會化為灰燼。屆時導致的災害規模無從想像，就連有幾人能倖存都說不準。

（只能由我來下決斷了……）

芙蕾判斷現在放任維爾薩澤為所欲為，對蜜莉姆來說太過危險。

恐怕判斷做得愈遲，狀況就會愈糟。芙蕾如此心想，在未經蜜莉姆許可的情況下對「天翔眾」發布命令。

「殺了維爾薩澤！」

以這句話為信號，「天翔眾」一齊動身了。

維爾薩澤的可怕有目共睹。所有人都是抱著必死決心展開特攻。

他們值得敬愛的主子蜜莉姆，為人溫柔善良到了要命的地步。接下來化為冰雕進入沉眠的人愈多，蜜莉姆的耐性愈是容易瀕臨極限。

屆時就無路可退了。

她現在因為害怕危及芙蕾等人，被迫強忍著不發火。萬一事情繼續惡化下去，用不了多久蜜莉姆就會因為不想害死任何人而對維爾薩澤言聽計從。

就芙蕾所知，蜜莉姆真正全力以赴戰鬥，只有在芙蕾都還沒出生的很久很久以前，令一國覆滅又與金爆發衝突的那次。

只要不在乎自己人的犧牲，懷著殺意與對手認真交戰，蜜莉姆無論遇上何種對手都不可能陷入苦戰。可是蜜莉姆卻從來不認真戰鬥。

意思就是，芙蕾他們成了蜜莉姆的桎梏。

正因為蜜莉姆如此溫柔善良，芙蕾才會出此下策以免自己與其他人變成包袱。

「嘖，被搶先一步啦。你們聽好，想逃就儘管逃沒關係，如果要留下就給我做好必死決心啊。」

「真是一波未平一波又起啊。而且這次還是我等主神的姑母大人。我不喜歡打不贏的仗，但若是為了蜜莉姆大人，就不能講喪氣話了。」

卡利翁激勵眾人，米德雷也呵呵大笑著追隨其後。

當然，「飛獸騎士團」沒有人說要退出。

由赫爾梅斯領頭的武僧神官團，也丟下軍醫的職責切換為戰鬥模式。

就這樣，蜜莉姆的部下一齊殺向維爾薩澤。

「你、你們快住手！不要留在這裡，快逃啊！」

彷彿想蓋過蜜莉姆的這聲慘叫，魔法與氣彈集中對準維爾薩澤交錯亂飛。

「蜜莉姆大人真是受人敬愛。我要是能更早侍奉她就好了——」

歐貝拉如此喃喃自語。

與比利歐德的戰鬥讓歐貝拉燃燒殆盡，已經不剩半點餘力。但她仍然再次站起來，意志堅強地瞪著維爾薩澤。

維爾薩澤是至高無上的存在。

坦白講，不用想也知道戰勝的機率是零。

芙蕾不可能對此懵然無知，如果只求保命的話應該會下令「全軍散開自現場撤退」才對。

沒這麼做的理由恐怕是——

（呵呵，很像是狡猾的她(芙蕾)的作風。我本來就挺欣賞她的，但這種決斷力更是值得尊敬。）

芙蕾的目的是讓蜜莉姆拋開迷惘。

因為只要他們死在維爾薩澤手裡，蜜莉姆就沒有必要再客氣。也就是說芙蕾一瞬間就下了判斷，認為只要蜜莉姆能活下來其他都不重要。

而卡利翁與米德雷等人也隨後跟進。

他們的部下也都毫不猶豫地選擇和他們生死與共。

只因大家都喜歡蜜莉姆喜歡得不得了。

歐貝拉也是如此，所以能體會大家的心情。她對這些跟自己失去的那些部下做出相同判斷的人表示敬意，同時也拿出決心將此地定為自己的葬身之處。

留在此地的卡蕾拉置身於此種狀況中，也在思考自己該做的事。

對抗無懈可擊的維爾薩澤，不可能打持久戰。

維爾薩澤沒有維爾格琳那麼仁慈。

而卡蕾拉想不到任何手段能戰勝維爾薩澤，就連能不能逃出生天都得看運氣。

不過真要說起來，卡蕾拉的心中從來就沒有逃亡這個選項。

（不得已了。雖然走錯一步就會變成違背主上的命令，但我看這時候還是該跟大家共進退。能和維爾薩澤大人交手是我的榮幸，就努力掙扎一下吧！）

總之，她很快就做出決定。

儘管對於跟隨卡蕾拉左右的部下們來說是飛來橫禍，反正也沒人有辦法逃出此地。

唯有戰勝維爾薩澤，才是僅剩的一條生路。

但是，所有人都明白那是辦不到的。

所以卡蕾拉等人能做的，就只有引導此地即將出現的眾多「亡靈」，帶領他們遠離真正的死亡。

「你們都給我拿出幹勁來，任何一條命都不准遺漏。」

聽到卡蕾拉的這句話，她的部下們一齊頷首。

事到如今，回復已經無用武之地。惡魔們也紛紛放棄獲得的肉體，恢復到原有的精神生命體姿態。

儘管這樣對物質世界的影響力會降低，這種形態更適於引導死者。

就這樣，所有人都在極短的時間內做好了準備。

然而，就在下個瞬間——

——『真是愚蠢。』——

這個冷酷的意志，響徹了戰場上所有人的腦內。
儘管聲音隱微得幾乎要被風雪吹散，卻伴隨著極其巨大的思念波。
漫天風雪似乎也對它起了反應，隨即增強成暴風雪，迅速讓戰場變成一片冰天雪地。
可說是蠻橫無情的暴力。
強烈到讓人對抵抗的概念嗤之以鼻，規模大到無可抵禦的超自然災害出現在戰場上。

*

——『來吧，陷入沉眠吧。』——

純白的冰雪狂暴肆虐。
士兵們成了第一批冰雕。
接著輪到隊長級人員，隨後甚而殃及各個幹部。
倖存者寥寥可數，只剩下達到超級覺醒者（Million Class）的人員。
但全軍覆沒也只是早晚的問題……
目睹這種令人絕望的現象，芙蕾已做好受死的準備。
卡利翁與米德雷也是一樣。
之所以還能站得住，是因為蜜莉姆挺身保護了大家。

否則芙蕾等人早就被維爾薩澤解放的能量襲擊，被蹂躪得體無完膚了。

最好的證據就是離蜜莉姆稍有距離的卡蕾拉，連想褪下肉體都辦不到，動作已然遭到封鎖。

就連惡魔王卡蕾拉都成了這副德性，她的部下們更是不必多提。

而不用說也知道，芙蕾麾下的「天翔眾」、卡利翁麾下的「飛獸騎士團」以及米德雷所統率的武僧神官團，早已統統化為冰雕全軍覆沒了。

然而維爾薩澤根本從未出手攻擊。

這場暴風雪，不過是她解放的霸氣罷了。對於明白這點的一些人來說，這個現象帶來無從抵擋的絕望感。

挺身保護芙蕾等人的蜜莉姆，也停在原處無法動彈。

因為蜜莉姆只要丟下芙蕾等人不管，他們的命運就會在那一刻結束。

（啊啊，蜜莉姆是這麼溫柔善良。妳終究還是太天真了。我真的好喜歡妳。）

芙蕾發自內心這麼想。

無意間感覺到的視線吸引了她的注意，只見卡利翁咧嘴露出大膽的笑臉。

米德雷也大嘆一口氣，與卡利翁相視點頭。

歐貝拉則是正在默禱。

像是在對誰賠不是地說——抱歉，要辜負你們了。

從他們的模樣，都看得出必死的決心。

『看來大家都做好心理準備了。』

『嗯。大家一起上，痛痛快快打一場吧。』

『正是。既然注定送命，就讓蜜莉姆大人看看我們最後的英姿吧。』

『呵呵呵，我現在終於明白我那些部下的心情了。也對，的確不算白死。既然這樣，那我也得帶點英勇事蹟去分享才行。』

蜜莉姆麾下的四天王，就在這一刻變得上下一心。然後——

「你們等等，別這樣——唔！」

蜜莉姆察覺到他們的心思卻來不及出聲制止，他們已經付諸行動了。

四人的聯手出擊，只能以精采來形容。

彷彿已經做了千年的戰友，以不帶毫釐誤差的連擊進逼維爾薩澤。

但可悲的是，全都不管用。

「我真心感到慶幸。幸好你們一如我所料全是強者，才能照計畫這樣應付。」

維爾薩澤笑著說道，依然冷峻地佇立原地。

在她的面前，又誕生了四尊新的冰雕。

同時，蜜莉姆的表情結凍了。

那是除了某一種情感之外，其他全數遺落的表情。

換言之，就是暴怒的表情。

夥伴落入敵人之手，令蜜莉姆勃然大怒。

「不會放過妳的，竟然敢奪走我的朋友？別以為我會放過妳！」

蜜莉姆的吼叫震破戰場的空氣。

同時，蜜莉姆的權能——究極技能「憤怒之王撒旦」開始全力運作。它吸收周圍的魔素，甚至連自身魔力也全部注入，持續創造更大的力量。

以蜜莉姆心生的激憤與魔素為燃料，這份究極力量能夠讓魔素持續增殖。效能強大到無法完全駕馭的「魔素增殖爐」就是究極技能「憤怒之王撒旦」的實際內涵。

作為燃料添入爐內的魔素，會變成更大的回饋力量。

名副其實地，力量會不斷「增殖」。

只要持續發動這項能力，蜜莉姆的魔素量會不停地暴增。而且無論如何消耗都不會減少，正可謂究極權能。

維爾達納瓦的子嗣——龍皇女可不是浪得虛名。

身為個體卻能操縱無限力量之人，就是魔王蜜莉姆的真面目。

繼而，蜜莉姆再次大聲咆哮。

霎時間，世界天崩地裂。

蜜莉姆整身的神話級武具，彷彿回應她的激動情感般逐漸變得恐怖不祥。這不是用來保護蜜莉姆不受外敵攻擊，而是助其肉身承受內在的力量。

溢滿而出的力量奔流與鎧甲融合，使其變質，逐漸覆蓋蜜莉姆的全身上下。就這樣，蜜莉姆變身完成了。

背上擁有一對漆黑翅膀。

額上長出的紅色獨角更增光輝，散發七色光彩。

臉孔以外的肌膚浮現神祕花紋，幽微地改變色調的同時覆蓋上一層堅硬有光澤的龍鱗。

這才是蜜莉姆本來的面貌。

正是生為人身卻在體內蘊藏超越「龍種」之力，作為至高破壞化身降臨人世的龍皇女的真實樣貌。

「哎呀哎呀，這是第二次看到妳的這副模樣了。難得嘛，就陪妳玩兩下好了？」

「殺了妳。」

已經無人能阻止蜜莉姆了。

太古魔王的憤怒，造成天震地駭。

緊接著——

世界再次暴露在究極龍魔人的憤怒之中。

ROUGH SKETCH

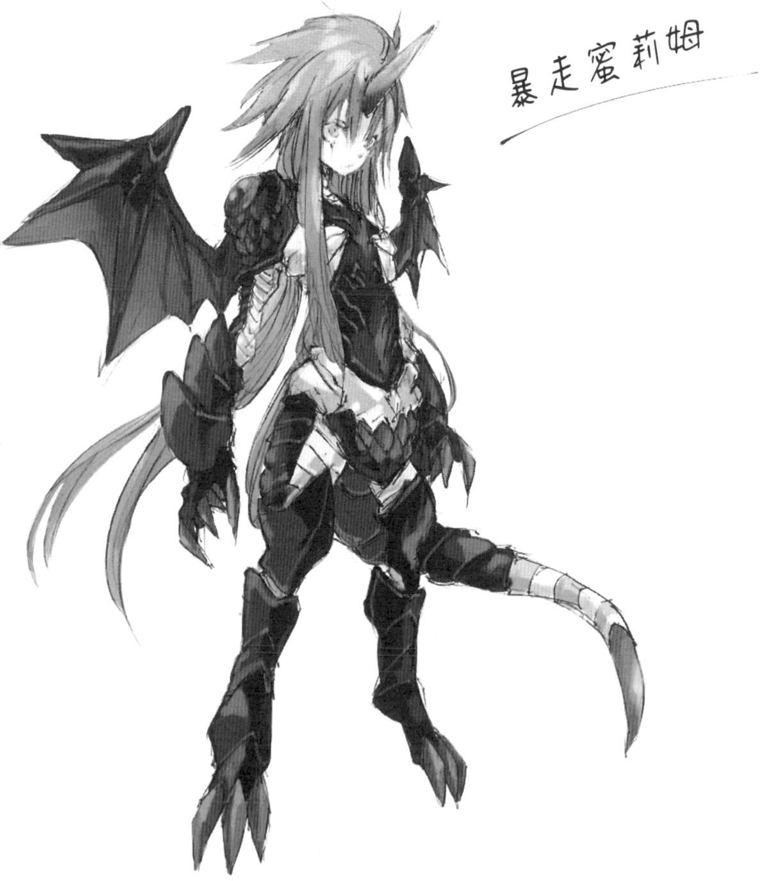

第二章

報告與對策

Regarding Reincarnated to Slime

「維爾薩澤動手了啊。」

對於菲德維的這句低語，臉色發青地盯著影像的威格點頭回答：

「嘖……魔王蜜莉姆還有塞拉努斯那混帳，竟然都是這麼超乎想像的怪物……該死！也太強了吧。然後那個叫維爾薩澤的女人看到竟然還笑得出來，所以現在的本大爺跟她相比也還差得遠了是吧……」

就算威格再有自信，看到蜜莉姆與塞拉努斯的戰況似乎也得面對現實。

無論威格有多不知天高地厚，起碼還能理解自己與兩大霸主的層次差距。

「別哀怨了。像我聽到長年敵對的蟲魔族全軍覆滅，心裡也怪不是滋味的。」

剛被叫回來的札拉利歐如此說道。

蜜莉姆軍對抗曾經讓自己與其他人吃盡苦頭的強敵，竟贏得了勝利。而且雖然損失慘重，據說蜜莉姆的部下無人犧牲。

直接解釋成條件與戰略之差也行，然而沒能做出同樣的準備無疑是札拉利歐的過錯。總之這不能構成藉口，現實情況就是蜜莉姆軍確實強過札拉利歐軍。

札拉利歐心裡會不舒服也無可厚非。

「所以，菲德維，你現在打算怎麼辦？」

他這句話，問的是如何因應維爾薩澤的行動。

她之前就像是有所企圖，但菲德維一直不予理會。

站在札拉利歐的立場，他認為瞬息萬變的狀況早已大幅脫離起初的作戰計畫，是時候該修正一下方向了。

而且另外還有一人也對狀況感到忿忿不平。

「說得對極了。要不是你來妨礙老夫，老夫現在早把那神敵給處死了！把話說清楚，你究竟是什麼意思！」

菲德維一回到「天星宮」，就命令舞衣把地表各地的戰況化為影像。接著又對札拉利歐下令，要他去把在魯米納斯陣營實施佯攻作戰的傑西爾帶回來。

傑西爾的行動也是，以佯攻而論太過招搖。

札拉利歐個人認為阻止他是對的，然而被制止的傑西爾似乎並不開心。他咄咄逼人地要菲德維給個交代。

「呵，先別急。反正那時就你一個人，是不可能擊敗魔王魯米納斯的。」

「你說什麼？這是在嘲弄老夫嗎？」

「不是，我只是想謹慎行事。看，達格里爾加入我軍之後，戰力平衡變得對我們大大有利。況且還有『三星帥』芬在，魯米納斯不過是風中殘燭罷了。」

菲德維如此告訴氣憤的傑西爾，試著安撫他。

然而，傑西爾聽了還是滿腹怨氣。

「對，老夫也承認芬確實厲害。但是，魯米納斯是老夫奉為皇祖兼偉大神祖之人的仇敵，老夫不親手除掉她就不痛快！」

換個說法，傑西爾的不滿其實是來自於憤怒的一股怨恨。不知占據了福特曼的身體一事是否有造成影響，總之一直有股狂怒之情在他心中翻騰。

也因為如此，他在攻打魯米納斯時才會多少有點行為失控。後來又被人壞了好事，連傑西爾都很訝異自己竟氣急敗壞成這樣。

可是，下個瞬間……

「我的話你都不聽了？」

菲德維只平靜地說了這麼一句。

沒有特別威逼，講話語氣正常。然而足以壓迫四下的霸氣，卻使得沒加入對話的迪諾等人都跟著繃緊了神經。

「不、不敢，是老夫不好。」

傑西爾恢復冷靜，即刻開口謝罪。可以說是相當明智的判斷。

「菲德維，你那種霸氣對不習慣的人來說傷害性太大了。請別忘記你現在已經恢復成原有面貌，跟以前不能同日而語。」

札拉利歐替傑西爾說情，這才終於息事寧人。

然後話題回到起點。

眼下，菲德維的戰略目標可精簡為三項：

從「勇者」克羅諾亞身上奪取究極技能「希望之王薩利爾」。

排除「勇者」正幸這個危險因素。同時附帶的目標是奪取究極技能「誓約之王烏列爾」。

最重要的目的是吸取維爾德拉身上的「龍之因子」。

菲德維決定重新考量一遍這些目的。
首先是關於權能的收集。
菲德維繼承了米迦勒的權能，因此他也能夠分辨天使系的究極技能，只是……
其實執著於蒐集天使系權能的並不是菲德維，而是米迦勒。由於他自己是蘊藏於權能的意志，這使得他漸漸認為將其他權能也匯集起來可以讓自己變得無所不能。
無所不能——亦即全知全能創造主的復活。
這個說法聽起來很有道理，但菲德維對此持懷疑態度。
理由是：維爾達納瓦並非全知全能。
真要說的話，維爾達納瓦自己也說過他捨棄了全知全能的力量，所以這話不用懷疑。
菲德維反而還巴不得他在說謊。因為如果是那樣，他也不至於失去力量遭那些人類殺害了。
只是如果要追究，當初也是維爾達納瓦自己賦予人類欲望。結果因果輪迴，可以說是自作自受。
所以菲德維相信維爾達納瓦並非全知全能，從未懷疑過這點。
出於這個原因，他感覺尋找缺少的權能似乎沒有多大意義。
再說，就算吸收了所有權能，沒有載體還是沒意義。
菲德維與米迦勒原先打算用「最初的勇者」系譜的最強肉體作為憑依體讓維爾達納瓦降臨這世界，但這計畫如今已完全告吹。
米迦勒敗亡，肉體沒了。事情發展至此，不得不判斷找正幸下手的優先順序已經降低。
（皇帝正幸，是吧。雖然輸了沒反擊感覺很不痛快，但勝敗憑的是時運。沒必要為了這種小事錯判大局。）

這是菲德維的判斷。

正幸獲得了真正勇者魯德拉的力量，想動他的腦筋對札拉利歐等人來說負擔太重。而且他那邊還有維爾格琳在，不夠充分的戰力只會被打得落荒而逃。

至少必須由菲德維自己或維爾薩澤出馬，不然就只能依靠塞拉努斯。然而就算真打贏了，收穫似乎也有限。

這麼一來，該針對的目標就能進一步縮小範圍。

假如決定放著正幸不管，打倒「勇者」克羅諾亞也就失去意義。

就算最終還是要收拾掉此人，也不用特地動手。等她自己找上門來就行了，那樣就不須分散寶貴的戰力。

（怎麼想都覺得，所有的希望都已經斷了……）

為了趕跑這種不安，菲德維整理好了想法。

「所以，你到底打算怎麼辦？」

時機剛好，傑西爾焦急地追問。

「目標只有一個：維爾德拉的龍之因子。只不過，行動時真正的目的絕不能被察覺。」

菲德維如此開口，提出新的作戰方針。

然後——

眾人散去後，菲德維喃喃自語：

「那就來看看維爾薩澤能不能為我達成目的吧？」

這場戰事的勝利關鍵，握在維爾薩澤手裡。

至少菲德維如此認為。

「她的愛（願望）是『真實』的。既然如此，結局就絕不會生變——」

菲德維抱持如此確信，一抹冷笑浮現於他的俊容。

●

在紫苑與阿德曼等人外派的聖都之地——神聖法皇國魯貝利歐斯。

我坐在沙發上放鬆身心。

而紫苑在旁邊毫不客氣地要求再來一杯茶。

魯米納斯的侍女們回應了她的要求。紫苑一副理所當然的態度欣然接受，吃著桌上人家為我們準備的茶點，難道她從來不知緊張為何物嗎？

怪了，論身分地位應該是我比較大，對事情的反應怎麼會差這麼多？

為什麼做主子的我這樣坐立難安，紫苑一個秘書卻可以老神在在……

管他的，認真就輸了。

「利姆路大人，這個點心很好吃喔。我已經試過毒了，請用！」

紫苑說著拿點心餵我，我沒多想就張嘴吃下去了。

紫苑一個料理白痴還要試毒，害我以為她在開玩笑，不過沒差。反正毒物對我無效，根本也不用試什麼毒。

的確很好吃。

紫苑雖然審美觀慘烈無比，但味覺很可靠。

這樣說起來更沒道理就是了……

不是啊，誰教她每次做菜都不試一下味道就端給我們吃？現在還好有用技能做出完美風味，可是外觀與口感還是一樣糟。

「如何，好吃嗎？」

「嗯，不錯。吃起來甜度適中，入口即化的輕柔口感也很有意思。」

這種點心很像費南雪。

還帶有細微香氣增添層次，老實講真的很好吃。

紫苑聽了我的回答，露出燦爛的笑容。

然後丟出一句爆炸性發言：

「真高興聽您這麼說！雖然這次我也很有自信，但能讓利姆路大人高興真是再好不過了！」

「嗯？」

我不禁停止所有動作，盯著紫苑看。

眼前還是只有不變的笑容。

我不禁看看手裡的點心，然後眼睛再次望向紫苑。

「難道說，這個……」

「對！是我做的。」

「跟我開玩笑的吧！」

紫苑迸出一句令人難以置信的發言，但看樣子是說真的。好久沒看到紫苑自滿的臉了，不過好吧，這次的成果的確值得自豪，可以接受。

那個紫苑，終於把外觀與口感也一併克服了。

順便問一下。

「這是用妳的技能調整過味道與形狀嗎？」

「才沒有，是我自己親手做的！」

這是她說的，所以紫苑可說有了驚人的長足進步。

可能換個環境真的很重要吧。

朱菜或紅丸跟她講了那麼多遍都沒改進，一來到外國就忽然覺醒。

話又說回來，不知道是什麼激發了她的才華？

才剛這麼想，就聽見一個聲音回答我的疑問：

「妾身可是費了一番苦心呢。」

魯米納斯一邊嘟噥，一邊走進會客室。

見我準備從座位上起身，魯米納斯打聲招呼說：「讓你們久等了。」然後自己也在沙發上坐下，像是要我別拘束。

接著，她繼續剛才的話題：

「不是妾身要說，聽她充滿自信地說自己會下廚所以就讓她試試，結果端出了外觀光怪陸離、怎麼看都不像是食物的東西出來！」

魯米納斯凶巴巴地說。

聽到「光怪陸離」這句重話，我也只能乖乖讓她訓。

「還不只咧！口感明明糟到恐怖卻只有味道很好，讓人完全無法理解。甚至還出現一些人覺得很好玩，想試著重現她的料理。搞得妾身擔心再這樣下去會對我國的飲食文化造成負面影響，不得不親自出面收拾善後！」

看來這位小姐是真的累積了一肚子怨氣。

聽得我也不禁「嗚！」哀叫一聲，不知道能怎麼回答。

「不、不過啊，真佩服妳能把紫苑矯正過來耶。不像我們早就死心了，妳真的超強。」

我先用這些話蒙混過去，結果魯米納斯半睜眼瞪我。

不只是她，紫苑也不服氣地嘟起腮幫子用眼神向我抗議。這個就直接忽略，等魯米納斯給我答案比較要緊。

「不難想像你們平常有多寵紫苑，但那跟妾身無關，所以本來想置之不理，但既然都已經造成實際影響，也不能再講風涼話了。於是，妾身跟她說了一句話。」

「哦哦？」

說我們寵她有點語病，不過旁人看了會誤會也沒辦法。

事實是不像朱菜，我與紅丸只是因為都不會下廚，所以才沒辦法強硬指責紫苑。

因為我覺得自己做不來卻老是對別人出一張嘴，是很沒禮貌的行為。

所以，本來在期待朱菜或哥布一老弟可以幫忙糾正……

無奈朱菜人太好，死心得又太早。

哥布一老弟則是缺乏主見沒辦法說進紫苑的心坎裡，結果就一直拖到現在。

反正至少味道變好了，也沒嚴重到會死人——結果我就這樣告訴自己，選擇逃避現實。

既然往後還有漫長的史萊姆生等著我，其實也該試著學點廚藝，去了解紫苑的心情才對。這樣或許就能看出更多需要改善的癥結，說不定這個議題老早就解決了。

是我與紅丸不好，不該躲著不面對自己不擅長的領域。

正在反省時，魯米納斯把答案告訴我：

「妾身告訴她也許會有人在食物裡下毒，所以端給客人之前必須先試毒，就這樣！」

原、原來是這樣……

難怪剛才紫苑會說是「試毒」。

話說回來，這的確是個好點子。

因為紫苑並不是味覺有問題，單純只是不試味道、最糟的那一種暗黑料理姊罷了。

只要用這招養成自己吃一口看看的習慣，自己就會注意到這些料理的問題所在。

「魯米納斯，妳果然有一套。真是有智慧到令我肅然起敬。」

我發自內心大力稱讚她。

魯米納斯聽了「哼！」一聲把臉別開，臉頰顯得有些害臊地紅了。

＊

紫苑的料理有所改善算是意外的喜訊，但那跟我來此的目的毫無半點關係。

菈米莉絲已向我報告，蜜莉姆與蟲魔王塞拉努斯的戰鬥正陷入膠著狀態。同時，我得知魯米納斯的支配領域兼大本營——魯貝利歐斯的首都這裡，也正遭受來自天空的天使大軍進犯。

我已派哥布達他們前去蜜莉姆那裡當救兵，眼下暫時可以放心。況且蜜莉姆也在，除非真的發生大事否則應該能化險為夷。

相較之下，魯米納斯這邊雖然有派紫苑與阿德曼等人馳援，仍無法抹除戰力上的不安。

畢竟作為關鍵戰力的聖騎士團（Crusaders）已經在聖騎士團長日向的率領下布署於英格拉西亞王國了。即使魯米納斯手邊還有以吸血鬼族（Vampire）部下組成的血紅騎士團（Bloody Knights）戰力，但人數僅有不到四百名。

說到這個血紅騎士團，各團員的戰力不但超過A級，加上還有多名可與較弱「魔王種」匹敵的「超克者」隸屬其中，組織水準相當高。即使如此，聽到傑西爾的目擊消息仍然讓我無法默不作聲。

於是，我把英格拉西亞王國內的戰後處理全丟給日向與正幸，急急忙忙趕來這裡。卻沒想到此處戰火早已平息，我則被領來這裡一面品嘗紫苑做的點心，一面等魯米納斯過來。

話雖如此，也不過等了最多十分鐘，魯米納斯就登場了。她一來就講了紫苑進步多少把我嚇到，我們大聊特聊的時間都還比較久。

就這樣，我收心之後進入正題：

「那麼，你們與天使軍的戰況怎麼樣了？」

「他們已經收兵，因此沒造成太大損害。真要說起來，攻打此地也似乎並非在他們的計畫之中。」

魯米納斯將狀況一五一十說與我聽。

聽了才知道，看來此地遭受攻打，是出於傑西爾的失控行為。

或者，也可以說是惡意騷擾。

「那人與妾身有一段舊恨，從以前就水火不容。」

魯米納斯說了。

本來問她是什麼舊恨還不肯說，但我告訴她已經從希爾維婭小姐那裡聽到了大概之後，她才一臉不情願地告訴我。

首先，魯米納斯曾有個可稱為父親的存在。

「神祖」特懷萊德・瓦倫泰。

名稱具有「黃昏之王」的意思，就像是神話中的人物。

她說這個神祖特懷萊德創造了無數智慧生命體，而這些誕生的生命體有幾名始祖，日後被稱為神祖高徒。

又說第一個高徒就是傑西爾。

第二位是魯米納斯，這跟希爾維婭小姐告訴我的一樣。

神祖高徒們後來各自建國。

以希爾維婭小姐來說，她自己似乎只退居幕後幫助族人風精人(High Elf)們，最後由女兒艾爾也就是天帝艾爾梅西亞一統長耳族，魔導王朝薩里昂於焉誕生。

附帶一提，據說希爾維婭小姐與魯米納斯至今依然是親密摯友。兩人的交情與艾爾無關，聽起來純粹只是魯米納斯個人認識對方。

「基本上來說，妾身覺得不該對薩里昂橫加干涉。即使一開始有低調地給點幫助。」

她是這麼說的。

薩里昂建國已經是兩千多年前的事，因此無法求證魯米納斯所言是否屬實。不過，身為長命種的魯米納斯以及希爾維婭小姐就像是兩本活字典，沒有理由說謊。

我心想這些說法應該是真的，繼續聽下去。

說到這些高徒們，她提到仍然在世的只剩魯米納斯與希爾維婭小姐兩人。最起碼其他人都已經沒再聯絡了。

況且聽說地精人（High Dwarf）的始祖——蓋札王的祖先早已亡故，可以想見火精人（Enki）與水精人（Siren）的始祖必定也已壽終正寢。真要說的話，其實好像只有性質接近精靈的風精人比較長壽。

說到長壽，就想到純血人類（High Human）。

她說這個種族，純粹是翻轉神祖的屬性所創造出來的。

「雖然很不願接受，但妾身其實就像是神祖的複製體，嚴密而論並非吸血鬼而是真血魔靈姬（High Blood），說穿了就是誕生自神祖的血液。至於傑西爾，則是培養神祖的肉體創造出的。那傢伙似乎沒繼承到吸收他人力量的權能等等，不過也是接近不死的存在。」

神祖不須飲食，都是奪取他人生命力作為生存所需的糧食。聽起來像是沒有特別弱點、體現不老不死的存在。而這個神祖作為自己的複製體，設計出了日行種族純血人類，以及夜晚的支配者吸血鬼族。

日行種族只是一種比喻。

植物藉由光合作用合成能量，動物則吃植物維繫生命。肉食動物再捕食這些動物儲備豐富的能量，然後微生物分解牠們的遺體使得大地獲得滋潤。純血人類被賦予的角色，就是這種食物鏈的頂端。

換言之，純血人類也是食物鏈的一部分。因此他們無法逃離壽命限制，即使是傑西爾也不例外。

人類目前的壽命，生活於都市地區的一般人平均七十歲。這指的是未經魔法延長壽命等等的情況。雖然這世界醫學並不發達，但相對地可用魔法治療傷病，所以意外地大家似乎都活得滿久的。

居住在農村地區或鄰近魔物森林等地帶的族群，平均壽命似乎更短。我得補充一點，就是這個數字並未把天災人禍造成的死亡人數算進去。

相較之下，純血人類的壽命好像跟長耳族（精靈）相等，可以活個數百年到近千年之久。論肉體強度似乎也和當今人類有所差異，對魔素也具有較高抗性，大概是能夠巧妙加以吸收活用吧。

即使如此，只要肉體終有毀滅之日，還是無法逃離壽命限制……

所以傑西爾才會想出一套無限延長自身壽命的方法。

那就是「靈體化祕術」。

他大概是想到構成肉體的三大要素「物質體（Material Body）」、「精神體（Spiritual Body）」、「星幽體（Astral Body）」，既然無法三者同時得以維持，那麼只繼承用以保有自我的最低要素就行了。

換言之，傑西爾成功將物質體變換成靈體，藉此保住精神體與星幽體。

就這樣，他憑著自我意志重生成為了精神生命體。

蓋多拉首創的神祕奧義「輪迴轉生（Reincarnation）」是讓「靈魂」在星幽體的保護下轉生的祕技，因此風險很大。但相對來說，獲得的肉體就完全屬於自己，經驗與知識等等也全數得以繼承。

拉贊的大祕術「附體轉生（Possession）」只是讓精神體與星幽體依附到他人身上，固定於肉體的技能等等不會得到繼承。雖然比較安全，不過魔力等能力也是依存於肉體，一個沒處理好也可能導致能力弱化，只能算是不完整的法術。

相較於這兩種方法，傑西爾的「靈體化祕術」堪稱完美。這招是讓傑西爾自己成為精神生命體，所以獲得的知識、經驗以及所有權能，都能安全確實地得以繼承。

「儘管需要準備作為憑依體的肉體，反正從自己的血親那邊好像要拿多少有多少。所以傑西爾就這樣解決了壽命問題。」

魯米納斯很不愉快地告訴我這些。

有道理，既然成為精神生命體，說他接近不死也能理解。難怪他那麼容易就占據福特曼的身體，這下我都懂了。

「只不過，那傢伙可能是太自大，也犯下一個大錯。」

據魯米納斯的說法，傑西爾在埋頭做自己的研究時，代行政治的部下們開始爭權奪利，曾幾何時竟導致國家分裂。

到最後，召喚出不受控制的惡魔——金，招引了災禍，國家就此滅亡。

「那傢伙怨恨滅了神祖的妾身，對妾身懷有血海深仇。本來還以為他老早就翹辮子了，害妾身白高興一場。沒想到他居然拖著一條老命存活到現代，還變強到讓人討厭的地步復活了。」

說到重點了。

魯米納斯說，她殺了自己的生父神祖。

而這似乎就是傑西爾怨恨魯米納斯的理由。

還真是被一個麻煩的對手盯上了。

「就是啊。我家的紅丸都能陷入苦戰，可見對手有多難纏。」

我正在回答魯米納斯時，紫苑聽出話中的問題插嘴說：

「咦？紅丸打輸了嗎！」

大概是一時太驚訝，竟然自動判定紅丸輸了。應該說，這件事我記得有告訴全體幹部，紫苑是沒記在心裡嗎？

好吧，很像是她會做的事。

「他沒輸啦。」

我為了維護紅丸的名譽，糾正紫苑的說法。

我的看法是誰活下來就是贏家，所以也可以說是紅丸贏了……但實際上，他也只是苦撐到時間結束罷了。

當時要是繼續戰鬥下去，紅丸是輸定了。對手確實是一大威脅。

「原來如此，那麼擊退了那種對手的魯米納斯大人，一定比紅丸更強嘍！」

重點來了。

我也對這一點感到在意。

是這樣的，假如拿魯米納斯與紅丸做比較，就我看來兩者的戰鬥能力沒差多少。

也是因為如此才會擔心魯米納斯這邊有危險，像這樣急忙趕來馳援。所以我也急於知道魯米納斯如何擊退傑西爾。

「什麼嘛，就問這個啊？」

魯米納斯若無其事地開始說起。

「妾身呢，曾經有過被某頭邪龍破壞都市的經驗——」

嚇到我！

怎麼覺得有點耳熟……不，好像已經為這件事接到過多次抗議……

「所以後來在建造都市時，妾身都會以確保地區安全為第一考量。」

「原、原來如此。真英明……」

我講話不禁變得卑微起來，但現在唯一該做的就是阿諛奉承，不用懷疑。

魯米納斯冷冷地瞥我一眼後似乎稍微消氣了，接著說道：

「妾身設下防範邪龍用的多重『結界』，沒想到這次發揮了良效。」

經她這麼一說我才想起來，這個聖地的確像是施加了好幾層「防禦結界」。我們是被獲准放行，但可疑人物會被擋在門外。

「真沒想到這麼牢固耶。那時傑西爾的力量遠勝紅丸，而且好像還能運用究極技能。雖然是沒維爾德拉那麼厲害，原本以為不夠充分的『結界』是擋不住他的。」

我道出真心話。

魯米納斯嗤之以鼻。

「別把妾身看扁了！其他地方還另當別論，此地可是妾身信眾聚集的聖地。只要以無限泉湧的信仰作為動力，彈開傑西爾的力量這點小事還不簡單？」

此話洋溢著自信，事實上，結果也證明她所言不假。

但是，有這麼容易嗎？

《——只要應用「信仰與恩寵的奧祕」，理論上可行。所以——》

也就是說魯米納斯潛心鑽研，讓理論化為現實了？

我的天啊，真是甘拜下風。那是多艱鉅的一項工程，現在的我完全想像不到。

《這並非憑一己之力能達到的成就。當事人必須熟知信徒的內心，與信徒相互理解。雖然並非一朝一夕所能達成，主人想不想也努力實現看看？》

嗯——不確定耶。

這又不是我一個人的問題……

總之，目前就暫緩吧。

聽我這麼回答，希爾大師似乎也同意。

實際上說真的，達到那種境界雖然似乎好處多多，但另外還有一堆案子等著我處理。

而且現在正在打仗，實在沒那閒工夫讓我去跟國內民眾增進感情。

這事就作為今後的議題，先擱著吧。

＊

話說這下就搞清楚魯米納斯是如何化險為夷了，不過問題可還沒解決。

不如說，接下來才會碰到真正的難題。

「——事情就是這樣，達格里爾倒戈了。他那邊現在正在揮軍前進，我想最慢一星期內就會抵達這邊的陣地。」

我把事實告訴魯米納斯。

達格里爾一個叫芬的弟弟好像對他做了什麼，讓他完全變了個人。

我也只是聽烏蒂瑪的報告，並沒有親眼看到，聽說從遠處望去，達格里爾渾身確實像是散發著邪惡霸氣。

而追隨達格里爾的巨人軍團也給人恐怖不祥的印象，不難想像實際上開打後必定會是一場血戰。

傑西爾不過只是暖場，真正的大敵是達格里爾。

雖然是徒步進軍，但看他們連踏進「死亡沙漠」都如履平地一路向前衝，大概不用多少時間就會抵達此地了。

坦白講，達格里爾倒戈影響很重。

我不是沒想過這個可能性，然而一旦事情成真，還是難辦到讓人頭痛。

「這也沒辦法，畢竟達格里爾從以前就跟妾身處不來。除了因為利害關係互相衝突，達格里爾和神祖從前交情很好也是原因之一。」

「幫幫忙喔，先是傑西爾，現在連妳跟達格里爾不和的原因也出在神祖上嗎！」

「嗯。哎，那都是過去的事了。」

魯米納斯講得好像沒當一回事。

聽她的說法，那似乎已經是達格里爾還被稱為惡神時代的事了。所以魯米納斯好像沒把這事放在心上，但我怎麼覺得達格里爾現在的行動就是要算清當時那筆帳……

「所以嘍，就算演變到要與那人正面開戰，也沒什麼好驚訝的。」

話是這麼說，我覺得達格里爾是真的強到爆炸。

很可能就連自己都會陷入苦戰——

《呵，最好是。》

——我是這麼想的，但希爾大師似乎持不同看法。

好吧算了，我可不想在這裡開辯論會。

不想變成小看敵人結果被打敗的蠢蛋，所以必須斷定敵人是會讓我陷入苦戰的威脅，並事先想好對策才行。

《了解。》

很高興你能理解。

那就馬上來想想該怎麼辦吧。

從地緣政治學的角度來看，神聖法皇國魯貝利歐斯是西邊的防衛要衝。

一旦這裡被攻陷，敵軍就有了攻打西方諸國的橋頭堡，局勢將一口氣倒向敵方。

天使大軍能夠飛行，無法找個地點中途攔截。所幸巨人軍團的移動方式是徒步。

他們走得遠比人快，而且可能還並用了軍團魔法（Legion Magic）什麼的，平均時速達到一般軍團想都不敢想的三十公里之快，但還是比來自天空的侵犯要好一點。

從達格里爾的據點「聖墟」達瑪爾加尼亞到這座聖都「盧因」直線距離約二千公里。即使前提是不繞過荒蕪大地或死亡沙漠，換算成移動距離至少也有三千公里。

單純計算起來，怎麼想都需要整整四天以上。

而且總要休息或什麼吧，一般來說應該會花掉三倍以上的天數……但稍微回想一下瞄到一眼的進軍景象，總覺得他們會不眠不休地兼程前進。

總之，我有用監視魔法「神之眼」持續跟監。一有變化應該都能掌握到，只是——

《監視魔法「神之眼」很容易被騙過。只要敵人夠謹慎，無法否定對方可能已做好因應對策。》

「神之眼」是用來即時觀看當地景象的魔法，所以就算當地景象被動了手腳也無從確認。

我當然也有以遭到反監視為前提做好對策。因此，假如敵人也會使用類似魔法，必須預設對方有想好某些辦法因應才行。

我想也是。

不用說，也有可能只是自己太愛擔心……但不管怎樣，疏忽大意肯定是最要不得的。

讓我擔心的還不只這件事。

說是成功攔截傑西爾，然而這個說法也不能照單全收。因為讓達格里爾倒戈也是作戰目的之一，我覺得若想誅討魯米納斯，前後夾擊才是標準戰術。

他們之所以沒那麼做，我猜很可能是因為傑西爾一時失控。

他跟魯米納斯好像有一段舊恨，或許他有他的想法，但整件事聽起來，猜想問題還是出在傑西爾的失控，也就是敵軍的指揮體系很可能正亂成一團。

魯米納斯保有的戰力相當可觀，然而一旦遭受從西邊進攻的巨人軍團以及自天空來襲的天使軍團夾擊，能想像到他們束手無策慘遭蹂躪的將來。

現在一看到敵方沒這麼做，就讓我覺得整個很沒連貫性。

總而言之，我終究是趕上了，就想趁達格里爾軍抵達前把這邊的備戰準備做到完善。

再來說到還有多少緩衝時間……

「倘若以敵軍繼續維持目前行軍速度為前提，達格里爾他們最快也要四天才會到來。日向他們應該也會在近日內歸返，只是不見得能趕上決戰。」

「唔嗯。假如當真不可行，妾身是希望至少能立刻把日向召回……」

「我已經把英格拉西亞王都的戰後處理交給其他人，一個人火速趕來了。他們還得護衛各國要人，在做好交接之前可能有困難吧。」

不只是日向，把聖騎士團叫回來也不見得妥當。

英格拉西亞有正幸在，所以目前還稱不上安全無虞。雖然他們說已經擊退菲德維了，但搞不好下次就會正式遭受集中攻擊。

不過正幸有維爾格琳小姐跟著，戴絲特蘿莎也還留在那裡。帝國的軍官士兵們似乎也意外可靠，狀況應該比我們這裡樂觀，我想就算發生了什麼事也撐得住。

「唔嗯，也是。既然已經讓日向代表西方聖教會前往該地，是不能強人所難。」

魯米納斯雖不情願，也諒解了。

現在如果自私地把日向叫回來，有可能會被解讀為聖教會棄西方諸國於不顧。一旦演變成那樣，至今建立起的信用將會一夕墜地。

如果真的已陷入絕境或許還無可厚非，但我來這一趟也是為了不讓狀況惡化到那地步。

「沒關係啦，我把一個叫蓋多拉的部下也帶來了，現在應該正在跟阿德曼研討防衛策略。雖然沒日向厲害但還是很可靠，不用太擔心啦。」

聽我這麼說，魯米納斯沒好氣地半睜著眼瞪我。

「你這人就是太輕浮了！不知道達格里爾有多可怕，才講得出這種風涼話。」

哪有啊，我也覺得達格里爾很恐怖啊。

只是因為希爾大師整個感覺像是進入躺贏模式，害我也不小心太放鬆緊張不起來。

雖然被說輕浮有點難接受，回嘴又怕自掘墳墓。

我拿出成熟風範把怨言吞回去，趁她還沒繼續挑毛病之前講起下個話題：

「不說這個了，來確認一下戰力吧。」

如此提議。

事關外國的軍事機密，我不認為她會和盤托出。不過該問的還是得問，否則連個像樣的作戰也定不出來。

所以試著問了一下最重要的事：

「我就直接問嘍，妳這裡有多少名『超克者』？」

這樣問很沒禮貌，卻是最重要的問題。

畢竟現在不能指望聖騎士團的隊長們，我想掌握一下國內的可靠戰力，這是真心話。

接下來的戰鬥，沒到A級的人最好別算進戰力內。看看卡蕾拉他們會讓我深切覺得，那些來一發大規模魔法就會被炸成灰的人，還不如別帶上戰場比較好。

事實上，作為神聖法皇國魯貝利歐斯公布的防衛戰力，國內擁有一支以信奉魯米納斯教的騎士們組成的神殿騎士團（Temple Knights）主力軍。

人數一萬。

不愧是守護聖地的騎士團，實力高過外派各國的人員。據說團員們的戰鬥能力，最低也有B^{+}級水準。

但是，重點來了。

恕我直話直說，在我看來都是半斤八兩。

以人類範疇來想已經很強了，但是挺身對付達格里爾的話怎麼想都注定被打垮。

當然也要看如何用兵，然而我天性就是無法把士兵純粹當成數字看。

因為這不是在玩電動，理當以犧牲者零人為目標。

若是這樣，我會希望戰鬥都交給主力級人員，其他人則負責後援。

想請他們擔任「結界」維持人員，完成守護聖地的任務。

魯米納斯似乎也看穿了我的這種想法。

「實力夠強的有七名。妾身託給替身率領的魔王軍隊，以羅伊——更正，路易為眾人之王，由七名大貴族建立起了一套統治體制。」

哦哦，比想像中來得厲害。

而且跟培斯塔他們一拍即合進行研究的「超克者」居然也是她說的大貴族之一，真讓我吃驚。

另外，在她身邊當管家的岡達先生不包括在這七名之內。

「因為岡達也是神祖高徒之一。換個說法，他與妾身就像是姊弟一般。」

「不敢當。小的豈敢與魯米納斯小姐相比。」

魯米納斯如此說道，為我介紹正在替大家倒茶的岡達先生。之前已經和他打過照面，早就覺得他相當有本事，現在聽到其真實身分頓時恍然大悟。

另外聽她的說法，路易似乎也是神祖的作品。不過我是覺得……該不該稱為作品好像有點疑問。

因為做歸做但本人跑了，而且還野性化發狂鬧事。直到魯米納斯討伐此人收為部下之前，好像四處造成了相當嚴重的災害。

好吧，反正似乎是很久以前的事，現在再來追究也不能怎樣……而且還說這在神祖相關事件當中已經算是小事了，可以想像魯米納斯吃過多少苦。

而從這個路易衍生出來的，好像就是七大貴族。所以即使以魔王軍而論，也稱得上高人一等。

總而言之，這下魯米納斯這邊的戰力就釐清了。

再來換我把剛接到報告的消息開誠布公。

「根據烏蒂瑪提供的消息，達格里爾的戰力稱為『縛鎖巨神團』，是總數三萬的一群巨人族（Giant）戰士。關於單一個體的戰力，平均相當於B+級水準。高階戰士超越A級是常態，據說光是這種菁英戰士就有近千名。」

「這下子精采了。」

聽了我的報告，魯米納斯點點頭。

魯米納斯的發言，並不是拿「縛鎖巨神團」三萬人與神殿騎士團一萬人做比較，單純說的是超A級的戰士人數。

不知道達格里爾為何連低階戰士也一起帶來，總之該重視的是質量而非數量。至今我都以寡擊眾不知多少次了，敢保證自己說得對。

那麼，就拿這個質量來比較好了。

魯米納斯的戰力原本有血紅騎士團近四百名加上聖騎士團約三百名，等於有近七百名超A級人員。

即使聽到達格里爾軍有將近千名，光看數字本來並不值得太驚訝。

但是現在聖騎士團不在此地，可以肯定是魯米納斯軍處於極度劣勢。

萬一魯米納斯在此落敗使得聖地淪陷，西方諸國必然分崩離析。如此不只是失去信仰的對象，連守護者的存在都直接消失，我看不用一個月就會被蹂躪到哀鴻遍野。

假如達格里爾的目的只在鯨吞領土，也許在摧毀城市時會手下留情。但當地百姓還是不免會遭殃，也不知道會遭受到何種對待。

我們的存在好不容易才得到大眾認知，今後正準備攜手發展富足的文明社會，竟挑在這種重要時期從旁作梗，簡直天理難容。

誰敢妨礙我過耍廢生活，都不會輕饒。

因此，說什麼都得避免魯米納斯陣營敗北。

既然如此，最令我在意的就是目前的戰力夠不夠充分。

達格里爾有多強大是未知數。據說他是個過去曾與維爾德拉幹過架的強將，大意輕敵會很危險。

希爾大師似乎認為絕對是我贏……但今後狀況無法預料，也不確定是不是由我來對付他。

得先預設好各種狀況才行。

況且萬一他和魯米納斯一對一單挑，誰會勝出可就難說了。

魯米納斯畢竟也是大罪系究極技能的持有者，我並不認為她會輕易落敗……但兩軍大將直接開打的情況，能避免最好還是避免。

假如我也在場的話是不用擔心，不過現在還是掌握一下副手級人員們的強弱比較放心。

＊

魯米納斯與達格里爾被稱為眾魔王之中的兩大巨頭，不過論整體戰力應為不分上下。大概是因為這樣達格里爾才不敢輕舉妄動，但如今事情演變至此，勝敗想必將取決於副手或幹部級的強弱。

魯米納斯這邊，有岡達先生、路易以及七名大貴族在。

可想而知，達格里爾那邊也擁有強者。

芬與古拉索德這兩個達格里爾的弟弟自不在話下。

又聽說儘管比起這些強大的超級覺醒者差了一截，他那裡另有一群被認為相當於魔王種的戰士。

他們在「縛鎖巨神團」的高階鬥士當中又屬於最強層級，人稱五大鬥將。

作為他們的代表，最有名的就是——

「芬的復活實在棘手。這下達格里爾想必也變回古代惡神，『四臂』跋折羅也必定會甦醒吧。」

——對，她說這個叫什麼「四臂」跋折羅的，就是「縛鎖巨神團」的副團長。又聽說實力可與另一名副團長古拉索德媲美，所以必定是超級覺醒者無誤。

話又說回來，魯米納斯勢力也好，達格里爾陣營也罷，沒沒無聞的強者也太多了吧。

竟然有這些卡利翁或芙蕾相比之下都顯得可愛的猛將聽候差遣，真想問問魔王之間的勢力平衡都變成什麼樣子了。

我忍不住憤慨不平地這樣抱怨後，魯米納斯若無其事地回答：

「這有哪裡奇怪?畢竟妾身與其他人，早在上古時代就是魔王了。我們長久以來都在吸收身懷強大力量之人，擴大自己的勢力。不如說以新手魔王而論，卡利翁或芙蕾已經算很有前途了。」

她給出這種視角有夠高高在上的評語。

但就事實而論，她用的「上古時代」這個字眼很有說服力。畢竟魯米納斯或是達格里爾，壽命都不是用一、兩千年在計算，而是活過了數千年甚至是上萬年的歲月。

她說即使能用一、兩百年當上魔王種，要達到超級覺醒者的層次也是千年難得一見。被她這樣講，我就無話可回了。

「就這層意義來說，你太不合理了！在你麾下到底延攬了多少名超級覺醒者啊？在這一眨眼的期間居然就能召集到這麼多人，妾身才想問你是變了什麼戲法呢！」

我不禁「嗚！」了一聲。

自己也搞不懂為什麼會變成這樣，問我也找不到答案。

這個話題繼續下去，可能會陷入窘境。

所以為了帶過這個話題，我試著詢問魯米納斯從剛才就令人在意的一件事：

「先不說這個了，魯米納斯，妳對達格里爾的陣營知道這麼多，那是不是也知道芬是什麼來頭？」

魯米納斯看我的眼神像是拿我沒轍，但還是選擇配合。

「嗯？那是當然。雖然他在妾身誕生時已被封印，但造成的災害傷痕還留存著。神祖還會興致勃勃地把當時的故事說與妾身聽呢。再說，也是因為這個芬，神祖才會創造出奇紗羅與跋折羅這對姊弟。」

根據魯米納斯的說法，奇紗羅與跋折羅這二人是神祖參考達格里爾等「真巨人」所創造的巨人族始祖。由於兩人是作為雙胞胎誕生，似乎總是在爭執誰才是姊姊或哥哥，兩姊弟打架起來驚天動地，據說在當時造成了相當嚴重的災害。

照魯米納斯的說法，追根究柢——「一切災厄的源頭都能追溯到神祖身上。」

她說這種狀況一直要等到奇紗羅與跋折羅向達格里爾討戰後落敗，變成他的手下才平息下來。

「這正是以毒攻毒，只是達格里爾的勢力因此而擴大讓妾身很不痛快就是了。」

好像是這麼回事，後來事態似乎就慢慢演變成他們與魯米納斯陣營的勢力之爭。

這種狀況又在達格里爾與奇紗羅結婚後產生變化。常說有了家庭會讓人變得穩重，聽說他們當時還真的就是如此。

就這樣，和平的時代似乎維持了一段歲月，然而那不過是下一場戰爭的備戰期間罷了……戰爭與和平似乎就這樣以百年為單位反覆上演。

不過我對這種歷史故事沒興趣，於是就請她長話短說。

奇紗羅嫁作達格里爾的妃子，但後來死於難產。

雙胞胎姊姊的死讓跋折羅變得脾氣暴躁，大概是愈吵感情愈好吧。純屬我的想像啦。

生活變得放蕩的跋折羅，被達格里爾命令閉關反省。據說是讓他強制陷入睡眠，不過魯米納斯說不難推測幾乎已經把他喚醒了。

關於這點，烏蒂瑪給我的報告也有提到。

『由於上古時代有個叫「四臂」的皮小子很棘手，我問了一下他的現況，結果好像是一直被關到現在。大叔說過有需要的話就會讓他出動。』

聽到的是這樣，所以可以確定這次八成會作為敵人登場。

烏蒂瑪都說很棘手了，想必相當難纏。

而由這個跋折羅率領的集團就是五大鬥將，據說人選決定自每年舉辦的比武大賽。

說是這麼說，由於巨人族的壽命平均約五百年，所以似乎只會從壽命達千年以上的古代巨人們——高階鬥士之中選出。

又說年輕巨人有時也會發生返祖現象，這種活動在達瑪爾加尼亞成了發揚國威的一大節慶。

因為這些原因，五大鬥將算是特別傑出的存在，但沒有首領跋折羅那麼大的威脅性。應該可以把他們的水準估計在三獸士或雙翼以下。

也就是說，魯米納斯麾下的七大貴族比較強。

在此試著整理雙方的戰力。

首先，從魯米納斯陣營開始——

岡達與路易是超級覺醒者，存在值大約百萬出頭。

七大貴族相當於魔王種，以二十萬到六十萬左右的存在值為傲。所以個體間有點差距。

本來還有個公開的戰力叫「七曜大師」，但一場悲劇導致他們全數敗亡。由於沒時間再補充英雄級人類，她說將來預定從目前的聖騎士當中挑人重組團隊。

好吧，差不多就這樣了。

接著換達格里爾陣營——

首先是達格里爾的弟弟們——古拉索德與芬。

聽說古拉索德的存在值將近兩百萬，芬更是比達格里爾還高。看來這些傢伙強到不像話。

至於剛才話題談到的跋折羅是百萬出頭，稍稍劣於古拉索德。感覺與岡達等人幾乎不分上下。

其餘五大鬥將的存在值，好像差不多在十五萬到三十萬。雖然論威脅度甚至不比目前的三獸士，問題是高階鬥士不止這五個。

他們總人數將近百名，存在值最低也超過十萬，厲害的好像達到將近十五萬。

畢竟每年舉辦大賽都會換人做，說起來也是理所當然。可是這樣的強者竟有多達將近百名，坦白講威脅性不容忽視。

我是覺得質量比數量重要，可是召集的數量超過最低標準還是很難應付。要是有維爾格琳小姐那種彈指破敵的能耐就好解決了，但不認為達格里爾會坐視那種狀況發生……

「好久沒感受到數量的威脅了。」

「算是吧，妾身與那人長久以來勢同水火，但妾身也知道一旦全面開戰會是自己吃虧。本來是做了不少準備，誰知卻被某個地方來的史萊姆大幅削弱了戰力。」

「不是……喂！幹嘛翻舊帳啦！」

繼續這樣拌嘴，也無助於解決問題。

既然如此，只能從我的魔國聯邦調派援軍了——正這麼想時，紫苑笑容滿面地加入對話：

「呵呵呵，利姆路大人，區區達格里爾不足為懼！」

紫苑如此放話，站了起來。然後往門外喊道：

「你們幾個，進來吧。」

在紫苑的呼喚下，幾個男的神情緊張地走進房間來。

咦，這幾個傢伙不是……

「大人好久不見！我是達古拉！」

「我是里拉。」

「我是戴伯拉！」

是達格里爾的幾個兒子，我把他們交給紫苑照顧後就忘得一乾二淨。

應該說，本來是有記在腦子裡的某個角落，不過因為突然與達格里爾變成敵對關係，我完全沒想過該怎麼處理他們幾個……

「嗯，好久不見。很高興看到你們這麼有精神，但你們也知道現在的狀況嗎？」

假如他們表示想回去找達格里爾，我該做的就是送他們離開而不是抓做俘虜。

坦白講，他們每一個都比隨便一個魔王種來得強，要是變成敵方戰力會很麻煩……可是抓做俘虜也得分出戰力當看守，怕會引來不必要的混亂。

殺死不做抵抗的人更是提都不該提，然而我也沒其他好方法了。雖然也能送去菈米莉絲的迷宮進行隔離，但那也有可能增加菈米莉絲的負擔，最好還是不要。

我一面這樣左思右想，一面等三人回答。

結果得到的答覆出乎預料。

「當然嘍。聽說老爸倒戈了，真是丟臉。」

「我們以前也在枕邊聽過芬叔叔的故事，但想都沒想過他會在現今這個時代復活。」

「唔欸唔欸，好像是個凶殘成性的人，實力與老爸不相上下咧。」

很意外地，他們的看法比較站在我這一邊。

於是我決定問問看：

「呃，這樣變成跟你們的父親打仗耶，不在乎嗎？」

「這個嘛，要說不安是有那麼一點，但比起這個，我們現在更想試試自己武藝進步了多少。」

「大哥說得對極了。我們天天都受到紫苑大人的鍛鍊。身心經過千錘百鍊，飯菜好吃，還有可以切磋較量的一群夥伴。打倒想破壞這種環境的傢伙，不就是我們這份力量的用處嗎！」

「唔欸唔欸，有機會展現訓練的成果，咱們高興都還來不及咧。我也要發揮這份力量，狠狠教訓叔叔他們一頓！」

三人異口同聲極力主張。

看來說的是真心話，他們是真的躍躍欲試要跟達格里爾等人開打。

我看看紫苑，她一臉本來就該這樣的滿意表情在點頭。

「呃……」

好吧，這下該怎麼辦呢？

把這三人送上戰場，真的妥當嗎？

《我認為沒問題。》

見我舉棋不定，希爾大師立刻為我解惑。

可是，能保證這幾個傢伙不會背叛嗎？

我也覺得這幾個傢伙說的是真心話，但萬一是假話，這麼做會害自己人陷入險境。況且問到其他人願不願意和敵將的兒子一起戰鬥，恐怕有些人也會面有難色吧。

不過，希爾大師態度堅定。

《我認為這個可能性極低。理由是——》

這個答案不用聽了。
因為接著房門打開，紫苑的部下們一擁而入。
然後一個面孔嚴肅的大哥當先開口，對我陳述意見：
「利姆路大人，偶們相信達古他們！」
咦，是哥布杰嗎……？
相貌變得這麼精悍，我都認不出來了。
雖然還保有昔日樣貌，但氣勢有差。而且一開口就表示信任達古拉他們。
不只是哥布杰。
紫苑的部下「紫克眾」開始你一言我一語地幫達古拉他們說話。
這正證明了大家是發自內心相信他們。
應該說，看來他們是以為我有意處死達古拉兄弟，或者是押進大牢。
竟然把我看成那種人。
我是偏好理性思考沒錯，但還沒誇張到會只因為怕對方跟我為敵，就忽然要人家的命好嗎……
「利姆路大人！就如您所見，我們上下一心，團結一致。大家都是日經月累苦練出來的，不會為了一點小事動搖心志！」
可能是覺得自己有責任監督達格里爾的兒子們，紫苑本人也直直地望著我提出諫言。
其實聽到這些就已經很夠了，這時魯米納斯又蹦出一句驚世駭俗的話來：

「利姆路啊，坦白講，妾身也不是不想把達格里爾的兒子們就地格殺。」

呃不，我可沒那麼想……話還沒說出口，魯米納斯搶先接著說：

「但是，就選擇相信這幾人吧。」

明明說自己跟達格里爾勢同水火，沒想到竟然幫忙說情。

我把事情問個清楚，想知道她為何會做出這種結論。

結果魯米納斯板著一張臉，把理由告訴我：

「關於紫苑的廚藝有所進步，必須歸功於這幾人。」

「意思是？」

「你以為都是誰在試吃？妾身可不願意，不過天底下總是有好奇心旺盛之人。七大貴族中的一人蠢到自告奮勇，結果在床上躺了一個月。」

看來覺得自己是不死者不會死就沒事，也太輕率了。

那個貴族是笨蛋吧……我暗自心想，但覺得似乎不該說出口。畢竟無論哪個時代都是多虧有這些挑戰者，才能為世人帶來偉大發明或新發現。

像我就很佩服第一個試吃海膽或海參的人。雖然聽說也有一種刑罰是強迫餵食怪東西，總之那種行為對日後的美食文化做出了巨大貢獻。

這樣想來，反而可以說那位貴族勇氣可嘉。

於是我輕輕點個頭，請魯米納斯繼續說下去。

「後來就再也沒人願意試吃，幸虧有這幾人自告奮勇。所有人無不被他們的男子氣概感動，妾身的部下也不得不對達古拉他們另眼相看。」

原來如此，還有過這麼一件事啊。

看來紫苑的廚藝有所長進，背後果然隱藏了一段驚天地泣鬼神的故事。

附帶一提，阿德曼好像還留下一句名言：「沒想過有一天會感謝自己不能進食。」真的，我由衷感激各位的付出。

「哎呀，既然有機會吃到大姊親手做的料理，那當然是捨我其誰啦。」

「老哥說得對。」

「這是獎勵啊！」

嗯。

也許只是這三人有病而已。

不過好吧，所謂結果最重要，只要達古拉他們不會變成害群之馬，那就能毫不客氣地請他們作為戰力好好奮鬥了。

「那麼，就由我或魯米納斯來對付達格里爾，芬那邊就讓紫苑你們去應付好了。」

「哼！達格里爾就交給妾身吧。雖然坦白講有點不好對付，但若只是爭取時間倒很容易。」

看來魯米納斯並不認為自己能打贏達格里爾。

換言之從戰略上來說，計畫是先由魯米納斯擋住達格里爾，剩下的人趁機打倒其他所有敵軍幹部，再一起圍剿他。

既然如此，如果由我來對付芬，戰力上或許會是我方較為充裕。

「好，這樣的話就——」

就在這時——

誰知風雲突變，我正要說出口的「看見求勝途徑了」就此被打斷。

＊

這項消息，經由菈米莉絲的緊急思念網傳給大家。

『聽我說利姆路，大事不好啦！』

『我說妳啊，動不動就是大事不好了，我也是有很多事要忙的耶？』

本想輕鬆帶過，沒想到這次是真的出事了。

『現在不是開玩笑的時候啦！跟你說，蜜莉姆那邊的聯絡斷了。我已經立刻派人去調查，但就是有種不好的預感！』

菈米莉絲的說法如下：

剛才哥布達他們回來，報告已經成功擊退塞拉努斯。

然而隨後就出了問題。突如其來地，監視戰況的影像中斷了。

所幸「傳送門」與當地還能通行。

菈米莉絲火速請哥布達他們回去調查，自己則趕緊聯絡我。

『這下糟了。』

『所以不是說了嗎！』

傷腦筋，這就叫做一刻不得閒。

我是不覺得蜜莉姆會出事，但碰巧對影像干擾有點印象。

《是維爾薩澤吧。》

看來希爾大師與我所見略同。

既然如此，應該是可以確定了。

『妳叫哥布達他們不要逞強。我馬上回去。』

我如此告訴菈米莉絲，結束通話。

然後轉向魯米納斯。

「抱歉，出了點急事。」

「怎麼了？」

「我猜大概是蜜莉姆與維爾薩澤打起來了。我先回去一趟，還得聯絡金才行。」

聽我這麼說，魯米納斯大方地點頭。

「好。妾身這邊會自己準備對抗達格里爾，莫擔心。」

「說得對！大人就等著看我們整治那些巨人吧！」

魯米納斯向我保證沒事，似乎是想減緩我內心的不安。

連紫苑也誇下海口，說靠他們幾個就夠了。

雖然這話不能盡信，但或許可以拜託他們撐一段時間讓我想對策。

「那我回去了。」

「是，後續事宜就交給我們吧！」

對了，想起來了。

即使只是可能，還是得說一聲才行。

「魯米納斯，還是提醒一下，剛才說四天的緩衝時間僅供參考喔。」

達格里爾軍的預定抵達時間，最短是四天。

但前提是他們維持目前的行軍速度。

說不定他們有人能夠像我一樣傳送整個軍隊，這點必須有所戒備。

「唔嗯，你說得對。妾身也有把這個可能性列入考慮。實際上，像你就辦得到。假如自己辦得到卻認為敵人辦不到，這個指揮官就是玩忽職守了。」

噢，看來她也清楚這個道理。

那就沒其他好提醒的了。

反正如果有個萬一還是可以馳援，就從急件開始處理起吧。

「那麼，要小心喔。」

「你也是啊。」

我與魯米納斯相視點頭。

「利姆路大人，望您凱旋而歸！」

在紫苑等人的一番激勵下，我再次返回魔國聯邦。

＊

我一回國，二話不說立刻前往管制室。
然後親眼目睹了令人驚愕的光景。
糟了……
情況非常危急。
在大螢幕顯示的影像中，只見盛怒失去理智的蜜莉姆，變成一身奇異的外觀大肆進行破壞。
對手是維爾薩澤。
她雖是面露微笑的妖豔美女，面對變成「真正的破壞暴君」蜜莉姆卻一步不退讓，上演一場不分軒輊的激戰。
雙方都是強者。
真正的諸神戰爭在人世間重演。
「這是怎麼搞的？」
我忍不住喃喃自語，菈米莉絲立刻回答：
「是哥布達幫忙攝影的！」
不，我不是在問這個……
「我是在問狀況怎麼會搞成這樣！」
「啊，問這個啊。就如同你看到的，糟透啦！」
嗯，這下明白菈米莉絲完全幫不上忙了。
我正無奈地嘆氣時，紅丸從司令官的豪華座椅站起來迎接，向我解釋狀況。
「大家看到塞拉努斯被擊退正在叫好的時候，突然間聯絡就斷了。於是我們請才剛回來的哥布達去偵察，結果實際拍攝到維爾薩澤大人與蜜莉姆大人在當地進入戰鬥狀態。」

紅丸解釋得真是簡潔扼要。

至於我最擔心的當地情形，他說尚未確認有誰生還。

整個戰場被白茫茫的冰雪世界封鎖，毫無生命反應。

這似乎是與哥布達同行的蘭加，用「馭風術」採集氣味分子等等掌握到的狀況。

結論是：一切氣味都消失了。

換言之，如同以視覺資訊來說看得見化為冰雕的人，同樣的狀況似乎可以類推到整個戰場不會錯。

「我們很想針對被變成冰雕的人做些調查，但就連有蘭加保護的哥布達都難以接近，應該說似乎是辦不到。」

「現場真有這麼危險？」

「是的。這份影像也是從能接近的最大距離攝影而得。哥布達在哀叫，不過我鐵著心腸當個惡鬼叫他加油。」

以紅丸的情況來說，我覺得不用當惡鬼就已經是鬼了，但現在恐怕不是開玩笑的時候。

卡蕾拉還有她的部下們都還留在當地，可是我無法用「思念網」聯絡到她。明明我們之間擁有「靈魂迴廊」互相串聯。

戰場上所有人生死未卜。狀況的確糟到不能再糟。

我不想認為卡蕾拉他們已經死了。

況且當地應該還有卡利翁以及芙蕾小姐等人在。

有這麼多個超級覺醒者在，我不認為他們會束手無策地在短時間內全軍覆沒。況且事前已經說好萬一陷入任何緊急狀況，就先徹底拖延時間。

可是，現在卻落得這種慘狀。

從影像看不清楚，但蜜莉姆似乎暴走了。看她解放超乎平常水準的強大力量，好像正在與維爾薩澤上演全武行……

我試著思考事情的起因……

一種悲觀的想像在腦中揮之不去。

話雖如此，繼續受限於這種想法，也不能解決任何問題。

菈米莉絲一整個驚慌失措怪不得她，但萬一連我也這樣就完了。

總之戰場情況已經一發不可收拾。我決定看開點，改變心態。

那現在該怎麼辦？

慌張也沒用。

遇到這種時候，應該想想自己現在能做什麼。

保持冷靜，讓心情鎮定下來。我必須替每件事想出對策，從做得到的開始依序處理。

「把迷宮十傑的其他人全部叫來。還有，繼續攝影太危險了，把哥布達他們也叫回來。」

「可是……」

「我不認為蜜莉姆與維爾薩澤之間的戰鬥有那麼容易分出勝負。目前有辦法應付暴走狀態的蜜莉姆的，頂多也就我跟維爾德拉了吧？」

老實講，我也不想幹就是了。

真要說的話，要是蜜莉姆認真鬧起來，誰有辦法阻止得了啊？

遠古時代她與金爆發過衝突，那時是發生了一堆有的沒的然後由菈米莉絲居中協調……無奈現在的菈米莉絲沒那能耐。

但說不定就是有辦法，我對趨近於零的可能性抱持一絲期待——

「喂，菈米莉絲……姑且問一下，趁我擋住維爾薩澤的時候，妳有辦法讓蜜莉姆恢復理智嗎？」

「喂！你這是要我去死嗎！」

我就知道。

早就知道想用這招因應行不通，從一開始就沒在期待，現在可以死心了。

菈米莉絲如今變成一個小不點，看來根本就沒啥好談的。

「好吧，其實我也覺得辦不到啦。不過，真沒想到對手居然使出讓蜜莉姆暴走這一招……」

我低聲說道，嘆一口氣。

趁紅丸他們忙著召集幹部，得為下一步做打算才行。

坦白講，真是始料未及。

光是自己的同伴當中有人背叛就已經夠糟了，沒想到竟然還有更大的災難等著我們。

好吧，我也知道這是非常有用的伎倆，但誰想得到對方會出這種狠招啊……

《……蜜莉姆一旦陷入全力暴走狀態，有可能導致世界崩毀。這是敵我雙方都碰不得的禁招，如果對方抱持著堅定決心敢於實行這種計策，恐怕必須做好準備因應更嚴重的局勢。》

……你的意思是？

《推測最有可能發生的狀況是釋放滅界龍伊瓦拉傑等等，但也得戒備其他危險的手段。》

也就是不照規則來，百無禁忌就對了？

真的糟透了。

光是想到如何把暴走狀態的蜜莉姆恢復正常就夠頭大了，擋路的人竟然還是維爾薩澤。本來有想過找維爾德拉幫忙，但聽說他一看到維爾薩澤出現在影像當中，就立刻變得鬼鬼祟祟地說什麼想起來有事要辦然後開溜了。

那傢伙，碰到關鍵時刻總是靠不住呢……

好吧，其實我也半斤八兩，沒資格講他。

要是可以逃走，我早就腳底抹油逃之夭夭了。

可是不誇張，那樣做就等於看人類滅亡。

坦白講，會害我很困擾。

就我一個人活下來，又有什麼意義？

與其坐視那種未來發生，還不如全力抵抗來得好些。

我不會再發牢騷了。

切換心裡的開關，現在起要來認真想對策。

＊

在幹部集合之前，我決定再辦完一件事情。

那就是召喚強而有力的幫手。

『——事情就是這樣，請火速提供支援。』

『收到，利姆路大人！雖然金大人顯得很不起勁，這事就交給我萊茵的交涉術搞定吧。』

沒錯，我想找金過來幫忙。

說句大白話，我一個人再怎麼拚，也不可能同時對付維爾薩澤與蜜莉姆兩人。

靠精神論打不贏戰爭。

我不想打沒勝算的架，就算非打不可，也會毫無保留地努力提高勝利機率。

於是用「思念網」想聯絡金，但遭到拒絕。

是察知到維爾薩澤與蜜莉姆正在交戰，嫌煩了嗎？

不，我看不是。

因為金不像維爾德拉，他明白自己該做什麼。

也就是說，他應該是認為之後還有比這局勢更可怕的威脅會降臨。

希爾大師與金得出相同的結論，使我心情盪到谷底。

問題堆積如山。

就算把金牽扯進來，雖然維爾薩澤能讓他去應付，蜜莉姆卻必然得由我來擋。即使這段流程還看得見，後續毫無計畫造成了我的不安。

只是戰鬥的話還有辦法可想。

但問題沒這麼簡單。

不只是地表，如果問我能不能一邊應付蜜莉姆還一邊不讓這星球受影響，以我目前的力量有困難。

能讓自己活下來大概就算不錯了。

即使就算死了，只要維爾德拉還在就能復活，但我退場會給金增加負擔，結果還是出局。

金再怎麼神通廣大，要同時對付那兩人還是像在玩不合理的遊戲。更何況如果接招接得不好，說不定直接就把星球給毀了……

怎麼想都很可怕。

然後竟然再加上菲德維還有伊瓦拉傑……好不容易才打倒米迦勒，難題接踵而來得也太趕了。

這下好了，我是很想認真思考對策，然而悲觀的想像不斷冒出來塞滿腦袋。

正在抱頭苦思時，萊茵來回覆了：

『利姆路大人，搞定了！金大人聽到是我拜託，很爽快就——』

『喂，利姆路。你好大的膽子，竟敢讓我家萊茵幫你跑腿？』

嗚！

插入我與萊茵「思念網」的人，不用說也知道是金。

他似乎不懂我怎麼會跟萊茵這麼好，這當然是事出有因。

我早已看出萊茵作為畫家的天分，私底下請她幫了很多忙。

萊茵也答應得爽快，如今儼然成了我的專聘畫家。

更具體來講，我就像是成為金主，栽培了萊茵的才華。

至於說到我們是如何發展出這段關係，事情發生在……雷昂的城堡進行會談之後——

從迪亞布羅那邊沒收的繪畫等等，我也有機會看了一下。

結果發現，萊茵的畫作真是太令人讚嘆。

簡直就跟照片一樣……

萊茵的畫作不需要模特兒，光只是乘著想像之翼翱翔，就畫出變化豐富的表情。

在那些繪畫當中，沒錯！

也有幾幅裸體畫。

我呢，當然很感興趣。

當然是出自藝術的觀點。

追求美感的心靈永無極限，我的約稿慾望源源不絕。

其中沒帶半點邪念，純粹出於追求「藝術」之人的求知慾，讓我忍不住問了個問題：

「萊茵啊，妳沒有模特兒也能畫裸體什麼的嗎？」

萊茵一聽，對我純粹的疑問做出以下答覆：

「要價不低喔。」

不是能不能畫，是要價不低。

我二話不說，直接拿出裝滿金幣的袋子。

萊茵見狀，眉毛不挑一下就迅速將它收進懷裡，甚至還照樣那副淡定的態度，大言不慚地說什麼：

「竟然想用錢收買惡魔，真是荒謬。但沒辦法，誰教我這麼尊敬利姆路大人……」

我當下就明白了。

心想：現在要開始高難度的心理戰了。

於是便若無其事地問她：「妳想要什麼？」

《……根本就既不高難度，也沒有什麼若無其事。應該說，就是直接開口——》

總、總之讓我忽略局外人不識趣的吐槽繼續說下去，萊茵的回答如下：

是這樣的，我對點數這種東西很感興趣——她用純淨無瑕的眼神向我提出訴求。

只能說，接下來要拉攏她就簡單了。

後來私底下與萊茵做了各種磋商，進一步成為萊茵的金主，開始贊助她的藝術活動。

若是希爾大師願意幫忙執行腦內保存，我也許就沒有這麼大的熱情了。無奈它總是在緊要關頭不肯合作，所以我就像是從萊茵的繪畫另闢了一條蹊徑。

《……嘖。》

嗯？

怎麼好像聽到像是咋舌的聲音……不可能啦，一定是我多心了。

大概是有點累了，才會出現這種幻聽。

因為我又沒做什麼虧心事。

《還有大部分都是以裸體為主題也讓我無法理解——》

討、討厭啦，希爾大師這是怎麼了？

這世上怎麼可能有希爾大師不懂的事情呢？

所以說，這八成一定是你多心啦！

那就這樣，議論到此結束！

於是我與萊茵因此有了深厚交情，如今她成為我的外部合作夥伴，會按照我的心意提供協助。

不知這一切內情的金會起疑心當然很合理，但我沒義務一一向他說明。

所以理直氣壯地如此回他：

『現在不是說這個的時候吧！局勢危急，拜託你立刻過來。十萬火急喔！』

說完就結束與金的「思念網」。

請萊茵以日向為模特兒創作的繪畫，都還沒完成咧。在看到那幅畫之前，我說什麼都不會坐視這世界被摧毀。

我再度於內心堅定立誓，將會不擇手段度過這場危機。

＊

我命令紅丸之後不到五分鐘，全體人員紛紛到齊。

紅丸作為指揮官威武地——迪亞布羅則是神態從容自在地到場與會，絲毫感覺不出忙到剛才所帶來的疲勞。

我看情況危險從偵察任務剛剛喚回的哥布達，正坐在座位上發抖。其實去休息也沒關係，但這傢伙責任心意外地重。

附帶一提，蘭加早就躲到我影子裡了。真是個機靈鬼，然而今日此時只覺得他這種地方也很可愛。畢竟才剛死裡逃生，希望他可以好好休息。

事實上，蓋德正因為身受重傷接受急救中。雖然傷得嚴重的部位都好了，但體力消耗到回復藥都來不及補，所以被送進了鮮少用到的療養院。

原本陪在蓋德身邊的戈畢爾，也在朱菜的判斷下緊急入院。

他也是體力消耗得比看起來嚴重，乍看之下好像還生龍活虎，其實早已陷入奄奄一息的狀態。

這是回復藥的一大盲點，表面上沒有受傷會讓人誤判健康狀態。

魔素對魔物來說如同生命力。一旦它消耗殆盡，最糟可能導致死亡。

我自己在替大家命名時就有過多次經驗，所以不是在說笑。戈畢爾本來還想一起開會，是我強迫他去休息。

除了他們之外，還有一名重傷患。

就是雷昂。

迪亞布羅已經把他送進醫院，說是沒有大礙。朱菜也已向我報告，說應該很快就會恢復意識。不愧是前勇者兼現任魔王，看來體力的回復速度也很驚人。

我很希望雷昂醒來之後能參加會議，但不能讓他硬撐。無奈也沒時間等他恢復體力，很遺憾地這次他就缺席了。

除此之外，迷宮那邊有九魔羅、賽奇翁以及阿畢特到場參加。

阿德曼一行人正與紫苑一同參加魯貝利歐斯防衛戰，蓋多拉大師也加入陣線。龍王陣營向來不參加這種集會，所以這下所有人都到齊了。

附帶一提，我請白老擔任孩子們的護衛，繼續修行不要停。薩雷與格萊哥利這兩人，也留下來繼續修行。

薩雷似乎領先了大家一步，格萊哥利目前則是與孩子們打成平手。

之所以沒把白老找來，是為了避免嚇到孩子們。

克蘿耶似乎假稱身體不適來幫我，但現在也真的倒了。也因為如此，我才會特別注意不要嚇到劍也他們。

總之已經將他們安排到安全的樓層，就算敵人攻進迷宮也不用擔心，但不怕一萬只怕萬一，絕不能出半點差錯。

就這層意味來說，等我把事情傳達好，就打算請九魔羅也去跟孩子們會合。

除此之外還有一個理由。

紅葉與阿爾比思目前也在這座迷宮裡避難。

我請楓女士也一起過來陪著她們。她有過生產經驗又與孕婦們打過照面，是沒得挑剔的最佳人選。

這麼做是為了讓紅丸能夠專心戰鬥，而一方面是楓女士強烈要求，另一方面也是為了保護紅丸的兩個太太安全，於是就請白老專心在護衛任務上了。

如此這般，所有人員就這些，但人數少到這種地步還真有點害怕。

即使大家四散於各地所以無可奈何，可是卡蕾拉目前也生死未卜……會產生前所未有的危機意識或許怪不得我。

總之，這種不安必須吞進肚子裡，也得像紅丸一樣拿出魄力才行。

為了發生任何事情可以立刻接到聯絡，我們在鄰接「管制室」的會議室一邊繼續監視現場，一邊開始議事。

不如說，由於這次沒時間慢慢開會，我打算憑自己的主見擬定作戰計畫。我也不想這麼做，但眼下戰況依然激烈，地表也在微微震動。

英格拉西亞王國大概也發生地震了吧。

繼續這麼下去豈止大陸規模，整個行星都會蒙受災難。為了防範於未然，希望大家這一次能容忍我的任性。

我給出的結論是，由自己與金兩人上陣想辦法，完全是兵來將擋水來土掩、毫無計畫性可言的魯莽作戰。

可是，就連可靠夥伴希爾大師都想不出什麼妙計，目前除了乖乖放棄別無他法。

「謝謝大家到場與會。」

我草草寒暄完，立刻進入正題。

「關於應付蜜莉姆的方法，那邊我去擋。」

聽我如此宣告，眾人頓時大驚失色。

那是當然了。主將竟然要親自出馬，本來應該是下下策。

雖然以我們來說是常有的事，但也很少像這次這樣不經討論就直接決定，大家當然會有疑慮。

「咯呵呵呵。那麼我也伴利姆路大人同行吧。」

迪亞布羅主動提出要幫忙，但是——

「不了，你是很強沒錯，可是對付蜜莉姆沒辦法顧及下手輕重吧？我想之後會出現更合適的敵人，到時候再讓你好好表現吧。」

——我用這套說詞回絕他。

不管誰來說什麼，我心意已決。如果要對付的是蜜莉姆或維爾薩澤，帶一大票人去打只會徒增死傷人數。

《……畢竟如果對付的是那種等級的對手，無論是誰都算不上戰力。》

希爾大師這麼說，也與我持相同意見。

就連紅丸、賽奇翁或迪亞布羅，都被希爾大師斷定幫不上忙。甚至說雖然只是可能，人員死亡的風險非常高。

如果是懷著殺死蜜莉姆的打算去挑戰還另當別論，只想阻止她的話是有這個可能。

這麼一來，就只能靠我努力了。

基於這點，我對特地請來的金出聲說：

「不好意思，想請你跟我一起去。」

「……啊？」

金狠狠瞪過來，但我可不會這樣就退縮。

與其一個人去冒死勸架，還不如現在先說動金要好得多。

「再怎麼說八星的老大還是金大哥嘛？身為一個新來乍到的，我看這種場合還是得請到可靠的老前輩出面——」

我打算在這時候給金戴高帽子，把他捲進這件事。這樣感覺多少可以提升一點成功機率，希望他能多多包涵。

然而，金老大不高興地打斷我。

「叫我來就來，又要我幫忙？你膽子不小嘛。」

「不不不，我就是因為沒膽，才想請金幫這個忙。不開玩笑，真的拜託啦。」

我誠心誠意低頭拜託。

金見狀，態度也變了。

然後語氣變得不苟言笑，開始坦誠以對：

「你明白狀況嗎？我知道你替蜜莉姆她們擔心，但是——」

嗯，看來金得出的結論也跟希爾大師一樣。

也就是比起替蜜莉姆與維爾薩澤勸架，他認為另有必須重視的問題。雖然愈想愈鬱悶，我的結論還是應該從眼前能做的事解決起。

「你是說伊瓦拉傑有可能被釋放的事嗎？那件事的確也讓人憂心，但如果在那之前世界先毀滅，到頭來都一樣完蛋嘛。」

我拿出必死決心如此告訴金，抵抗他施加的壓力。

「……你已經發現啦？」

金講得像是覺得很沒意思，默不吭聲地坐到座位上。

看來他打算先觀察我的反應。

我抓住這機會，繼續說下去。

「事實上，我不知道維爾薩澤的目的是什麼。也不覺得她激怒蜜莉姆的目的就是要讓她失控。」

讓她暴走只是一種手段，之後維爾薩澤究竟想讓她做什麼？

要是能搞清楚或許還有辦法解決，偏偏……

現在可沒時間慢慢傷腦筋。

為了救出卡蕾拉他們，要煩惱只能晚點再說了。

正這麼想時，金輕聲低語：

「我猜，維爾薩澤大概是想看我拿出真本事吧。」

「啥？」

「那傢伙想要的東西始終如一。她想與我一戰，證明她強過我。」

「什麼……？」

我不懂金怎麼會忽然冒出這番話，卻看到他一副嚴肅的表情。

看來他是認真的。

所以才不想搭理她啊——金如此說道，一臉的排斥。

真沒想到世界竟然被捲入你們這種小倆口吵架，搞到幾乎要毀滅……

雖然令人傻眼，但不能置之不理。

「就算你說的是真的好了，讓她們繼續打下去這顆星球可能會天崩地裂。除了出面阻止也別無他法了吧。」

「但她的目的就是把我們釣過去耶？只要不予理會，菲德維的計謀也會無疾而終，你不覺得這才是最好的辦法嗎？」

金的說法是，這顆星球是以維爾達納瓦的力量創造而成，不會變得天崩地裂。只是，蜜莉姆的力量似乎還會繼續高漲，放著不管恐怕無法避免魔素造成汙染。

即使如此，也許星球不會天崩地裂就該慶幸了。

想想也是理所當然，例如卡蕾拉使用的魔法，本來並非可以在行星上發動的玩意兒。是因為這個世界性質如此，才能耐得住那麼誇張的威力。

否則就算運氣再好，至少也會讓地軸歪掉幾度。

經過金這番解釋，我覺得也不無道理。

現在如果連我們都參戰就如了菲德維的意，走錯一步都可能把伊瓦拉傑叫出來。從迴避這個風險的觀點考量，能理解金的判斷並沒有錯。

但是，事情沒這麼簡單。

雖然差一點就點頭同意，無奈這個選項早就沒了。

「很遺憾地，卡蕾拉他們似乎都被做成冰雕了，我不能放著不管。」

不只是卡蕾拉。

除非我能解救芙蕾小姐、卡利翁以及在那裡戰鬥過的所有人，否則大家一同歡笑度日的世界永遠不會到來。

所以，我的決心不會動搖。

「嘖，好啦。不得已，算我一份吧。」

金如此說完，好像覺得很無奈似的站了起來。

*

「我想你應該知道，若連我們都拿出真本事，會讓更多區域受魔素汙染。下手要輕點，知道嗎？」

喂，這應該是我要說的吧？

「你才是已經失敗過一次了，這次要小心喔。」

「就是說啊！這次我幫不了你們，不要亂來喔！」

就你們倆過去讓我好不放心——菈米莉絲講出這種話，使得我很不服氣。

不過好吧，我也沒那資格說大話。

沒計畫到了這種地步還滿好笑的，但無可奈何。

現在正是該逞強的時候。

而我從以前到現在，已經累積無數次類似的經驗。

「事情就是這樣，就我跟金兩人去阻止蜜莉姆。想拜託大家做好據點(這裡)的防衛工作，假如外國派人來求援就適當應對。」

這次開會就只是傳達決策，想必有些人會心有不滿。但這就是我與希爾大師討論出來的最佳解答。

「利姆路大人，至少讓我一個人陪伴您也好——」

「不准。」

我不容分說地拒絕了迪亞布羅的提議。

憑迪亞布羅的本事，或許有辦法配合我們戰鬥。但我還是拒絕了，因為希望他留下來因應真正的突發狀況。

「菲德維的目的不只是復活伊瓦拉傑。而且我覺得達格里爾之所以去攻打魯米納斯，也是想用聲東擊西的方式分散我方戰力。等我不能動了，到時候就只有你、紅丸還有賽奇翁能接手做後續處理了。」

迪亞布羅這人是很可靠沒錯，所以我才希望他留下。況且敵方不只有菲德維，蟲魔王塞拉努斯也還沒打倒……

說到底只要迷宮沒毀，我方就不算真輸。現在需要他們三個都留在這裡，否則反而會有後顧之憂。

紅丸肩負總司令的重大責任。

賽奇翁身為迷宮守護者，受到我的全面信賴。

有紅丸的發令調度、賽奇翁的強大實力配合迷宮的環境，就算對手是塞拉努斯也絕對撐得住。若是再加上迪亞布羅那種強到詭異的應變能力，我相信即便敵軍對迷宮發動總攻擊也有辦法臨機應變。

就這樣，我硬是講到三人接受。

順便也包括維爾德拉。

「我呢？」

「祕密武器（維爾德拉）大哥真的就是最終堡壘了。」

維爾德拉一直沒被我叫到名字顯得很不滿，但聽我這麼說就滿意地點頭允諾。

恕我一再強調，只要維爾德拉還健在自己就能復活。

儘管不想拿自己做實驗，但多這一道保險差別很大。

用我的專斷獨行與個人成見封殺反對意見後，就快快上戰場吧。

時間拖得愈久怕會影響我的決心，於是把後續事宜託付給維爾德拉。

「真的千萬拜託嘍，維爾德拉！」

「唔嗯，交給我吧。」

看到維爾德拉用力點頭，讓我感覺吃了顆定心丸。

這時菈米莉絲撲到我身上來。

「利姆路，蜜莉姆就拜託你了！」

「嗯，包在我身上！」

為了讓憂心忡忡的菈米莉絲放心，我用笑容向她保證會讓蜜莉姆恢復理智。

對付最強魔王蜜莉姆下手不夠狠等於白費力氣，只能期待她聽見我的聲音。只要能設法讓她息怒，我想她自然就會恢復理智。

事實上，有很多部分都得看運氣。

大前提是金能幫忙擋住維爾薩澤。然後還得調整力道儘量減少對這星球的影響，做好長期戰的心理準備。

一輩子沒這樣亂來過。

真要說起來，竟敢妄想一邊收放力道一邊與暴走狀態的蜜莉姆對峙，根本是找死……

剛才我斷定迪亞布羅辦不到，但其實自己也沒自信。

可是，也只能硬著頭皮上了。

「紅丸，其他事就交給你了。」
「大人請放心！」
幸好有紅丸在。
我需要有人準備回應各國的請求，特別是魯貝利歐斯目前正在打仗，事情會怎麼變化都不知道。局勢瞬息萬變，必須巧妙分配剩餘戰力見機行事。
這種困難的安排調度只有紅丸堪當大任。
我點頭回應紅丸。

好，該動身了。
（等著吧，蜜莉姆！妳可別無理取鬧，造成更多災難啊！）
就在事情變得無可挽回之前，讓蜜莉姆清醒過來吧。
背後承受著大家不安的視線，背負起過大的期待，我與金離開現場。

●

利姆路與金離去後，會議室瀰漫一股凝重的氣氛。
「這還是我第一次覺得自己如此無力。」
迪亞布羅喃喃自語。
這句話正好道出現場眾人的心聲。

「說得沒錯。大人說我肩負分析戰況指揮眾人的大任，但我倒希望能拋開這一切，隨侍利姆路大人左右護其周全。」

紅丸也道出真心話。

他也認為利姆路的判斷正確所以無法提反對意見，不過老實講，他重視利姆路更勝其他同伴。

這次情況與平時不同。

利姆路一反平時的瀟灑自在，神色顯得相當緊張。

他似乎想隱藏這種心情以免害大家不安，但與他是老交情的紅丸一眼就看出來了。

由此可知形勢是當真於他不利。

「原本還沒自覺，看來我是太依賴利姆路大人了……」

「嗯。如果這是利姆路大人所願，我們也只能從命，可是大人竟然認為我下手不知輕重，這實在難以接受。」

「也不只是因為這樣吧。後面還有菲德維、傑西爾與魔王達格里爾等著。需要戒備的敵人這麼多，我方戰力又稱不上充分。所以大人才會判斷讓你留下來幫我們的忙更好。」

紅丸幾乎把利姆路的想法給摸透了。

已經是老交情了，這點小事還不簡單。

但這也讓他更加覺得自己不中用。

「自怨自艾無濟於事。我們只能愚直地完成大人賦予的職責。」

賽奇翁下了這個結論。

他也明白迷宮的重要性。所以才會警告其他人切勿自尋煩惱，影響到該盡的職責。就這樣，賽奇翁等人各自返回支配領域，準備做好萬全對策隨時阻擋敵人進攻。

看到賽奇翁的這種態度，紅丸苦笑了。

「呵，賽奇翁說得對。所有人繃緊神經，盡力執行任務！」

為了完成利姆路交辦的責任，他鼓勵大家回去工作。

菈米莉絲和她的部下們進進出出忙得不可開交。

要做的事一堆。有事情忙，可以忘記心裡的不安。

忙著忙著，「管制室」慢慢恢復到平時的氣氛……但用這種方式取回的平常心，卻隨著蒼影的歸返而煙消雲散。

「蒼影，你回來啦？」

「嗯。利姆路大人呢？」

「出了大事，大人去處理了。」

「唔，結果又得依賴大人了嗎……」

紅丸一面心想「就是啊」，一面問道：

「話說回來，看你這麼慌張是怎麼了？」

蒼影被這麼一問，霎時恢復冷靜開始報告：

「我依利姆路大人之命查探達格里爾國內民眾的動向，發現——」

以這句話作為開場白，他簡潔扼要地將調查結果一一陳述。

「聖墟」達瑪爾加尼亞有一座埋藏於沙漠的地下都市，作為避難場所之用。

昔日一度繁榮富強的王都毀滅之際，人民捨棄地表以地底湖為中心開拓巨大地下空間，最後打造了一座可供數萬人過活的居住地。

目前巨人族的婦孺，似乎都在當地照常生活。

蒼影親眼目睹後，判斷達格里爾的巨變並未影響到當地民眾。他為此鬆了口氣，接著下一步開始調查達格里爾倒戈的原因。

蒼影選擇前往王宮。

儘管士兵人數所剩無幾，行政官仍在照常執政。他們同樣也沒感覺出達格里爾的變節，將蒼影視為同盟國的使者鄭重接待。

蒼影聽了他們的說法，心中便對這次倒戈行為的起因大致有數。他不能確定這個推測正確，但因為也沒有其他符合的情報，於是就先回來報告。

「——我明白了。所以包括被封印的弟弟在內，過去三兄弟原是一個巨人，而且是作為世界破壞者肆虐作亂的惡神對吧。」

「正是如此。只是據說他後來敗給維爾達納瓦大人因而洗心革面，又邂逅王妃奇紗羅，才變成如今這種沉穩的性情……」

「說是神話但還真不可輕視。應該當成在某種程度上是以史實為基礎。」

「是啊，我也這麼想。所以，這麼一來……」

「該戒備的就是惡神的復活了……」

紅丸與蒼影互相商議，相視點頭。

一旁聽兩人說話的其他人，也表情嚴肅地靜觀其變。

「嗯——或許是有這個可能喔。畢竟達格里爾是自然發生力量的化身，與維爾達納瓦交戰也已經是遠古時代的事了嘛。」

連菈米莉絲都這麼說，進一步提升了這項推論的重要性。

「再請教一下，這個惡神當時大概有多強？」

紅丸向菈米莉絲問道。

「超強的。雖然沒我厲害，但應該比以前的師父還要強吧。」

「呣？」

「當然，現在的話絕對是師父比較強！」

看到維爾德拉聽到有人比自己厲害而開始不高興，菈米莉絲急忙哄他開心。即使不知道這是否為真心話，至少大家這下都聽出來，惡神是相當於「龍種」的威脅。

＊

也許屋漏總是偏逢連夜雨。

摩邁爾帶來一項消息：

「大事不好了！就在剛才，大姊頭……不，艾爾梅西亞陛下緊急通知，說薩里昂與敵軍開戰了！」

他衝進「管制室」大聲嚷嚷。

「你說什麼！」

紅丸如此回答，上前急著叫他把話說清楚。

摩邁爾回答說，他是透過手機接到聯絡的。
魔國聯邦與魔導王朝薩里昂之間有不只一種的聯絡方式，看來艾爾梅西亞判斷用直通線路最確實。
摩邁爾也懂她的意思，因此一邊通話一邊趕來這裡。
摩邁爾上氣不接下氣，仍扼要說明了狀況。
襲擊薩里昂的是札拉利歐與傑西爾這對二人組。聽說他們率領著主力軍團，發動了強襲。
「你說不是聲東擊西，是正式攻打對吧？」
「正是如此。」
「即使薩里昂有希爾維婭小姐在，恐怕仍會是一場硬戰……」
紅丸理解了狀況，呻吟著說。
希爾維婭是很強沒錯。強到即使紅丸與她交手，恐怕也難分高下。
但是，對手是連紅丸也陷入過苦戰的傑西爾。
戰鬥擁有所謂的相剋問題，如今除了傑西爾還多了札拉利歐這號強者，希爾維婭怕是孤掌難鳴。
「監視魔法『神之眼』切換成功。即將播放當地影像！」
阿爾法機靈地用大螢幕播出薩里昂的狀況。
畫面上出現足以將巨大都市容納其中，自神話時代聳立至今的樹木。正是薩里昂引以為傲的神樹。
而神樹枝幹的各處，可以看見明滅的閃光。
從影像看起來像是仙女棒煙火般渺小虛幻，但從規模推測必定是巨大爆炸。
「是傑西爾放的火吧？看來他是玩真的。」
「紅丸，這下怎麼辦？」

被蒼影這麼一問，紅丸面露苦悶的表情。

現在不派人救援，薩里昂注定要淪陷。問題是他們沒人可派。

不夠充分的戰力如同螳臂擋車，要派就得擠出能夠確實獲勝的戰力。

若是在迷宮內的話，還能無視「死亡」風險展開特攻作戰。就算無法期望確實戰勝，爭取點時間倒還不難。

可是，一說到要派兵……

「也只能由我去了。」

紅丸、迪亞布羅以及賽奇翁。就連這三人，對付傑西爾等人都稱不上勝券在握。其他人則等於是去送死。

「不如我去如何？」

迪亞布羅自願前往，但紅丸拒絕了。

雖然不能確定，他有種不祥的預感。

「不了，我跟傑西爾交手過一次。即使當時完全不是他的對手，現在我有勝算。」

紅丸為了重新檢視自己的能力，在迷宮內刻苦鍛鍊了自己一番。儘管並沒有魔素量大幅增加之類的明顯變化，實力確實有所提升。

即使如此，他還是不敢保證自己能打贏傑西爾，是為了趕跑大家內心的不安，才會假裝滿懷自信地誇下海口。

「唔嗯。」

迪亞布羅也聽懂紅丸的意思，不多做反駁。

紅丸一面以視線對迪亞布羅致謝，又接著說：

「再說，如果這是聲東擊西，作為大本營的迷宮分散更多防衛能力就太危險了。直覺告訴我，最好還是讓你留在這裡比較妥當。」

「明白了。既然紅丸先生都這麼說了，我願意遵從。」

紅丸可是受利姆路所託堅守後方的男人。從指揮體系而論，階級高於迪亞布羅。

這點他很清楚，因此無意反對。

是無意反對，但迪亞布羅決定說出心裡的想法。

「——不過你要知道，札拉利歐不是個小角色。」

紅丸提防的是傑西爾，不過迪亞布羅認為真正棘手的是札拉利歐。

「那個男人是真正的武人。姑且不論魔素量，技量可是相當高強。」

即使聽他指出這點，紅丸的決斷並未動搖。

不，其實他也在為此憂慮，但硬是吞進肚子裡不表現出來。

「我過去。這已決定了。」

「呵，學利姆路大人嗎？但是，那指揮誰來做？」

「我去了那裡一樣可以發號施令。」

紅丸如此斷言。

他也知道這樣很亂來，仍然打算堅持己見到底。

維爾德拉見狀，對紅丸說：

「紅丸啊，你是不是把我給忘了？假如讓我出馬，傑西爾那種小角色或什麼札拉利歐的，被我一擰就碎啦。」

維爾德拉滿懷自信的發言，再次動搖紅丸的決心。

利姆路如今已擊敗米迦勒，菲德維對維爾德拉下手的必要性也降低了。與其把最大戰力放在迷宮深處藏而不用，作為指揮官的知識建議他應該善用人才。

然而——從另一方面來想，紅丸的本能……堪稱野生直覺的部分，卻又告訴他這不可行。

所以紅丸表情沒顯現出任何動搖，當即否決。

「的確若是讓維爾德拉大人出馬，區區傑西爾絕非您的對手。只是……」

「唔？還有什麼疑慮嗎？」

被他這麼問，紅丸苦笑了。

疑慮可多了。

之所以不能派維爾德拉這個最大戰力去對付傑西爾，原因也是出在這裡。

「我擔心的是方才提到的惡神。聽說就連魔王達格里爾以前也常常跟維爾德拉大人打鬧著玩。再加上還有達格里爾於太古時代遭到封印的弟弟——那個叫芬的巨人。這兩人實力幾乎不相上下吧？」

注意到紅丸望向自己，迪亞布羅點了個頭。

「雖然我並未親眼目睹那人戰鬥的場面，但遠遠望去似乎是芬略勝一籌。」

「這樣啊。烏蒂瑪也報告過類似情形，此人必定是個威脅。既然如此，就算有魔王魯米納斯與紫苑和阿德曼他們協同戰鬥，能不能取勝也很難說。」

最好預設達格里爾與芬這兩人的實力可與「龍種」匹敵。

再說，古拉索德也是無法忽視的存在。據說此人曾與魔王雷昂打成平手，光是要打倒他恐怕都得費一番力氣。

除此之外，還聽說巨人軍另有尚未現身的強者。

在這種狀況下，萬一再來個惡神復活……

一切講的都只是可能發生的事。

然而，紅丸就是無法拭去內心的不安。

「可是，那幫人還要再過一段時日才會抵達魯貝利歐斯不是？本大爺迅速出手搞定就──」

「不可，這樣想太一廂情願了。如同利姆路大人有能夠傳送軍團的祕術，最好預設敵人也有同樣的能耐。」

利姆路也提出過忠告，說最好當作能爭取時間就算不錯了。紅丸個人也贊成這個意見，要求自己絕不可以輕忽大意。

再說──

紅丸感覺到脖子在陣陣刺痛，久久未能平息。

這是本能教會他的危險預知能力。

即使沒有根據，他幾乎可以確定魯貝利歐斯也會發生大事。

「所以希望維爾德拉大人可以做好準備，萬一出事時才能即刻行動。」

利姆路常常稱維爾德拉為祕密武器，其實紅丸也有同感。

最終王牌擺到最後都不打出來，才能在各方面發揮最大效果。因為一旦陷入非出牌不可的狀況，就等於證明局勢已經惡化到了極限。

然後，如果再加上一層意外狀況……那就代表自軍陣營的敗北。

「也好。這裡有我坐鎮，你儘管去大展身手吧！」

「咯呵呵呵，紅丸先生居然要親自出馬。這裡的事請放心交給我吧。不過，只有指揮工作得請你親力而為了。」

迪亞布羅也同意送紅丸出戰。

就這樣，確定由紅丸上陣了。

＊

紅丸準備動身的同時，決定再帶幾人偕同前往。

目前對手只確定有傑西爾與札拉利歐這二人，但也有可能出現其他強者。

在這種時候，防守方總是要吃虧。因為他們必須做好充足準備，才能應付敵方進攻的任何戰力。

「我也要同行。」

蒼影第一個自告奮勇。

紅丸也不反對，立刻答應讓他同行。

憑蒼影的實力，正適合用來擾亂敵人。他的應用範圍比數字上的戰力更廣，可望收到豐碩戰果。

但是，之後才是問題。

「紅焰眾」目前已身心交瘁，無法帶上戰場。

哥布達與蘭加也是一樣。

蘭加從利姆路的影子移動到哥布達的影子後，也已深深入睡以恢復失去的體力。

相比之下哥布達算是比較活蹦亂跳……

「但只帶哥布達一個人去也沒用吧？」

「小的還不想死啊！」

好吧，這點大家算是有共識，哥布達因此得到豁免。

雖然也有人建議可以從迷宮陣營調度人馬，但紅丸認為與其帶他們去陌生土地，不如留在迷宮內發揮長才更好，就拒絕了。

這麼一來，只能他們倆去參戰。

「真沒辦法。好吧，以蒼影與我的配合度，狀況再糟也死不了人吧。」

「說得是。況且那邊還有希爾維婭小姐與艾爾梅西亞陛下在。只要攜手合作，總能巧妙應戰。」

蒼影也同意紅丸的看法。

監視薩里昂的影像當中，也有映照出艾爾梅西亞的身影。

「沒想到大姊頭竟然能打鬥——而且功夫還厲害得很，真是教我吃驚……」

這是摩邁爾的說法，實際上大家也都吃了一驚，但都接受了這個事實。

希爾維婭與艾爾梅西亞這兩人非但幾乎長得一模一樣，驚人的是連戰鬥能力也相去不遠。不同的是希爾維婭擅長使「雷」，艾爾梅西亞擅長的則是「風」。

總而言之，到了這個階段己方竟然又有人異軍突起，對紅丸等人來說算是意外收穫。

這個驚喜稍微提高了戰勝的可能性。

所以紅丸等人才沒陷入悲觀思維，決定就他們倆上路。

然而，就在這時——

原本正在檢查各地影像的貝塔，像是喉嚨抽搐般大叫：

「緊急報告！正在戰鬥中的蜜莉姆大人與維爾薩澤大人，開始轉移陣地了。假如維持這個方向繼續前進，將會直接打擊守護薩里昂的神樹！」

眾人一聽，視線頓時聚集到大螢幕上。

顯示於螢幕上的光點，紅色代表蜜莉姆，藍色則是維爾薩澤；如今這兩個點彷彿互相交纏，以快得嚇人的速度開始移動。

貝塔說得對，再這樣下去就要撞上薩里昂了。

「這怎麼回事？是利姆路他們做了什麼嗎？」

維爾德拉提出疑問。

但沒人作答。

「要是被捲入那種戰鬥，不管是什麼地方都會化作焦土。」

紅丸臉色鐵青地低語。

「也許這正是菲德維的目的。」

在舊猶拉瑟尼亞，維爾薩澤的風雪讓萬物盡遭冰封。結果不知是幸或不幸，反而將災情控制在最小程度。

雖然那也得要維爾薩澤解除冰封才有意義，但畢竟不是真的失去一切，還留有一線希望。

可是，今後就難說了。

因為一旦遭受喪失理智的蜜莉姆直接攻擊，任何都市都會瞬間蒸發……

而陷入危機的並不只有薩里昂。

「敵人難道想借蜜莉姆大人之手毀滅世界？」

「這就無法斷定了，只是那傢伙腦袋有病，所以是有這個可能性。」

對於紅丸的詢問，迪亞布羅心平氣和地回答。

假如菲德維的目的真是散播死亡與破壞，也許他打算以此作為誘因召喚出伊瓦拉傑。

迪亞布羅指出這個可能性。

紅丸也覺得不無可能。

連迪亞布羅都說這人有病了，對方絕對是個瘋子。誰也料不到這種人會動什麼念頭。

總之不管怎樣，再這樣下去薩里昂會從地表消失。

屆時會是哪裡成為下一個目標……？

西方諸國？還是黃金鄉埃爾德拉？

也有可能直接對所有都市視而不見，一路直指迷宮而來。

所知情報太少。

也就是說，再想也不可能想出答案。

「現在不是慢慢討論的時候。」

紅丸說完後站起來。

利姆路也在現場。

假如迪亞布羅的推測正確，他現在一定正在拚命阻止狀況發生。

既然如此，紅丸也該付諸行動而不是在這裡乾著急。

紅丸不排斥講求毅力的論調。

他也有點自信過剩的傾向，其實還滿相信有志者事竟成的那一套。

只不過這套只用在自己身上，強加在他人身上不符合他的信念。

「蒼影，抱歉了。」

「別在意。」

兩人之間不須多言。

他們三言兩語做好必死決心，正準備踏上前往死地的征途——

「我也一起去吧。」

——不知是何時冒出來的，魔王雷昂溜出病房，以這句話表明參戰意願。

還不只他一個。

「我也和你們一起去。我對傑西爾擁有言語難以道盡的怨恨。」

連卡嘉麗臉上也帶著絕不退讓的決心，出現在「管制室」。

她身後還跟著蒂亞。

「說什麼都要揍扁那個臭傢伙，讓福特曼重獲自由！只要是為了這件事，我也願意賣力！」

她揮別眼淚，做出這個宣言。

紅丸自然沒有理由拒絕。

「我就不客氣了。謝謝你們，我接受你們的好意。」

就這樣，成員敲定。

這下缺少的拼圖都歸位（戰力到齊）了。

*

紅丸等人出發後，「管制室」依然忙得不可開交。
世界各地的情報都匯聚於此，然後傳給紅丸。
拜託別再出更多事了。
這是所有堅守崗位的人共通的心願。
所有人都在祈求大家平安歸來。
可是，就連這渺小的心願都被無情粉碎。
「阿德曼大人傳來緊急消息！已經在沙漠長牆遭遇巨人大軍！」
就在這個瞬間，紅丸預知的危險以最糟的結果成真了。
大戰就此冷酷無情地爆發。

第三章

震撃的巨人

Regarding Reincarnated to Slime

在荒蕪大地與西方諸國的交界處，擁有稱為長牆的宏大建築物。

這座長牆內側小國林立的地區有個傳說，認為這是由魯米納斯神所建，為的是保護文化圈遠離人稱死亡沙漠的熱沙地帶。

之所以視這座長牆為神聖之物，是因為它受到特殊「結界」所保護。

也就是「對魔驅離障壁」。

正如其名，目的是用來防止魔物入侵。

這道「結界」保護了人類的生存範圍，對於邊境居民來說已是常識。結界常駐發動以護衛長牆，阻絕了來自死亡沙漠的魔物進犯。

原理很單純，用途就是阻礙魔素累積，預防巨大魔物誕生。同時它也具有與魔素相斥的性質，力量愈強的魔物愈無法靠近。

當然結界也並非萬能，有時會有魔物鑽結界的破洞入侵內側。也有一些沙漠之民靠狩獵牠們維生，因此從未釀成大禍。

此外，這道長牆也被視為人類與魔物之戰的最前線，列入聖騎士團的巡邏路線。

經由這種定期巡視，結界有破洞也會立刻抓出並修補。此外，討伐一些闖關成功的魔物也是他們的職務之一，邊境居民的生活因此得到保障。

這些事實涓滴累積，提升了人民對魯米納斯神的信仰心。

同時這座長牆的安全神話也因此變得無可撼動。

但是，就在今天。

長牆經過兩千年的歲月，即將現出它的原形。

在長牆上，有一具身穿神聖法衣的骷髏。

是阿德曼。

就在剛才，空間被偵測出歪曲現象。緊接著，巨人軍團就藉由大規模的傳送現身了。

「喔喔，一如吾神的預言，敵人傳送而來了。」

阿德曼豈止不慌不忙，反而高興地喃喃自語。

利姆路的預料成真，讓興奮之情勝過受威脅的恐懼。

只不過，他不會因為情緒亢奮就忘了本分。結束傳向本國的「思念網」後，此時他已改變好心態準備迎接真正的大戰。

至於傳送過來的巨人軍，則是對自己的奇襲成功深信不疑。他們是全軍藉由舞衣的權能一口氣移動了幾天的路程，還以為敵人必定正在驚慌失措。

達格里爾等人之前行軍故意做得招搖，好讓魯米納斯疏忽大意。他們料想敵方是視行軍狀況擬定對策，迎擊準備必定做得倉促。

誰知，實際上卻不然。

自軍非但不是昨今兩天倉促備戰，其實早已不眠不休建構出了足以應對的防衛態勢。

「縛鎖巨神團」分明與這裡還有一大段距離，其壯盛軍容卻清晰可見。

比起數量，那質量更是震撼人心。

每個個體都碩大無朋，簡直是肌肉巨物。

巨大鬼人（Giant Ogre）、獨眼巨人（Cyclops）與百臂巨人（Hekatonchires）等五花八門的巨人們，成群結隊地步步進逼。

看到達格里爾的大軍現身，阿德曼發出「喀噠喀噠」的嗤笑聲。

「不得了，真是壯觀。讓我可愛的骸骨劍士們對付起來，或許是有些吃力呢。」

「只是有些吃力而已嗎？」

並肩站在阿德曼身旁的紫髮美女對此做出回應。正是穿起套裝非常好看的紫苑。

「坦白講，其實是多少比較……應該說相當吃力，不過總會有辦法可想。」

阿德曼這人意外地好強，不會還沒開戰就先叫苦。況且他的軍隊是不死屬性，想重振旗鼓不難，所以更沒什麼好示弱的。

「哦……你有什麼妙計嗎？」

看到阿德曼自信十足的態度，紫苑問他有何根據。

「唔嗯，其實也稱不上妙計，只是相信艾伯特指揮有方。再說，請仔細瞧瞧我軍陣容！」

阿德曼如此說完，伸手指向自己行伍整齊的兵士們——不死軍團（Immortal Legion）。

「如何？吾神賞賜的裝備，連骸骨士兵都人人有份！」

聽他這麼說紫苑才反應過來，心想：說穿了這傢伙（阿德曼）就是想炫耀嘛。

……………

…………

……

阿德曼率領的是他親自召喚的一群不死魔物。

這些不死魔物在長牆內側有條不紊地行兵列陣的模樣，稱得上相當壯觀。

主力為死靈騎士（Death Knight）二千騎。

死靈騎士長（Death Lord）所率領的死靈騎士們，組成騎乘死靈馬（Death Horse）的不滅騎士團。

這些死靈騎士所裝備的，是光輝黯沉的全身魔鋼鎧（Magic Mail）。不用說也知道，是矮人工房打造的魔物王國（Tempest）最好的貨色。

雖然並非出於葛洛姆本人之手，也是他的徒弟們毫不吝惜地使用大量高純度魔鋼鑄造的高級品。性能有保障而且剛好適合死靈騎士們的魔力，彷彿一體成形。

由於防禦力與攻擊力有了顯著提升，危險度已高於原本的A^-級。現在裝備者的實力無限趨近A級，變得不負主力軍之名。

不只如此。

除了主力之外，當然沒忘記準備祕密武器。

長牆上布署了一群缺乏直接攻擊力的低階魔物。

總數五萬隻。

腐肉士兵（Zombie Soldier），一萬隻。

骸骨士兵（Bone Soldier），二萬隻。

骸骨弓兵（Bone Archer），一萬隻。

骸骨騎士（Bone Knight），一萬隻。

光看數量的話，堪稱壓倒性的戰力。

當然，這些都只是實力平均落在D級的弱小個體，直接運用恐怕派不上多大用場。

但是值得注意的是魔物們的裝備。

阿德曼自傲有理，魔物王國工廠全力運轉製作的最新兵器，都毫不吝惜地投入了這場戰事。

防具則是統一裝備，除了用顏色區分階級等差異，其他性能完全一致，就像是魔物王國的制服。防禦力頗強，還賦予了耐熱、耐寒等效果。

最值得一提的，要屬骸骨弓兵揹著的攜行式無後座力火箭筒。發射速度多出音速五倍的火箭彈內不只塞了炸藥，還有經過壓縮的魔力。

這些火箭筒由骸骨士兵們搬運，訓練成每隻骸骨弓兵由兩隻士兵隨行輔助。

就這樣，總數多達一萬的移動砲台誕生了。

只是彈數不是很多。一開始裝填的一枚，加上每隻士兵各搬運兩枚，總數五萬枚。

接著，腐肉士兵攜帶的是突擊步槍。

雖只是不含魔力的火藥武器，但破壞威力不容小覷。儘管對於具物理抗性的敵人無效，對付低階巨人似乎戰果可期。

這類熱武器儘管經過研究已經確立製造方法，在利姆路的判斷下指定為禁止製造的兵器。然而唯獨這次破例獲准進行實驗性運用，條件是必須附帶生產序號與追蹤魔法的刻印。

應該說真相是相關文件選在正忙的時候送來，他沒仔細看就蓋印了，這件事只有希爾知情。利姆路自己根本不知道有這件事，而阿德曼不知道真相或許算他幸運。

然後，祕密武器還不只這些。

最後要介紹的是骸骨騎士的裝備。

驚人的是，裝備統一採用「帝國式魔法劍」。腰間還佩帶著「魔法手槍」，可謂用心再用心。

他讓騎士配備從帝國兵身上搶來的武裝，無視防禦層面只著重於大幅提升攻擊力。

雖然簡直是亂來，但阿德曼的判斷是不懼死亡的不死士兵與特攻戰術兩相結合，實力是高是低就不重要了。

這就是不死軍團的全貌。

不需飲食與睡眠的不死軍隊，就此被分配到攔截敵軍的第一線陣地。

更狠的是這些不死者，由於受到阿德曼的支配使得全能力值皆有所提升。豈止如此，他們還藉由究極贈與「魔導之書」的權能「聖魔反轉」使屬性產生變化，因此不受「對魔驅離障壁」的影響，白天也能照常活動。

雖然不像在迷宮內，被消滅了就不能復活……但由於神聖魔法變得不管用，讓他們增加了不會遭死者淨化「亡靈安息」等法術淨化這個強項。

化為神聖存在的不死者成了多麼凶惡的存在，只有敵對者才有可能體會。這些不死者無法用一般攻擊殺死，想讓他們停止活動只能徹底打個粉碎。

而這支不死軍團，目前已巧妙活用長牆地形布下陣勢，準備迎擊敵軍。

他們從高度超過五公尺的長牆上俯瞰視野下方，分配排列在利於狙擊的位置。

事實上，長牆原本就是魯米納斯為了阻止達格里爾的侵略野心，而命人建造的防衛設施。她倒是沒想過會出現這類軍火武器，本來預定以成群吸血鬼的魔法展開迎擊，既然已像這樣確保優勢，就不用計較那些細微末節了。

…………

…………

看到阿德曼引以為傲的這些人馬，紫苑瞇起眼睛。

以紫苑的真心話來說，她本來以為骸骨這種小雜碎數量再多也成不了什麼大事。

但是看到配備的裝備，便改變了想法。

不，更令她在意的是——

「喂，阿德曼……我想請教一個問題，你是怎麼得到那麼多裝備的？」

部下的裝備，應該由上司來準備。這是各軍團長以及幹部們的共同認知。

當然，如果經過申請獲得上面許可，也可以得到配給的裝備。但是那得排隊慢慢等，即使是幹部也不被允許插隊搶快。

魔物王國的工房，會優先照顧蓋德率領的第二軍團。這關乎國防事務，沒人有意見。

最近雖然所有人都拿到了裝備，但數量一多維護起來當然不容易。即使裝備是魔鋼製，受損部位多半能自動修好，不過預約名額大半以上都被第二軍團占滿也是事實。

第二個用途是跟冒險者們做買賣。

這也是以賺外匯為目的的國策之一，紫苑不能插隊。

因此，想等免費配給的裝備下來，得等到天荒地老。

而在這種狀況中，「紫克眾」有很多隊員是粗人莽漢，連日連夜地都在進行訓練。

這件事本身值得嘉許，問題是缺乏生產性。

也許有人會覺得職業軍人理應如此，但他們時常打壞裝備或是弄破制服，需要用到修理工房的機會不少。

當然，都是免費服務。

因此紫苑收到很多申訴。

在這種狀況下當然不可能申請什麼新裝備，「紫克眾」的正式裝備到現在還是初期裝備。

就連這套初期裝備，也是只有幹部們或創始成員才有的東西，還輪不到最近才剛加入的新人。

對於這些新人，紫苑都是去跟見習工匠們要來練習的作品，或是用類似的方法慢慢充實裝備……但外觀毫無統一感可言，目前只能用頭巾或臂章強調紫色元素，勉勉強強維持隊伍的門面。

紫苑出於無奈，都已經考慮再去向利姆路央求新裝備了，現在看到阿德曼一個新人出手這麼大方，心裡滿是疑問。

對於這個疑問，阿德曼笑答：

「沒什麼，簡單得很。像是從冒險者身上搶走廉價裝備回爐重鑄，或是用賺到的錢直接買進鐵礦，方法多得是。我在商人那邊也有點人脈，當然也善加運用了。」

「不，給我等一下。怎麼想都不覺得挑戰者能抵達你守護的樓層，難道不是嗎？」

紫苑會有疑問也很合理。

阿德曼的守護樓層是第六十一到七十層，應該已被指定為裡關了。

「哈哈哈！是這樣的，我派自己的部卒去其他樓層。這樣還能兼做訓練，可謂一箭雙鵰。」

原來阿德曼把麾下的魔物派往樓上，讓他們不擇手段瘋狂賺錢。就是抱持不被抓到就沒事的心態，知法犯法胡搞瞎搞。

「對了對了，上次過來的各位帝國兵有不少人士裝備精良，那時真是太愉快了！不過嘛，說到最好賺的還是要屬討伐鐵魔偶就是了。」

聽聞阿德曼語氣開朗的解釋，紫苑這才恍然大悟。

心想：原來他不只是讓部下在迷宮內跟冒險者玩，還有在勤快地收集素材啊。

從第五十一到六十層有很多岩場地形，偶爾會生出魔偶系的魔物。其中尤其是鐵魔偶等等，體內含有豐富的上好鐵質。把這種魔物打倒放在迷宮內保存，擺個一陣子就會變出上好的魔鋼。

討伐鐵魔偶不但可以充當戰鬥訓練，還能收集素材。想不到有這種一箭雙鵰之計，紫苑窺見阿德曼豐富資金來源的其中一斑，只能望洋興嘆。

不如說——

（奇怪？這傢伙該不會錢賺得比我還多吧！）

突然間，她發現了這個事實。

豈止如此，照這樣看來，其他的樓層守護者也有可能在用某些方法籌錢。

回過頭來看看，紫苑自己呢？

她本身覺得錢是身外之物。紫苑出身的大鬼（食人魔）族村，承襲了異界訪客的血統與知識。因此她也不是沒有經濟概念，只是……

紫苑向來毫無金錢觀念。她是到了最近，才開始關心錢的問題。

阿德曼錢賺得比我多——其實有這種念頭就已經不知天高地厚了，因為紫苑根本連錢包都沒有。

最近紫苑部下的人數逐漸增加，才讓她開始體認到不能繼續這樣下去。

想含混帶過也是有限度的。「紫克眾」的幹部們似乎比紫苑更勞神費心，這下她也不能再對經費來源不聞不問了。

附帶一提，紅丸或蒼影他們賺得可多了，總是用豐厚的資金替所有隊員更換裝備。隊員的福利制度也做得很完善，他們那裡甚至成了熱門職場。

意外的是，戈畢爾那邊手頭也挺充裕的。

他藉由將研究所得內容與培斯塔共同申請專利等方式，獲得了定期收入。戈畢爾的部下們也都有領薪水，沒有一個人沒錢買裝備。

所以說來說去，頭號窮光蛋就是紫苑。

她正大受打擊時，依利姆路之命前來助陣的烏蒂瑪出聲關心。

「別擔心啦，紫苑姊。想賺錢何必想那麼多，從敵人身上搶就是啦！」

她給了紫苑這種有夠亂來、十足惡魔作風的建議。

身為搜查國內大奸大惡的檢察署檢察總長，這話簡直字字都是吐槽點。

然而紫苑聽了，卻感覺茅塞頓開。

「原來如此，有道理！」

「是吧？我真是太聰明了！」

兩人自說自話，聊得興高采烈。

旁邊當聽眾的阿德曼心想：

在戰場上拿這當話題，未免不太恰當吧？

的確，阿德曼自己也會在迷宮內搶冒險者們的裝備。但也是確定絕對安全才會那麼做。

再說——

別看阿德曼這樣，他還沒拋開身為人類時的思維，擁有懂得常識的一面。

在籌措裝備的時候，也會給工匠們塞點賄賂，請人家給他們特別優待。從來不會像紫苑那樣要求什麼「免費服務」。

也是因為如此，他才能迅速湊到還算不錯的裝備……

（這可不妙。這事還是別告訴紫苑小姐比較好。）

阿德曼能想到這點，實在是個聰明人。

所謂禍從口出。前來助戰的蓋多拉老師作為阿德曼的摯友也在點頭，像是在說這就對了。

好吧，其實就連阿德曼也早就覺得比起紫苑親衛隊這些老班底，自己一個新人的部下們用的裝備更好，似乎有不少問題需要檢討。

因為用常識來想，強將比小兵更該得到優待。

要是被追究起這點就麻煩了，最好還是別引起紫苑更多關注為妙。

於是阿德曼選擇迅速轉移話題。

「那麼紫苑小姐，按照預定計畫，就先由我們這邊打頭陣。」

他把注意力的焦點轉向敵軍。

紫苑點頭答應。

「可以！我准，你放手一戰吧！」

許可就這樣下來了，阿德曼這才鬆了一口氣。

然後，戰鬥開始。

達格里爾的大軍本來應該勢如破竹、萬夫莫敵地直指聖都，軍隊的行進卻冷不防在此遭人阻擋。

「唔——真是囂張……」

達格里爾看見遇敵的前衛部隊被火箭彈炸飛，不禁懊惱地喃喃自語。

沒想到會碰上這種狀況。

本以為可以痛擊輕忽大意的敵軍，沒想到計畫竟如此脆弱地毀於一旦。

「兄長，現在怎麼辦？」

受達格里爾器重的弟弟古拉索德如此問他。

這時達格里爾才發現自己不慎讓心裡話脫口而出。

「哼哼哼，很久沒有打一場真正的戰爭了。為了找回感覺，目前就暫時讓他們玩玩吧。」

雖然第一步就失算很令人不甘，但不是什麼大問題。

敵軍的抵抗比預期激烈，然而就連這個對達格里爾來說也只是瑣事。

「縛鎖巨神團」三萬大軍。

其中當然也混雜缺乏經驗的弱兵。

就算這些人被剔除，只要精兵強將還在也就夠了。毋寧說趁著戰鬥愈演愈烈之前被淘汰，反而能提升士兵們的生存率。

「我明白了。那些新兵或是不具『超速再生』能力的人，現在就讓他們回營吧。」

古拉索德也聽出達格里爾的心思，輕輕點頭依序做出指示。他指揮調度有方，面對大型戰爭一點也不顯得爭強好勝。

總指揮官保持鎮定，才能穩住軍心。

由於指揮體系並未被打亂，全軍很快就重整態勢。

之後，巨人們開始活用蠻力展開投擲攻擊。並不是一開始就準備好砲彈，而是把巨岩打碎成稱手大小，用自己的方式丟去砸敵人罷了。

可是，這卻發揮了駭人的破壞力。

火力搞不好能與骸骨弓兵的火箭筒比擬，由此可知巨人身懷多麼不合常理的戰鬥能力。

用這種方式投擲的岩石，紛紛掉落在長牆上。中彈位置受到極大損害，位置上的魔物們毫無抵禦能力，都被砸了個粉碎。

不過，長牆本身倒是撐住了。

這也是理所當然，因為外牆剝落後底下露出的，竟是魔鋼的暗沉光輝。

「可惡的魯米納斯，竟準備了如此棘手的玩意兒。」

「再加上結界，要傳送至長牆內部很有困難。除非弄垮那道牆，否則戰況怕是要陷入膠著了。」

古拉索德怏怏不樂地分析狀況。

達格里爾用鼻子哼一聲，平心靜氣地觀察戰況。

雖然第一步的心理戰輸給對手，不過想想也是合理的結果。畢竟敵方有那個狡猾的魔王利姆路躲在背後。

本以為他已經被米迦勒擊潰，誰知後來卻聽到利姆路反過來消滅了米迦勒。

不能再因為他是新進魔王就看不起他。達格里爾原本就承認他有本事，如今更是將其視為能與自己匹敵，或者是更勝自己的對手。

而這個利姆路特別擅長的，是識破敵人的策略後將計就計的戰術。經過至今的來往，達格里爾十分清楚他向來不喜歡自己人出現傷亡。

這次的作戰也很有利姆路的風格，前鋒投入戰場的是一群不死魔物。只要忽略白天卻能行動的異常性，不過是幾隻脆弱的小怪罷了。

然而，他們的攻擊力不容忽視。

對手用的是前所未見的武器，但看就知道那種威力並非低階戰士所能承受。

有些人見狀索性展開特攻，不過同樣在成排腐肉士兵施展的攻擊之下，接二連三應聲倒下。看來那並非魔法，而是高速射出的小石頭般物體。

兩種攻擊對巨人族都很有效。巨人出於種族特性具備高度魔法抗性，然而這些似乎是物理攻擊所以等於沒用。

不具有再生能力的低階戰士，只能挨打當好玩。

所幸敵人的防禦力與一般不死者無異。戰況變成遠距離的砲火互炸，雙方都有嚴重的人員傷亡。

即使這種戰術奠基於魯米納斯建造的長牆，但是被本來不屑一顧的對手逼得陷入苦戰，難免讓達格里爾心中不悅。

「真是傷腦筋。我不覺得自己有看輕利姆路，不過這真教人意外。沒想到我可愛的士兵們，居然會敗給階級低微的區區不死者。」

達格里爾忍不住要抱怨。

他雖然想起了過去的記憶，可沒有連個性也生變。他不討厭利姆路這人，也暗自心想如果可以還真不想跟那些老朋友為敵。

可是，往昔一心純粹只想支配這顆星球、作為古神的記憶讓達格里爾的內心變得狂暴。

他要悖逆維爾達納瓦神，顯揚自我存在。

而且達格里爾也相信，這正是維爾達納瓦要的。

青出於藍——不過是如此純粹的心願罷了。

不能做出辜負這份期待的行為，讓神對他失望。

有一些人注定背負「弒神」罪業。

達格里爾也是其中的一人。

所以他不能收手。

縱然必須因此背叛朋友，縱然不知道這麼做究竟是否正確。

說到這個，達格里爾無意間想起一事。

「我與殺害吾友特懷萊德的魯米納斯，從那日起就一直勢同水火。也算得上不得不戰的理由吧。」

沒錯，達格里爾視作勁敵的魔王魯米納斯，已達成弒親之業。

親友遭到殺害的仇恨、嫉妒與敬意。這諸般感情交相融合，迫使達格里爾心中承擔著對魯米納斯的複雜情感。

無意間，他有個念頭。

是關於達格里爾那幾個兒子——達古拉、里拉與戴伯拉這三人。

從氣息感覺得出來，他們都在這戰場上。

這次父子被迫互相敵對，只是不知他們會展現何種戰鬥方式。

達格里爾太寵那幾個兒子，導致他們空有蠻力卻實力平平。倘若是一般魔王還另當別論，碰上「正牌」必然不堪一擊。

達格里爾很愛那幾個兒子，但並不對他們寄予期待。

錯了。

是因為不想讓他們背負「弒親」孽債，才故意不鍛鍊。

絕對不可能反抗創造主。

不過，他那幾個兒子已經從詛咒束縛獲得解放。

（本該如此。我要踏上我的征途，你們就走自己相信的路，自由地生存吧！）

而理所當然地，想要謳歌自由，需要能夠捍衛自由的力量。

「老哥，幾個小鬼怎麼處理？」

芬好像存心取樂似的，如此詢問達格里爾。

「無需贅言。他們如果作為敵人站在我面前，唯一該做的就是毫不留情擊敗他們！他們能把這份痛楚化為養分的話很好，若是不能──」

──唯有衰敗一途。

這便是世界的絕對法則──弱肉強食。

（但願他們已經有點長進。至少站在我面前不能退縮，是不是？）

達格里爾心無迷惘。

他唯一的目的就是完成自身使命。

達格里爾就是這麼個武人，甚至可說為人過分剛直。

然後——

用不了多久，巨人凶殘的威勢即將肆虐這個戰域。

●

任由一旁的阿德曼他們開戰，紫苑這邊也做好了萬全準備。

「你們幾個都聽見了吧？我話不多說，該做的事自己心裡有數吧？」

「「「唔喔喔喔喔喔喔——！裝備從敵人身上搶，靠自己去準備！」」」

不愧是紫苑的部下們。

他們都正確地體察主子的心意，展現出幹勁。

紫苑見狀，欣慰地點頭。

「紫克眾」以及紫苑親衛隊，如今規模已經擴大到教人吃驚的地步。

紫苑是到現在才開始考慮如何籌措備品費等等，但哥布杰他們老早就在煩惱這些問題了。

而且，也老早就放棄了。

紫苑的部下個個都是好手，所以說好武器或防具都靠自己去得到就好。

也是因為如此，大家裝備參差不齊只能多多包涵，但這次卻以一種非常亂來的方法讓調度手段有了眉目。

哥布杰心想，這樣做之後可能會挨罵——反正挨罵也是家常便飯，他沒怎麼煩惱就看開了。

戰爭中的劫掠行為，本來是受到禁止的。搶奪民眾物資更是重罪。

但是事情要換個角度想，藉由拆卸敵人武裝的方式剝奪戰力何罪之有。

看阿德曼都從帝國兵身上搶武器來用就知道，打倒敵軍獲得的武裝事後如何運用，常常是交給各個指揮官自行裁奪。

（呵呵呵，就連那個阿德曼都能自己準備部下們的裝備，我哪有辦不到的道理！）

就像這樣，紫苑相當看得起自己。

本來是想去拜託利姆路，但她反省了一下，覺得那樣似乎依賴心太重。就這點來說，紫苑也可說有進步了，然而又不經深思熟慮地直接想從敵人身上搶，看來還有待加強。

不過，這次倒是有助於提振士氣。

紫苑也頓時充滿幹勁。

看看眼前的巨人軍團，穿著那麼大一件鎧甲。素材要拿多少有多少。

難怪大家會眉開眼笑。

回來談到紫苑的部下們——

不到百名的「紫克眾」全員都視為幹部。這也是應該的，因為他們成為利姆路命名的死鬼族，就連最弱的都變成了超過A級的強者。

如同無角惡魔的他們徹底奉行個人主義，有人從親衛隊中挑選部下，也有人喜歡當獨行俠。

比較特別的還有人明明是小妹妹卻有一票大男人追隨，總之是個無奇不有的集團。

然後，說到紫苑的親衛隊（粉絲團）。

這支隊伍由達古拉、里拉與戴伯拉作為核心人物。名譽隊長是哥布杰，但只是叫好聽的，主要工作其實是打雜，沒什麼特別意義。

這支親衛隊在大家口中有個別名，叫做恐怖騎士團（Terror Knights）。

隊伍由紫苑派系的各色種族聚集而成，戰鬥好手總數多達三千名。

他們在至今的大小戰役中經過千錘百鍊，與死靈騎士一樣，也培育成相當於A-級的精兵強將。

在這次的戰役中，預定將成為貨真價實的主力軍。

只有一個問題——

「這樣真的好嗎？偶看你們如果想回去找老爸，就得趁現在喔。」

就是達格里爾與達古拉他們之間的關係。

做父親的，與幾個兒子。

雙方之間自然擁有骨肉之情，大家擔心他們會無法認真廝殺。

以紫苑為首，沒有一個人認為他們會背叛。只是出於心境問題，大家顧慮的是他們是否真能應戰。

「哥布杰說得對。你們大可以戰爭結束後再回來，不用有壓力。」

紫苑也出言關心。

然而，達古拉他們快活地笑了。

「不用擔心！管他對手是老爸還是叔叔，我們都會把他們揍飛！」

「說得好！讓大家見識我們的真功夫！」

「唔欸～～唔欸唔欸！我肚癢難耐啦。」

肚癢……？紫苑聽了當下心想：這傢伙在胡說八道什麼？

——不過，戴伯拉講話怪裡怪氣是常態。

也是啦，這麼胖肚子會癢也沒辦法。只是紫苑覺得，這怎樣都不能用來形容幹勁的有無。

可是特地吐槽又很麻煩，就華麗地當作沒聽見吧。

既然他們自己都說沒問題，大概不用擔心吧。問題是他們提到的什麼叔叔。

利姆路說過達格里爾之所以變節，與這個什麼叔叔脫不了關係。

這叔叔似乎有兩人，其中一個據說相當難纏。

「聽說達格里爾有弟弟，把你們知道的都告訴我。」

紫苑一面暗想真該早點問的，一面直接開口要答案。

對於這個問題，達古拉等人老實開口。

他們壓根兒沒打算隱瞞任何事，反應很快。

「是！好像是有兩個叔叔。古拉索德叔叔是老爸的副手，我們受過他很多照顧；但那個叫芬的混帳就連見都沒見過。」

「就我們聽說的，好像原本因為太誇張而被封印起來了？還說他打敗過老爸，我是覺得有點難置信啦，但如果真像傳聞說的那樣就有可能啦。」

雖然沒問到什麼重要情報，紫苑仍大大點頭。

「原來如此，達格里爾先生是很強沒錯，本來還想請他與我過招，這下假如那個叫芬的也跟他旗鼓相當就可怕了。」

說的同時卻露出大膽無畏的笑臉，看起來一點也沒在怕。

看到紫苑這樣讓戴伯拉很放心，於是有樣學樣、得意忘形地說：

「哎，總之請放心交給我們，管他是老爸還是兩個叔叔，都小菜一碟啦！」

聽他這麼說，紫苑不知為何覺得有點不安。

都說「以人為鏡，可以明得失」，這次正好用上。

烏蒂瑪見狀，對紫苑提出忠告：

「不過啊，勸妳還是別輕敵比較好喔。達格里爾是真的很強，坦白來講，就連我不拿出真本事都會很慘。」

紫苑也贊成這個看法。

她是想挑戰看看，但不覺得自己能贏。

基於曾經近距離接觸過達格里爾的經驗，紫苑只不過是想與武人性情的達格里爾過招，試試自己的力量罷了。

「話又說回來，聽到那位大人倒戈實在讓我有點難以置信呢。」

「嗯——與其說倒戈，不如說有了新目標吧？哎，反正打倒了再問清楚就好，想這些也沒用啦。」

對於紫苑的疑問，烏蒂瑪回得滿不在乎。

說到達格里爾，那可是自然發生的土著神。是誕生歷史遠比現今人類久遠許多的超生命體。

這種長命種大多都互相認識，而且之間擁有某些糾纏不清的羈絆。

說不定他跟菲德維也認識，如果是這樣，烏蒂瑪覺得說成倒戈或許怪怪的。

總之不管怎樣，再想也想不出個答案。

既然已經為敵就不用手下留情，勝利的一方就是正義。

紫苑同意烏蒂瑪的想法，她說：

「如果是以前的我，大概早就隻身殺進敵陣，向達格里爾先生要求單挑了吧。」

不會考慮能不能贏，換做以前的紫苑早就行動了。這是大家的共同認知。

就算是現在，紫苑也還是覺得自己直接打倒達格里爾最快。雖然自從她受命指揮軍隊之後，就明白不能這樣失控暴衝……

「但我現在，變得能夠像這樣思考如何作戰。這樣想來，我行事也變得圓滑多了。」

就像這樣，紫苑對自己的心智成長感到相當滿意，自賣自誇。

本來以為誰也不會理她——偏偏戴伯拉又講蠢話：

「怎麼會？紫苑大人完全沒有變圓胖喔！」

聽到這句話，所有人有了相同想法：

——這傢伙，死定了。

三兄弟的么弟戴伯拉，不管怎麼吃都只是橫向發展，感覺腦袋完全沒吸收到營養。

他是三兄弟裡最蠢的一個，而且容易得意忘形。

再加上比哥布杰還要欠缺察言觀色的能力，總是毫無惡意地隨口亂講話。

而這次的發言，當然把紫苑給惹火了。

不，她是沒發胖沒錯，也沒在擔心身材，但還是會生氣。

「哦哦？」

紫苑露出非常燦爛的笑容，握緊了拳頭。然後直接一拳往戴伯拉的肚子裡鑽。

也就是所謂的螺旋拳。

「臭呆子——什麼時候才會學乖啊！」

她對著倒地的戴伯拉開始說教。

「這、這是獎勵啊──」

留下這句遺言，戴伯拉不知為何綻放滿面笑容昏死過去。

兩個做哥哥的還看得羨煞不已。

搞半天這兩人雖沒戴伯拉誇張，也是笨蛋。

紫苑應付這三兄弟，傻眼的同時卻也感到一股寒意。

其實心裡也在暗自佩服這幾個小子。

因為她愈來愈不需要控制力道了。

像戴伯拉，紫苑下手相當的重卻只把他打昏，肉體本身毫髮無傷。若單論耐久力，他肯定是三兄弟中的第一。

這世上確實有一些狠角色。

對，從各種意味來說。

不過如果是自己人，就很可靠。

紫苑發自內心信任這三人。

於是，她迅速調整心態。

看一眼達古拉、里拉與戴伯拉這三個達格里爾的兒子，動腦思考。

這座長牆，說什麼都不能被突破。

長牆後方是缺乏防衛能力的聖地，再往前走則是廣闊的人類文化圈。

那裡的地形易攻難守，失去這塊地區就等於讓利姆路的理想未來變得遙不可及。

那對紫苑來說是絕對無法容忍的狀況。

她再度將這項事實銘記在心。

達格里爾的力量究竟有多強大？

（聽說他與維爾德拉大人旗鼓相當，夠資格做我的對手！就算我輸了，還有烏蒂瑪或魯米納斯大人在。最後贏的還是——）

達格里爾與他的兩個弟弟。還有其他未曾現身的各路強者。

即使面對實力仍是未知數的強敵，紫苑的鬥志從未受挫。

就算發生最糟的情況全軍覆沒，甚至紫苑自己倒下，她已經做好必死決心要在此滅殺達格里爾。

「聽好了！雖然先鋒讓給阿德曼，但遲來登場才稱得上壓軸好戲！讓那群愚蠢的東西見識我等的力量吧！」

紫苑對著士氣旺盛的同伴們高聲宣言。

現場歡聲雷動作為呼應。

完全就是一副現場參加偶像演唱會的粉絲集團德性。

緊張這玩意兒，向來與紫苑或她的部下們無緣。

紫苑大膽無畏地微笑。

那笑容能給予夥伴勇氣，賦予大家力量。

烏蒂瑪漫不經心地聽著紫苑他們的這段對話，臉上帶著有些傻眼的笑容。

紫苑的眼神，已經變得如同盯上獵物的掠食者。

（明明知道達格里爾的實力在她之上，真是太堅強了。我也得向她看齊才行。）

同時，烏蒂瑪也暗自心懷敬意。

大概對紫苑來說，就連巨人軍團也只是用來讓她和大家成長茁壯的養分吧。

即使讓烏蒂瑪這個精神生命體來看，她那種終極樂觀性一樣討喜，堪稱值得多方學習的典範。

難怪迪亞布羅會對紫苑那麼讚賞，烏蒂瑪也決定要全力以赴協助紫苑。

所以，她選個恰當的時機插嘴說：

「紫苑姊，作戰按照預定計畫進行得很順利，或許該開始做準備嘍。」

她提醒得對，為了讓一進一退陷入膠著狀態的戰況產生變化，阿德曼正準備親自上陣。

戰爭方興未艾。

從現在起，戰況將會愈演愈烈。

*

阿德曼騰空跳起，騎到顯露冥靈龍王（Gehenna Dragon）本性的溫蒂背上。

溫蒂就像期待這一刻已久，展翅飛向高空。她的外形已經變回原本的邪龍形態，喜孜孜地散播恐怖不祥的妖氣（Aura）。

抵抗力較弱的人一碰到這種妖氣就要沒命，但對阿德曼而言反而是力量泉源。

阿德曼一面感受它帶來的舒適，一面從戰場上空睥睨視野下方。

「進展得很順利。」

阿德曼喃喃自語。

低階不死者士兵們，已經射完火箭彈失去戰力。

接著就只能任由敵軍蹂躪，但他們本來都是小兵，現在應該稱讚他們打了一場漂亮的仗。

「唔嗯。」阿德曼點個頭，想了一下。

「那麼，接下來我準備發動不人道的攻擊，應該先行給予警告嗎？」

阿德曼心想：沒這必要。

他們與侵略者之間本就水火不容。

做出這個結論時，旁邊傳來贊同的聲音：

「這個嘛，這並不是單挑決鬥，講開場白什麼的也沒意義。與其光明正大捨棄優勢而落敗，不如甘負卑鄙之名也要掌握勝利。」

用飛翔魔法跟上來的蓋多拉老師如此說道。

阿德曼笑著心想：不愧是我的摯友。

「你說得對。那就讓我盡情施放華麗浮誇的極大魔法，嚇破敵人的膽吧。」

「不如我們來較量吧。今天定要跟你分個高下，看誰厲害！」

蓋多拉興致勃勃地回應。

就這樣，阿德曼與蓋多拉爭先恐後地開始詠唱咒文。

無論是阿德曼還是蓋多拉，現在都能無須詠唱運用魔法。但如果要施展極大魔法，還是詠唱咒文感覺比較對，也兼具精神統一之效。

特別是阿德曼已經養成固定印象，認為魔法是借用神的作為來施展的。如同對獲得究極贈與「魔導之書」的幸運表達感激，他開始頌唱禱詞。

阿德曼選用的，是在迷宮內部無法使用的召喚系禁術。

因為影響範圍太廣，災害範圍難以預測。

阿德曼也是因為在這戰場不須擔心戰後災情，才會選用此種魔法。

不用說也知道這是一般世人所不知的奧祕，就算略知一二，它仍被視為一種凡胎俗子所無法使用的魔法。

根據古代文獻，曾經有多名大魔術師試圖合力施展此種高難度的極大魔法，但終告失敗。難以控制是原因之一，不過更主要是因為統合每人魔力的過程不順利。

實際上，阿德曼也是初次使用此種魔法，成功的不確定性讓他心跳加速。

然而他選用此種魔法只是因為視覺效果可能最浮誇，失敗了也可以看著辦。就算會被蓋多拉取笑，反正再用其他魔法就是了。

阿德曼放寬心，處之泰然地界定咒文的影響範圍。

這種魔法雖須消耗大量魔力，但對如今魔素量達到覺醒魔王級的阿德曼來說不成問題。

魔法的發動準備沒出任何差錯，順利完成。

（噢，原來如此……這下我懂了，的確不用詠唱咒文。）

心中充滿自在的充實感，阿德曼完全掌握了自己的力量。

「時候到了，蓋多拉睜大眼睛看清楚吧。這正是遠古時代的極大魔法——『爆霸流星嵐（Tempest Meteor）』！」

曾一度成功的咒文似乎會在腦中刻下真言（Word），第二次開始直接選擇就能即刻發動。阿德曼一面如此確認自己的權能，一面釋放魔法。

霎時間——突如其來出現於天際的極大魔法陣大放光明，光雨往大地驟降。

恍如流星夜的奇蹟般美麗——卻是呼喚死亡與破壞的恐怖強光。

這個魔法，冠有阿德曼等人深愛的國家之名。他也是因為中意這點才選用它，而它也確實隱藏著不辱其名的恐怖破壞力。

上古時代大魔術師們祈望成功的魔法，終於在這時代得以發揮最大效果。

灑落地表的強光，原來是隕石。

上千顆大小以公尺計的隕石，讓地表為破壞巨浪所淹沒。

縱然是擁有傲人「超速再生」能力的巨人們，受到來不及回復的傷害也無能為力。

加之範圍太廣，無處可逃。

試著擋下隕石的四肢被炸斷，腦袋遭擊碎。

巨人族本欲以巨大力量蹂躪敵軍，面對更為巨大的力量卻只能束手無策被擊潰。

阿德曼施放的極大魔法，發揮了超乎阿德曼預料的效果。

不過一眨眼的工夫，達格里爾軍已有足足三成士兵被打到癱瘓。

「你瞧，蓋多拉。這怎麼看都是我贏了吧？」

隕石撞擊引發大爆炸。俯視滾燙沸騰的大地，阿德曼替自己宣布獲勝。

其實他對這超乎預期的威力暗暗吃驚，但裝出理所當然的態度炫耀成就。

骷髏臉沒有表情，不會穿幫。

能對身為自己勁敵的男人炫耀，比什麼都更讓阿德曼高興。

可是，蓋多拉可就不開心了。

阿德曼此時使用的，是應用了黑暗魔法的一項使用「空想物質」而成的召喚魔法。亦即創造（想像）出虛構的隕石，加以召喚的究極魔法。

出現於這世界的空想物質，會受到物理法則的影響成為「實物」。儘管效果只是暫時性，但持續的時間已夠用來殲滅敵人。

（這傢伙上哪學會這種魔法的？這可不是「神聖魔法」或「死靈魔法」，硬要歸類的話是偏「黑暗魔法」範疇的「召喚魔法」——喂，這應該是老夫擅長的領域才對吧！）

總之就是這樣，蓋多拉難以坦率面對。

如果是輸在專業領域外，還找得了藉口。但這樣簡直就是對蓋多拉下戰帖。

「爆霸流星嵐」的威力不容否定，他內心其實也欽佩摯友的實力，只是作為一名魔法權威讓他無法坦率認輸。

最重要的是蓋多拉自己也才剛加入迪亞布羅的麾下，早就想找機會立個大功。

還有一點。

這場戰爭關乎人類存亡，不過換個角度看也可說是一場世界爭霸戰。因此蓋多拉認為自己最好趁現在建立點奇功才是上策。

這麼一來，最起碼自己就不會被迪亞布羅棄如敝屣。

所以蓋多拉也嗆回去：

「少說大話！老夫讓你見識真正的魔法精髓！」

他誇下海口，逐步完成正在架構的魔法。

完成他重生為金屬惡魔（Metal Demon）之後，得以使用的究極魔法。

蓋多拉盡情活用究極贈與「魔導之書（Grimoire）」，逐步閱覽通往魔法源流的知識。

這項就連阿德曼也無從知道的魔法，是迪亞布羅與烏蒂瑪等人指點他的黑暗魔法核心。

蓋多拉一找到閒暇時間，就孜孜不倦地向他們求教。

這些日積月累的努力——

「苦於永遠飢餓的族群啊，降臨此地吧！用你們的牙盡情吞噬一切！」

——正是名為「絕牙虛無飽噬（Nihilistic Parade）」惡毒至極的黑暗魔法。

誰都知道最強的神聖魔法，是究極對人對物破壞魔法「靈子崩壞（Disintegration）」。

能夠使用此種魔法的人少之又少也是它有名的原因之一，但其強大威力可是掛保證的。一般認為任何人被這種魔法直接擊中都必死無疑。

只不過，它也有缺點。

最大的缺點就是影響範圍狹小。

即使以對人魔法而論是最強，卻無法當成對軍魔法運用。這就是此種魔法的性質。

話說回來，其實有一種黑暗魔法與這「靈子崩壞」正好處於兩極，僅有極少數人知情。

亦即烏蒂瑪等人擅長的黑暗魔法「虛無消失獄（Nihilistic Vanish）」。

這種可怕的魔法，能夠藉由自地獄湧出的虛無將對手吞噬殆盡。豈止如此，這種魔法還能擴大其影響範圍。

蓋多拉這次將影響範圍設定為戰場全域。他投注自身的所有魔力，將「虛無消失獄」轉化為廣範圍殲滅魔法「絕牙虛無飽噬」。

如同術者預期的結果，極大魔法陣出現在地表與天空。

繼而，天地之間開始發生黑暗放電現象——解放無可計數的大量黑點。

這正是將天地萬物吞噬殆盡的黑暗獠牙。

操縱被視為禁忌的虛無，是黑暗魔法中的禁術。

釋放到這世界上的虛無，直到其負存在值（Minus Energy）歸零之前絕不會消失。它會充斥於連通天地的魔法陣「結界」內部，直接消滅空間本身。

萬一控制失敗，將形成可能毀滅世界的究極魔法之一。

魔法發動的同時，蓋多拉放聲大笑：

「哇哈哈哈哈！怎麼樣？厲害吧！」

一副天真無邪，開心得不得了的模樣。

可是，阿德曼可開心不起來。

「白痴啊——！！！你在想什麼啊！這麼危險的魔法，萬一控制失敗暴走你打算怎麼辦啊！」

他藉由究極贈與「魔導之書」的效果，不幸地明白到「絕牙虛無飽噬」的危險性，明明變不出表情卻臉色鐵青地吼叫。

然而，蓋多拉卻大模大樣地回答：

「沒辦法啊，老夫也想出出風頭咩！」

阿德曼聽了差點沒昏倒。

「咩你個頭啦……」

阿德曼一時顧不得維持威嚴，變得口無遮攔。蓋多拉孩子氣的發言，使得他一整個傻眼。

的確，這招具有控制失敗會導致世界崩壞的風險，因此蓋多拉也很難替自己開脫。所以他索性豁出去了，理直氣壯地說：

「哎、哎喲，計較那麼多幹嘛？反正都成功了嘛！」

蓋多拉不負責任地說：「有老夫與你在不會有事啦。」

顯得毫無反省之意的蓋多拉，怎麼說好歹也是公認的瘋狂天才。

阿德曼重新體認到這個事實，大嘆一口氣不再追究。

反正講他也沒用，事實上也的確成功了，沒事就好。

兩招極大魔法造成敵軍人數銳減，全軍覆沒迫在眉睫。兵力比起開戰時已經減到半數以下，換成一般戰爭早該死心撤退了。

蓋多拉的「絕牙虛無飽噬」造成視野不清，但繼續下去似乎能夠就這樣直接擊退敵軍。

阿德曼等人期望能以這招終結戰爭，屏氣凝神觀察視野下方的狀況。

最後的結果是——

●

達格里爾一眼就看穿那種魔法的危險性。

本來預定一開啟戰端後就要蹂躪敵軍，誰知卻遭到小兵攔阻。然後先是陷入膠著狀態，又被極大魔法消除了五成以上的大量兵力。

眼下狀況對達格里爾來說確實是失算，但對他而言算不上太大損失。

世人不知道巨人族隱藏的重大祕密：「用魔法」無法打倒他們。誰被這點小攻擊打死，就只是證明了他不光是倒楣，實力也不足。

對於從天而降的隕石，他笑著忽視。

甚至還讚賞這種魔法卓越的效果，認為正適合用來篩選參戰資格。

假如換成將巨岩保存在異空間後從上空砸下的攻擊，質量加上位能形成的破壞力對達格里爾來說就不能忽視了。

但事情並非如此，「爆霸流星嵐」是以魔法創造隕石進行攻擊，可以用巨人族的權能正常抵銷。

身為武人，絕不能敗給以集團為假想敵的魔法這等雕蟲小技。

事實上，達格里爾的心腹或是主力戰士們也的確沒人脫隊，甚至不曾停止前進。

這才是他們該有的模樣。

可是，蓋多拉發動的魔法就不行了。

這是因為「絕牙虛無飽噬」就連真巨人具有的「魔法無效」這種絕對無敵的能力，都能貫通並造成傷害。

有了絕對魔法防禦（Anti Magic Guard）「魔法無效」，任何魔法攻擊都會自動受到中和。

正因為有這項能力，巨人才不會被魔法擊倒。因此即使是「爆霸流星嵐」這樣的極大魔法，他一樣能笑著忽視。

會被這種招數打死的人都可以視為實力不足直接捨棄，但是……

「該死的烏蒂瑪，竟隨隨便便就將禁咒傳揚出去……」

達格里爾想起烏蒂瑪天真無邪的笑臉，咒罵了一句。

像這種喚出地獄虛無的魔法，應該只有惡魔諸王才知道。假如有人讓這種魔法外傳，七人當中他覺得烏蒂瑪最可疑。

不然就是萊茵。

米薩莉個性認真守規矩，不可能是她。

金、迪亞布羅與戴絲特蘿莎這三人都意外地有常識，可以剔除在外。

卡蕾拉……是有可能，但她不擅長當老師，達格里爾認為可剔除在外。

這樣一來，最可疑的果然還是烏蒂瑪或萊茵。

而真凶應該就是看起來跟那個叫阿德曼的不死者和他的朋友頗有交情的烏蒂瑪。

達格里爾推測得沒錯，但即使找出真相大概也安慰不了他。況且現在不是抓犯人的時候。

所幸憑達格里爾的能耐，有辦法應付這種魔法。

達格里爾面露極其不快的表情，朝天高舉雙手。

然後解放那份力量。

虛無系（Nihilistic）魔法的攻擊特性，是藉由負存在值消滅其他存在。既然如此，只要用正能量使其飽和，就能將損害降到零。

達格里爾是堪稱魔素量（能量）聚合體的巨人。縱然是蓋多拉灌注全力的「絕牙虛無飽噬」，要將之抵銷對他來說只是小事一樁。

達格里爾軍持續進擊。

他們對同袍的死淡然處之，無動於衷地直接跨越屍首。

巨人們眼中蘊藏著對達格里爾的絕對信任與忠誠，像是宣稱他們無所畏懼，闊步於戰場上。

「真、真不敢相信……」

「不愧是達格里爾先生，竟然那麼容易就把那極度危險的魔法無力化了……」

兩人不禁瞠目結舌。

「絕牙虛無飽噬」一被打消，巨人們就好像沒把同袍之死放在心上似的，繼續揮軍進擊。行伍一度被極大魔法打亂，但不知何時也已重新整隊完畢。

那些免於當場死亡的巨人，憑著他們超群不凡的回復力像是從沒受過傷似的迅速復原——原以為銳減的人數，現在才知道事實不然。

那副模樣顯得十分詭異，足以挑起敵軍的恐懼心理。

看到達格里爾軍的這種動向，阿德曼等人只覺得煩不勝煩。

「真是夠了……那些人都不會害怕的嗎？」

「就是說啊。照理來講應該會暫時退兵，思考因應對策才是……」

與這種不講常識的對手為敵，實在相當棘手。

（好吧，其實利姆路大人的各位部下也一樣就是了。）

蓋多拉暗自心想，但沒笨到會說出口，他改為指出另一個問題：

「比起這個，另一件事更令老夫在意。魔王達格里爾消除虛無算是無可奈何，但老兄你的『爆霸流星嵐』他們又是怎麼撐過去的？老夫看起來怎麼像是隕石不自然地消失……」

沒錯，簡直就像魔法遭到抵銷——蓋多拉說道。

阿德曼也很在意這件事。

即使低階巨人當中似乎有些傷亡，但身為菁英戰士的高階鬥士們全都毫髮無傷。本來覺得就算痊癒了也會留點傷痕，毫髮無傷實在太不自然。

兩人面面相覷，互相揣測對方的想法。

然後，他們即刻認定再想也想不出答案。

「好吧，現在怎麼辦？」

「唔嗯，魔力消耗過頭了，先撤退吧。話又說回來，幸好我率領的是不懼死亡的不死軍團。」

「是啊。不懼死亡的巨人軍無疑是惡夢一場，但你的部下也沒差多少呢。」

兩人各自說完，都在嘆氣。

期待能取勝之後卻得面對難以置信的現實，造成的衝擊也就特別大。

阿德曼摸摸溫蒂的頭，命她回營。

當初的目標已經達成，他們成功用極大魔法對敵軍造成打擊，現在久留無用。

與其留下，不如早早回營報告達格里爾軍的威脅性比較要緊。

真正可怕的是他們屹立不搖的心志，以及回復能力。

前哨戰到此結束，接下來會是主力級的廝殺。

但是，有鑑於剛才親眼看見巨人軍帶來的威脅，必須承認情勢不利於不死軍團。

兩者都不知恐懼為何物，也都能夠死而復活。

話雖如此，他能夠料想得到，巨人們將會憑藉那壓倒性的破壞力恣意蹂躪不死軍團。

總覺得彷彿能預見自軍還沒給巨人決定性打擊，就先被碎屍萬段的未來。

好吧，若是真變成那樣也無可奈何。
那就儘量以多對一慢慢解決，盡可能減少巨人的數量也行。
「總之先回去向紫苑小姐報告吧。」
「說得也是。今後的事必須從長計議。」
阿德曼與蓋多拉一面考量今後的戰局，一面準備回去見紫苑。

就這樣，紫苑聽取了報告。
那現在該怎麼做呢——她正在煩惱。
紫苑站在長牆上俯瞰戰場。
她也看到了阿德曼與蓋多拉的極大魔法，本來還以為說不定能直接取勝，沒想到現實是殘酷的。
不用等阿德曼他們報告，紫苑也已經體會到敵人有多難纏。

戰鬥開打至今，經過了兩小時。
戰況已進入下一個階段，亦即敵我主力級戰士的搏鬥。
「縛鎖巨神團」乍看之下原本的三萬人馬似乎已有大幅減少，但實際損耗率其實不到一成。而現在他們的精兵強將構成突擊陣形的前鋒，正與不死軍團的主力對攻。
這邊是將死靈騎士二千騎置於中央，攜帶祕密武器的骸骨士兵一萬隻擔任兩翼部隊的鶴翼陣。陣形包抄來犯的「縛鎖巨神團」予以迎擊，無奈敵眾我寡包圍不住。
照常理來想是選錯了戰術，但阿德曼鎮定如常。

「這樣沒問題嗎？」

「當然沒問題。就讓那些不知何謂恐懼之人嘗嘗真正『死兵』的可怕吧。」

在紫苑身旁指揮部隊的阿德曼，從一開始就無意贏得勝利。

目的只在削減敵方戰力。

真正的主力是紫苑麾下的「紫克眾」及恐怖騎士團，或者是魯米納斯麾下的血紅騎士團。阿德曼他們說穿了只是作為棄子參戰。

他希望能趁現在，儘量多擊倒幾名達格里爾陣營超越A級的戰士。最起碼要看穿敵人的弱點等等。

本次作戰就是為了這個用意所擬定。

阿德曼當然也接受這個作戰計畫。

這件事早在開戰前就已經討論好。利姆路陣營一致希望儘量不要造成人員傷亡。

同時也為了分析巨人的戰力，這會是最有效的策略。

大家的結論是不死軍團都是不死者，不算在死亡人數之內。畢竟阿德曼的部下們，即使死了也不會消滅。

這次作戰的最大關鍵就在於徹底活用不死者的特性，引誘巨人深入自軍後發動特攻同歸於盡，藉由這種自爆作戰減少敵軍人數。

話雖如此，這麼做還是有其極限。

乍看之下戰場像是陷入膠著狀態，其實勝敗趨勢偏向巨人大軍。

骸骨士兵刻意讓充斥戰場的魔力走火，發動特攻。巨人因此受傷倒下後再由死靈騎士上前收拾，但是如果沒確實給予致命傷，巨人就會復活。

這時巨人的龐然巨軀就棘手了。

他們以三到五公尺高的龐然巨軀為傲，肌肉厚如鎧甲，難以給予致命傷。若是花上太多時間，又反而會被巨人打成肉泥。

一開始作戰還很順利，然而隨著時間經過，敵軍也想出了對策。

手持長兵器的人開始進行牽制，使得不死者難以靠近。魯莽前進只會被打個粉碎，這麼一來，實力不如人的骸骨士兵們就成了無用的存在。

死靈騎士們也因寡不敵眾而陷入苦戰，數量慢慢減少。

到了這一刻，路易率領的血紅騎士團感覺到出戰時刻正在迫近，緊張情緒終於開始升溫。

紫苑也準備投入保留至今的恐怖騎士團。

死靈騎士二千騎幾乎都還健在。

若是再加上恐怖騎士團三千，他們認為也夠和巨人的高階鬥士們交鋒了。

相較於血紅騎士團只有四百人，敵方超過A級的多達千人。為了縮小這個差距，光靠「紫克眾」人數不夠。

假如讓十個對付一個，還勉強……這是紫苑的想法。

她平常雖然認為凡事講求毅力，但並不想看到一手拉拔起來的部將出現傷亡。可是此時作為指揮官咬緊嘴唇，已經準備要開口下令。

然而，遭到阿德曼阻止。

「真傷腦筋，這麼快就得使出殺手鐗了。」

魔力恢復了的阿德曼自我吹噓，再次騎到溫蒂的背上。

「你還有別的計策？」

紫苑好奇地問，阿德曼發出「喀噠喀噠」的笑聲說：

「計策都出光了，現在只能順其自然。」

留下這句話，阿德曼隨即返回戰場。

然後發動他為了這一刻事先開發的死靈魔法改良奧義——「創造不死軍團（Immortal Legion）」。

不愧是以自己的軍團為名稱由來，這招可說是阿德曼的最後手段。

這種魔法能造成廣範圍影響，但效果更是驚人。

魔法效果是把對象戰場上——影響範圍內的死者不分敵我，一律改造成忠於術士命令的死者士兵（Undead Soldier）。

這正是死靈魔法的禁忌絕招。

也是阿德曼研究成果的集大成。

而且這種魔法還多做了一項改良，能夠將已死之人作為核心進行重組。

換言之以這次的情況來說，是以死靈騎士為核心，開始讓碎裂四散的骸骨士兵們聚合起來。

就連已死的巨人兵，或是還在活動的士兵們，都往那具軀體聚攏。

就這樣催生出兩千隻的巨大死靈騎士（Death Giant）。

死靈騎士原先穿在身上的魔鋼製魔法武具（Magic Weapon），覆蓋著這些高達四公尺的龐然巨軀。會發生這種現象合情合理，既然是死者怨念的統合體，武具自然也會依照主人的意願改變性質。

阿德曼早在一開始就料到這個發展，所以事先開發了創造不死巨人的奧義。

「不會吧？阿德曼真有一套，居然瞞著我藏了這麼一手……」

紫苑也難掩驚訝神情。

這怪不得她，因為巨大死靈騎士個個都是超越A級的怪物。

「真不敢置信。我從來沒有像現在這麼慶幸你們是自己人。」

在紫苑身旁靜觀戰況的路易發表感言。

就這樣，戰況再次反敗為勝。

以力量橫掃戰場的巨人們，在更巨大的力量出現後失去優勢。

更可怕的是，巨大死靈騎士是不死存在。無論被粉碎或是毀壞，都能在阿德曼的權能下即刻復活。

然而，巨人們也不遑多讓。

之前報告的將近千名高階鬥士其實是假情報，實際上有超過二千名從軍。

而憑著超過A級高階鬥士的本領，即使身上受傷也能用「超速再生」瞬即復原。只要沒傷重到當場死亡就永遠不會倒下，結果與巨大死靈騎士打得難分高下。

雙方維持著原有數量，戰況再次陷入膠著。

＊

多虧阿德曼大展長才，紫苑等人重拾從容的心態。

由於事前完全沒聽說還藏了這麼一手，感覺特別驚喜。

只不過阿德曼的這招「創造不死軍團」與其說是初次亮相，更像是直接上陣，因此隱瞞不說其實是怕受到過度期待。

結果就是現在發生的狀況，最安心的其實是阿德曼本人。

「真不愧是老夫的摯友。」

蓋多拉既高興又滿足。

路易也是，只能欽佩地點頭。

「說得對。『七曜』也真是做了傻事，居然把那樣的卓越人才拱手讓人。」

他發自內心相當懊惱地說。

…………

……

……

路易想起以前的事。

當時，阿德曼與艾伯特是兩大知名人物。

大司祭阿德曼是天賦異稟的神聖魔法師。

艾伯特是有史以來最強的聖騎士。

兩人湊成一組，確實有稱為勇者的資格。

然而，勇者資質終究沒宿於兩人身上。

但他們不負期待地達到了「仙人」領域，只要中途沒有變故，遲早有一天會成為「聖人」。

只可惜，兩人的天賦樹大招風。

所以才會引來「七曜大師」的嫉妒，遭人構陷。

「七曜」擔心兩人繼續成長下去會威脅到他們的地位，於是瞞著魯米納斯暗中謀劃一計。

記得用的藉口，應該是淨化大規模的死靈災害。

然而實情卻是與「七曜」找來的腐肉龍（Dragon Zombie）交戰，兩人與魔物同歸於盡——照計畫會是這樣。

他們欣然允諾，出發前往朱拉大森林。

然後就再也沒回到聖都，大家都認為他們死了。

誰也沒想到他們死後竟落入魔王卡札利姆手裡，後來又歷經一番曲折命運成為魔王利姆路的部下。

這種事就連路易的主子魔王魯米納斯也無從預測。

…………

…………

……

魯米納斯為了這事相當懊惱，而路易也與她有同感。

心想：怎樣都應該設法將這兩位英雄拉進己方陣營才對。

而兩位英雄中的艾伯特，此刻才剛剛在戰場上拔劍。

「哦，記得那男的應該是阿德曼的部下吧。遠遠一看就很清楚，本領真是高強。」

紫苑鎮定下來注意戰場動靜，見狀出聲讚嘆。

在她背後待命的達古拉、里拉與戴伯拉這三人也都點頭稱是。

「艾伯特大哥真的超帥。」

「他偶爾會陪我們過招，但真的超級強呢。」

「喔喔，他正在對付古拉索德叔叔！這下無論哪邊贏都不奇怪咧！」

三兄弟本來正要聲援艾伯特，看到對手是誰態度就變了。

「……好本事。原來巨人當中也有潛心練劍之人？」

「是啊，他是老爸的弟弟——」

「是『縛鎖巨神團』的副團長——」

「那就是我們的叔叔，以前還是我們的師父！」

達古拉他們回答紫苑的低喃。

他們說那人叫古拉索德。

是超一流的雙手劍戰士，在「縛鎖巨神團」當中更是最強鬥士之一。

儘管論魔素量不比達格里爾高，劍術本領（等級）卻被認為在他之上。

大家都說他以巨人族而論性情溫厚，是個理性的人物。

附帶一提，如果光說溫厚，現在的達格里爾為人也很穩重，無奈昔日的壞風評一傳十十傳百，至今仍令人聞之色變。

而這個古拉索德，此時正在和艾伯特單挑。

古拉索德高達兩公尺的龐大身軀輕盈地跑跳，雙手劍（Great Sword）揮舞自如。強大實力顯然與其他人有所區隔，在戰場上成了獨樹一格的存在。

相較之下，艾伯特不把身高差距當一回事，劍法你來我往難分高下。

看在知道艾伯特是超一流劍士的那些人眼裡，實為難以置信的光景。

古拉索德個頭龐大，卻能以矯健的身手精準出招。不是艾伯特的話別想與他抗衡，但反過來想，能與如此人物打得不相上下的艾伯特或許才叫異常。

換做一般人挨一下就會碾成肉泥的重壓攻擊，艾伯特卻柔如柳枝加以擋開，甚至還手反擊。是因為他獲賜了成套神話級的裝備，才能運用如此巧技。
換成傳說級（Legend）以下的裝備，承受攻擊的瞬間就會被打毀了。
豈止如此，古拉索德還有一項隱藏特性，可以對交戰對手進行「武具破壞」。
這項特性就如字面所示，與古拉索德鬥劍者必定會被打壞武器防具，單方面成為手下敗將。
艾伯特對此並不知情，身穿神話級裝備實屬僥倖。這項事實就連達古拉等三兄弟也不知道，所以正可說是奇蹟般的巧合。
多虧這份幸運，戰線勉強免於崩潰。沒有任何人發覺這項事實，說諷刺倒也頗為諷刺。
威脅近在眼前，其危險性卻尚未有人察覺，雙雄之戰就這樣愈來愈慷慨激烈。

*

與強者終於展開行動的戰場完全不同，紫苑等人正處於觀戰模式。
「話又說回來，老爸怎麼都不動啊。」
「既然叔叔都出面了，我看快了吧。」
「到時候就由我們來當他的對手！」
三兄弟吃了熊心豹子膽，口氣大了起來。
紫苑一面拿這群白痴沒轍，一面回答：
「別急。不用說也知道是我來對付他。你們率領恐怖騎士團，別讓外人來攪局。」
三人聽話得很，直接答應。

他們本來就不覺得能打贏，僅僅是一時得意忘形而已，所以也爽快答應。

只是雖然愛耍嘴皮子，也不忘記忠告幾句：

「遵命，但勸您還是別太小看老爸比較好喔。」

「老哥說得對。大姊是非常厲害沒錯，不過老爸可是天生的怪物。」

「唔欸～唔欸唔欸，我們一次都沒贏過咧。」

不是輸或贏的問題，面對那種霸氣光是站著都有困難。三兄弟顯然不配當他的對手。

以紫苑的標準來看，這三人已經算是實力派了。他們每次進行模擬戰都有進步，這三個部下的成長著實值得期待。

而紫苑也確實感受得到，這三兄弟說的是真心話。

「放心吧。即使是我，這次也不會亂來的。」

這話很有紫苑的風格，她就是比較缺乏自覺。

戰場沒有新的動靜，但再過不久就輪到自己了。紫苑親身感覺到這點，已進入臨戰態勢。

（乾脆直接一口氣攻進敵陣看看？）

苦苦等待不合自己的個性，打破膠著狀態一口氣掌握勝利，以作戰而論也並非不可行。

現在是好機會，只要解決掉敵方大將，勝利就手到擒來了……

就在紫苑這樣想的時候……

突然間，戰場出現變化。

事情來得突然，其勢猛不可擋。

戰場上出現了一塊無人地帶。幾隻巨大死靈騎士像木片一樣被吹飛。

「——那是？」

紫苑杏眼圓睜。

每當銀光道道閃動，就有超過Ａ級的巨大死靈騎士輕鬆被擊倒。

站在那裡的是個渾身綑綁層層鎖鏈，身形昂然高大的精壯男子。

那股異樣而狠戾的氣息，即使用鎖鏈封住仍然藏都藏不住。

其存在感硬是凌駕於達格里爾之上。

紫苑全身上下爬滿雞皮疙瘩。

生存本能用盡全力，向她強調那個男人的危險性。

「那、那是……原來如此，那就是之前說被封印的……」

「令人聞之色變的鬥神或暴戾惡神，『狂拳』巨神芬叔叔！」

「唔欸～唔欸唔欸唔欸，我肚子餓了！」

紫苑總之先把一記螺旋拳塞進不看場合亂講話的戴伯拉肚子裡。

「這樣飽了沒？」

撂下這句話，紫苑把心態調適過來。

多虧戴伯拉講了蠢話，讓緊張情緒放鬆不少。

紫苑一面覺得這小子雖然傻卻也傻得可愛，一面觀察芬這號人物。

儘管此人擁有超過三公尺高的傲人巨軀，更引人注目的是那鎖鏈。

這也是理所當然。

「那鎖鏈是聖魔封鎖（Gleipnir）嗎？真是教人驚嘆的玩意兒啊。」

「是蓋多拉啊。你說的那是什麼？」

「是這樣的，這要講到一個記載於人類史前古文書的神話——」

好像就等這句話似的，最愛掉書袋的蓋多拉開始秀自己的知識。

…………

……

……

聖魔封鎖。

那是自神話時代以來，封鎖狂暴惡神至今的鎖鏈。

如果這個故事是史實，那條鎖鏈可能已經吸收惡神散發的魔素，得到了進化。

這條鎖鏈早在當年，就已是聖魔兩道皆能封印的龍帝神器。即使到了這個時代性能提升到凌駕神話級之上，也一點都不奇怪。

然而，真正需要恐懼的並非鎖鏈。

遭那條鎖鏈封住的惡神，才是最該戒備的威脅。

…………

……

……

「傳說在神話時代，龍帝封印了惡神。三兄弟中的兩人後來洗心革面，唯獨其中一個性情依然凶暴不馴，因此遭到神之鎖鏈所封印。換言之這個被封印的人，就是在那裡大打大鬧的什麼芬，束縛其身的鎖鏈，也就是那名聞天下的聖魔封鎖。」

蓋多拉用這種語氣，喜不自勝地做了一番講解。
彷彿要證明他所言不虛，鎖鏈蠢動起來，有規律地搏動。
明明被這種詭異鎖鏈五花大綁，芬卻面露嗤笑。
好像想宣告世人自己內心的狂喜。
芬不用做什麼，鎖鏈就會自行甩動把敵人一一打倒。超過A級的戰士們連阻止他前進都辦不到。
紫苑大驚失色。
聽說芬的存在值可與達格里爾媲美，現在看起來卻像是輕鬆凌駕其上。
「真是好笑。都說人外有人天外有天，但那落差也太大……」
即使紫苑的夥伴們大多也都擁有豐富魔素，成長得與以往已不能同日而語，然而芬所在的境界遠非他們所能及。
那是紫苑所知的最高巔峰——「龍種」維爾德拉或維爾格琳等級的存在。
「那傢伙太可怕了，真是個怪物。你們不是他的對手。」
紫苑如此斷言。
而且後面還有達格里爾等著上場。
想到這些就讓人鬱悶。
「怎麼辦？我看是贏不了，要不要乾脆撤退？」
烏蒂瑪天真爛漫地詢問。
紫苑悶悶不樂地思考。
無論戰況如何忽好忽壞，一旦這種超乎常理的怪物闖入戰場，隨手都能輕易顛覆棋局。

烏蒂瑪說得對，逃走也是個辦法。

利姆路不喜歡看到有人犧牲。如果要忠實遵守這項命令，就該把撤退也列入考慮。

現在阿德曼他們還能再撐一下，紫苑他們來自魔物王國的援軍人數不多，要逃離此地不是不可能。

可是，問題是……

要撤退很簡單，然而之後的結果顯而易見。

被撇下的其他人，生活於此地的無辜民眾，將被敵人的蠻橫暴行剝奪一切權利。

而且這將會危及人類生存圈，徹底毀掉利姆路實現理想的道路。

那麼，該怎麼做才對？

就算與這個可怕的怪物打起來，也注定全軍覆沒——

不對，不是這樣。

紫苑人在這裡，就是為了不讓敵人得逞。

答案出爐了。

問題一點也不難。

紫苑一面提高鬥志，一面下定決心。

這她經驗可豐富了，簡單得很。

多次陷入危機並總是能跨越難關的自信心，振奮了紫苑的志氣。

而且，不只是紫苑如此。

「烏蒂瑪，哪一個比較合妳口味？」

紫苑如此一問，烏蒂瑪說：「就知道妳不會逃。」咧嘴露出滿意的笑容。

「我很喜歡紫苑姊的這種個性喔。」

那麼呢，我跟大叔很合得來，所以那邊那個皮小子我要了——烏蒂瑪天真無邪地回答。

簡直就像在聊愛吃的甜點一樣，決定了誰要跟誰打。

兩人的對話，就用這種輕鬆自在的方式結束。

芬的對手決定是烏蒂瑪，達格里爾那邊則由紫苑出面，來場大將對決。

追隨她們的腳步，魯米納斯陣營也展開行動。

「傷腦筋，主子跟部下一個德性。魔王利姆路的部屬，好像都不知道何謂恐懼。」

路易傻眼地說，同時也表明參戰意願。

在他的視線前方，擁有「四臂」巨人橫衝直撞的身影。

對達格里爾的兒子們來說是舅舅，亦即五大鬥將之首跋折羅。

戰場各處還有其他幾名引人注目的強者。以這些人為目標，血紅騎士團以及七大貴族也跟隨路易飛奔而出。

就這樣，戰場逐漸變得更加波涌雲亂——

＊

沙塵暴吹襲戰場。

芬開始動手，鎖鏈跟著甩動。結果導致無數的巨大死靈騎士變成零亂碎塊。

而芬的視線捕捉的對象，是騎在冥靈龍王溫蒂背上指揮軍隊的阿德曼。

挑大將下手是戰場的基本原則。

事實上，是阿德曼的權能讓不死者升格為不滅存在，所以芬這麼做是對的。

他掀起沙塵暴，以駭人速度疾馳。速度已快如飛翔，無視擋路者的存在氣勢萬鈞地迫近阿德曼。

「——唔！」

注意到芬的接近，阿德曼試著接招。他並未因為自己處在空中就疏於戒備，無奈芬的動作太快了。

聖魔封鎖像是長度無限一般，無視空間距離將冥靈龍王溫蒂捆起。

這條鎖鏈乃是連神也能封印的神話級寶物，溫蒂毫無逃脫手段。她就這樣被砸在地面上，變得動彈不得。

阿德曼緊急逃生，但芬可不會放過他。

「礙事的東西～去死吧！」

芬簡短地叫囂一句，揮拳想把礙事者除之而後快。

阿德曼「早就料到」這狀況。

他打從一開始就布下多重「結界」給了「自己一層防護」，以防遭受奇襲。

可是，才不過受到這麼一擊，阿德曼就被砸在地面上爬不起來。

這一擊之沉重無法估量。

別說擠出氣力反抗，這種絕對性暴力甚至會剝奪求生意欲。阿德曼親身體會到了這種滋味。

教人不寒而慄的寂靜造訪戰場。

只一眨眼的工夫，芬就掌握了戰場的主導權。

至於烏蒂瑪也開始展開行動。

這場戰事開打之前，烏蒂瑪就先跟魯米納斯兩人暗中商議過了。魯米納斯知道達格里爾的威脅性，早已預知到目前的狀況。

暴力能推翻一切。魯米納斯深知這點，為求勝利早就設下多重圈套。她不惜用上必勝的祕策，一心只想打倒達格里爾。

即使身處於戰場，烏蒂瑪依然嬌柔地用散步般輕鬆的神態往芬走去。

然後她站上前去，挺身保護阿德曼。

就像在說東西被搶走再搶回來就好，看著芬嗤笑。

「挺有一套的嘛。阿德曼的實力就連我都覺得佩服耶。」

烏蒂瑪說道。

阿德曼與烏蒂瑪同樣都是聖魔十二守護王之一。即使他擅長的是後方支援，但「冥靈王（Gehenna Lord）」可不是浪得虛名。

是芬太強了。

烏蒂瑪似乎對此很不滿意，毫無懼色地估量芬的能耐。

「嘿，是嗎？那怎麼這麼弱？」

芬光是拳頭纏繞鬥氣一捶就把阿德曼打趴在地，卻並不自誇。因為他認為這是理所當然的結果，所以沒什麼好炫耀的。

烏蒂瑪看穿芬的此種心思，心想這也很合理。

因為她也是一樣，所以能理解芬的心態。

看在強者眼裡，弱者就只是玩具。烏蒂瑪以往也曾作為惡魔之王宰制萬物，自認沒資格批評芬。

實力差距太大了。站在芬的角度，根本不會把他們放在眼裡。

這次換成自己與同伴處於弱者立場，就這麼簡單——烏蒂瑪是這麼想的。

只是，她無意輕言放棄。

烏蒂瑪秉持自己熱愛遊戲的作風，就算會輸也要堅持對勝利的渴望到最後一刻。

（再說只要持續挑戰，總有一天會贏。既然這樣，該做的事就只有一個。）

她心態樂觀地做如此想。

「還是報一下名號好了。我是『殘虐王（Pain Lord）』烏蒂瑪。請問你這皮小子的名字是？」

「小鬼頭別囂張，我叫芬。不過反正妳都要死在這裡了，諒妳也記不住！」

雙方就這樣互相報上名號，戰火正式點燃。

留在長牆上的紫苑，觀察達格里爾的下一步行動。

無論如何應對，可以想見紫苑只要一輪就會造成全軍潰敗。

魯米納斯似乎有什麼妙計，紫苑對那的確是懷著一絲期待。

可是，光靠那樣還不夠。

一味期待奇蹟發生，會輸掉原本能打贏的仗。紫苑打定主意要強行奪得勝利。

「那就是小叔——芬啊。拜託喔，就連我都沒料到會是那種怪物耶。」

「老哥說得對。這、這已經危險到超出原本的預料了吧。」

「古拉索德叔叔雖然也沒好到哪去，但還是芬叔叔最誇張。」

「是啊。看他那樣，難怪會被封印……」

在紫苑的身邊，達古拉與里拉談論他們初次見到叔叔的感想。原本還誇口說要打敗老爸，如今那股意志也消沉了。

紫苑心想：好吧，或許也怪不了他們。

毋寧說要是這樣還以為能贏，就是搞不清楚自己能耐的蠢蛋了。

「唔欸～唔欸唔欸。他那樣瘦巴巴的，若是比體重我隨便都能贏他！」

對，比方說只會冒出這種感想的戴伯拉……

（戴伯拉是真的欠我修理呢。）

就在紫苑如此心想時——

狀況突然有了變化。

「哦。面對我竟然還有心情作壁上觀……挺從容不迫的嘛？」

這聲音來自紫苑的背後。

這裡是長牆頂端，雖然位處最前線但同時也是防衛據點。「對魔驅離障壁」當然還在運轉，紫苑身邊更是追加了好幾層「多重結界」。

而他竟能無視於這層層防護，站在這裡……不，這還不是重點。

最大的問題是在他開口之前，紫苑完全沒察知到對方的出現。

她可沒有疏於監視。

就算是用了「空間轉移」那類技能，也應該能感知到某些異兆才對。更何況紫苑本身也能運用「空間支配」，已經在自身周圍施加了萬全的防護。

可是——魔王達格里爾就在眼前。

「達格里爾先生怎麼會出現在這裡？」

在長牆上，紫苑轉過頭去，對著佇立於她背後的巨人如此問道。

達格里爾和氣地回答。

先不論以前是怎樣，他現在為人意外地紳士。

「唔嗯，我就是慢慢走過來而已，難道說妳沒看見？如果是這樣，那妳就連挺身面對我的資格都沒有。我提不起幹勁認真應付妳。」

「你說什麼？」

紫苑這麼說並不是覺得自己被看扁。

恰恰相反，她感覺達格里爾秉持著紳士風度，說話真誠無欺。

看在達格里爾的眼裡，紫苑大概跟個小姑娘無異吧。

現在她能理解了。

紫苑也與達格里爾見過幾次面，但如今給人的壓迫感卻判若兩人。達格里爾所散發的，無庸置疑是王者的霸氣。

然而，紫苑憑著一股傲氣加以無視。

她無懼於壓迫感，報上自己的名號。

「我有沒有資格，就讓你的身體來回答吧！『鬥神王（War Lord）』紫苑，作為魔王利姆路大人最為信賴的秘書，願與你過招！」

紫苑擅自加上多餘的形容詞報上名號。然後，對著達格里爾舉起愛刀「神・剛力丸」。

（是某種技能，或者是耍戲法……就算雙方有實力差距，剛才的現象也該有個原理！）

如果是空間干涉系的移動方式，必定會留下痕跡。就算是高速移動，也不可能連一點空氣的搖動都沒有。

她囑咐自己，千萬不能被達格里爾的虛張聲勢所迷惑。

可是，萬一這是——

（呵，想這些也沒意義。若真是那樣，慷慨赴死就是了！）

——紫苑豁出去了。

萬一答案如想像的最糟真相，接受那種事實就等於認輸。那樣就表示繼續頑強抵抗也沒意義，因此她果斷地告訴自己想也沒用。

（後面還有魯米納斯大人等著上場，所以我的職責就是儘量分析達格里爾的實力有多強大！）

這種看得很開的個性是紫苑的一大優點。

她發出吶喊，讓意識沉入戰鬥模式。

透過獨有技「廚師」得到最佳化的肉體，有助於將紫苑的實力提升至超越存在值。

藉由超越巨人水準的「無限再生」，紫苑的肉體被改造得極其適於近身戰。她成了物理性的不死存在，只要「心核」完好無損就絕不會死。

現在也是，紫苑的身體輕鬆承受超出肉體極限的力量，回應她的意志。

以這種方式竭盡渾身力量使出的一擊，甚至一步踏進了究極領域。

紫苑一出手便毫無保留，打算全力以赴送達格里爾上西天。

「不妙！全體人員撤退！附近一帶都要被夷為平地啦！」

原本觀察情形準備提供支援的蓋多拉放聲大叫，紫苑親衛隊一聽紛紛迅速退離現場。

說時遲那時快，紫苑揮刀斬向達格里爾。

看也不看周圍一眼，她的意識全集中在達格里爾一人身上。

然而，達格里爾動也不動。

他用看一隻可憐蟲的眼神望著紫苑——

「果然只有這點程度啊。」

就低語了這麼一句。

然後，結果揭曉。

紫苑的劍即將劈中對手頭頂的瞬間，一股看不見的壓力攔住了那把劍。

「——什麼！」

紫苑與達格里爾之間，竟存在著一道鬥氣壓縮而成的護罩。這道保護達格里爾的護罩，阻擋了紫苑的劍。

那鬥氣太過濃密，足以吹散紫苑的氣勢。正因為如此，她的斬擊才會碰不到達格里爾一根汗毛。

貨真價實的怪物。

這一下清楚證明「現在的」紫苑不配當他的對手。她的敗北就此確定。

「果然不出所料。看來妳連站在我面前的資格都沒有。」

紫苑驚訝地睜大雙眼，不由得僵在原地。

達格里爾自然不會看漏這個破綻，但也沒必要特地趁機動手，於是悠然自得地擺好架式按兵不動。

只是，他和善地告訴紫苑：

「我想對付的只有魯米納斯一人。這麼說是為妳好，妳還是別來礙事吧。」

紫苑可不會這麼容易就聽勸。

她燃起更激烈的鬥志，開始向達格里爾提出挑戰。

＊

就這樣，各地開始上演各自的戰鬥。

以局勢而論，是達格里爾軍占優勢。

在這當中，烏蒂瑪的戰況絕望度僅次於紫苑。

「這不合理吧？為什麼我的核擊魔法『熱收縮砲』都直接命中了，你還能好像沒事似的！」

她對芬忿忿不平地這麼說，但以現況而論心裡可沒有表情來得從容。

烏蒂瑪不想承認，不過芬是真的很強。

她剛才已經用藉由究極技能「死毒之王薩邁爾」的權能強化過，賦予了「死毒」效果的熱收縮砲招呼對手，芬卻全然不當一回事。

「我哪知道啊。也真是苦了你們這些弱者，不努力學點小花招，就連戰鬥都不會。」

說完，芬瞧不起人地笑笑。

「死小鬼講話這麼討厭。」

烏蒂瑪雖如此回嗆，心裡也極其冷靜地分析戰況。

總之只要別打輸就行，所以她從一開始就無意打倒芬。

可是，怎麼看情況就是不對。

就像剛才的魔法也是，總覺得有種以實力差距解釋不來的焦慮感。

好像看漏了什麼重點，就是覺得不太對勁。

然後忽然間，她想起曾經接到令人在意的報告。

對，就好像魔法被抵銷了──蓋多拉是這麼說的。

隕石攻擊也沒發揮預期的效果。她原本以為那是因為巨人們擁有出色的再生能力……

（對了，那時也沒達到預期的損害嘛？應該說，看似有受傷的好像都是一些低階戰士……）

就是因為比較弱才會有所死傷，光看這點的話並沒有哪裡不自然。可是，高階鬥士完全沒人受傷，仔細想想並不合理。

（這樣簡直好像在說，魔法對他們不管用……？）

這是她無意間想到的念頭。

不會吧，不會吧，不會吧──烏蒂瑪的本能敲響警鐘。

假如這就是真相──

烏蒂瑪開始焦急，心想必須儘快將此事告知魯米納斯。

而在同一時刻。

即使明白不管用，紫苑仍反覆出手攻擊。

那已經不能叫做戰鬥。

根本是小孩子在鬧脾氣，達格里爾看起來完全不屑一顧。
但紫苑還是堅持不放棄，因為她相信魯米納斯自有妙計。
令人意外的是，紫苑與魯米納斯已成為朋友。
紫苑的料理能大有改善，從某個角度想，也可以說是魯米納斯的功勞。
所以紫苑無條件信任魯米納斯。
「傷腦筋，這麼不肯死心。難道不知道不管再來幾次，都無法傷到我的皮膚分毫嗎？」
「少說大話！我暖身才剛要結束，該讓你見識我的真本事了！」
紫苑就像至少氣魄不願落於人後，準備再次揮刀砍向達格里爾。
無奈──
「說妳太天真了！」
達格里爾厲聲一喝，阻止了她的動作。
光是聽到那個聲音，紫苑就像是中了定身咒般無法動彈。
達格里爾好整以暇地走向動彈不得的紫苑。然後高舉握緊的拳頭，隨手一捶。
只不過是這點動作，紫苑等人所在的長牆一隅就崩毀了。
兩千年的歷史，面對此等暴舉也軟弱無力。
然後──遭受直擊的紫苑更不用說……
這狀況並不值得悲傷，不過是弱肉強食的天理罷了。
因為這就只是一個絕對性強者，在用暴力排除不合己意的礙事者。
就這樣，達格里爾的勝利即將成為明確事實──然而，紫苑的臉上卻浮現笑意。這是因為她的眼睛看得清清楚楚，達格里爾的腳下出現了一片燦爛的魔法陣。

然後，下個瞬間——

「天真的是你！」

這聲英氣凜然的吆喝，其氣勢足以吹散瘋狂飛舞的沙塵暴。

身穿漆黑洋裝、光豔奪目的美少女，帶著薔薇般的甜蜜香氣登場。

這位飄落於紫苑面前的銀髮少女，正是統治此地的魔王魯米納斯。她用蘊藏理性意志的金銀妖瞳（Heterochromia），堅定地瞪視魔王達格里爾。

接著於瞬息之間，她完成了布下的陷阱。

「灰飛煙滅吧。『聖域型極大靈子崩壞』（Sanctuary Disintegration）——！」

暗藏必殺意志的這一招，是聖都黎民的祈禱結晶——這樣說比較好聽，其實說穿了，就是魔王魯米納斯藉由「信仰與恩寵的奧祕」讓演算領域突破極限，大量蒐集信徒神聖力量而成。

信徒人數愈多，匯集的力量就愈能夠極大化。儘管多少花了點時間，但絕對值得。

光是將單一對象最強魔法範圍化，就已經是驚世駭俗的一大成就。像這樣施放出的最大最強「靈子崩壞」，即使是暴風大妖渦那樣的龐然大物也能瞬間殲滅。

輕忽大意的達格里爾無處可逃，只能結結實實地被「聖域型極大靈子崩壞」打個正著。

「哼！達格里爾，你太大意了。像你這種人，總是會在誇耀勝利的時候露出破綻。」

達格里爾比想像中更沒有破綻，魯米納斯原本心裡還忐忑不安，生怕紫苑遲早會死在他手裡。

無論達格里爾擁有多強大的力量，只要被「靈子崩壞」直接擊中就必死無疑。問題是達格里爾包覆己身的鬥氣防護膜太厚，想突破絕非易事。

正因為如此，她才會發動極大化的「靈子崩壞」將達格里爾整個人裹入其中。

躲躲藏藏伺機而動其實並不合魯米納斯的作風，但為了勝利情非得已。於是她持續觀察戰況，就為了抓住這個最佳時機。

忍耐有了回報，計畫就這樣收到最好的成果。

「可別怨妾身啊。」

魯米納斯確信勝券在握，對達格里爾致上送別的話語。

倘若魯米納斯與達格里爾正面交戰，她的獲勝機率微乎其微。魯米納斯正是明白這一點，才會決意實行這種作戰而不覺得是卑鄙之舉。

為了贏得勝利在事前做好謀劃布局，然後力求必勝。這就是她的處世方式。

對付輕忽大意的達格里爾，毫無保留地用上最強殺手鐗予以痛擊。作戰計畫完美無缺，如果這招還不管用也沒有其他手段了。

正因為如此——

「唔嗯，說得有理。我或許是有點疏忽了?不過，這不構成問題。因為我並沒有受到任何傷害。」

——這番話才更讓人渾身發冷。

魯米納斯思慮清晰的頭腦，正確認清了不合理的現實情況。

換言之，達格里爾是真的毫髮無傷。

這個情況讓唯一一個事實變得明確。

「魯米納斯，妳沒其他把戲了嗎？那麼，再來換我了。」

沒錯。

既然剛才那場攻擊沒能打倒達格里爾，魯米納斯他們是勝利無望了。

「當心嘍！一個疏忽就會要了妳的命喔。」

達格里爾的宣言，成為絕望時刻開始的信號。

＊

艾伯特與古拉索德的單挑，場面愈來愈火爆。

兩人周圍開出巨大的圓形空間，像是怕被他們波及。

但是對當事人而言，這種小事無關緊要。

彼此都承認對方是勁敵，享受戰鬥的樂趣。

「喀哈哈哈哈哈！好本事，在下由衷佩服。能夠與你這般人物比劃劍術，是身為武人的榮幸！」

「不是我個人的本事，是吾等信奉的神明利姆路大人賜予的武具給了我力量。換作是以前的自己，早就敵不過你的劍法重壓，淪為手下敗將了。」

「哼！用不著這麼謙虛！就連巨人族當中，能與在下對打之人都少之又少。你能善加運用武具，自然證明你是一流的戰士。」

對於古拉索德的讚美，艾伯特並不做正面回應。古拉索德似乎聽了更中意，心情愉快地回嘴。

事實上，能夠激發神話級武具的性能，憑的確實是艾伯特的實力。

艾伯特不因此自豪，證明了他對自己的本領並不滿意，同時也是一大強項，不會因為敵人的話語擾亂心志。

（唔嗯，果然厲害。）

古拉索德也感到佩服。

在瞬息萬變的刀劍交鋒之際，誰被擾亂心志就輸了。用言語迷惑敵手也是一種有效的戰術。

古拉索德似乎想接連出招，繼續說道：

「話又說回來，你為何會追隨那樣的人？」

「——這話什麼意思？」

「好不容易練出一身高強本領，何苦追隨軟弱的不死之王（骸骨）？沒錯，他似乎很擅長『死靈魔法』等法術，但真正的武藝只會蘊藏於自己的肉體。」

他一邊揮動雙手劍，一邊如此責問艾伯特煽動其情緒。

這番話絕非出自真心，只不過是用來激怒艾伯特的話術罷了。紛亂的心緒會誘發失誤，隨即帶來死亡。這也是古拉索德個人使用的一種有效戰術。

一個真材實料的武人不惜耍這種手段，讓艾伯特難以招架。但是，他的表情卻沒有絲毫變化——

「你似乎有所誤會。沒錯，我是阿德曼大人的護衛，而擔任前衛是我的職責。但是，你是不是忘了一件事——阿德曼大人才是獲得吾等神明認可的聖魔十二守護王之一——」

「唔？」

「你還不懂嗎？也就是說，阿德曼大人比我更強。」

艾伯特的態度平淡，就像是在陳述事實。

古拉索德說話遭人否定，低沉地「哦？」一聲單邊挑眉。

但他沒再多說什麼，只是穩穩地將雙手劍高舉過頭。

這下他承認艾伯特不是能用小手段騙過的對手了。

這也令他更加感到遺憾。

「世事總是不如人意。難得邂逅這樣一位勁敵，無奈這次的戰爭非兒戲。礙於在下也有使命在身，是時候拿出真本領了。」

古拉索德並未故意手下留情想羞辱艾伯特。他用上詐術享受驚險戰鬥的同時，也沒忘記這是真刀真劍的生死之鬥。

但如今所有伎倆皆不管用，因此只能拋開個人堅持，堂堂正正擊敗對手。

古拉索德憑著單純明快的思維，做下這個決定。

他的本質是習武之人，擁有大師級的技量。而這是他鍛鍊出來的本事，並未依賴自身的「力量」。不是因為天生軟弱無力，這是古拉索德自己要的結果。

換言之他把自身的「力量」，封進了愛用的雙手劍裡。

如今，準備解放這份力量。

變化只在一瞬間。愛用的刀劍，此時已化為古拉索德的一部分。

艾伯特無從得知，古拉索德的存在值就在這一刻從將近二百萬暴增到一千萬。

這個變化，就連艾伯特看了也不禁瞠目。

（唔，早知如此，即使手段有點強硬也該及早決勝負的……）

只消看一眼古拉索德的劍氣，艾伯特就快快不樂地產生了這個想法。不過他也明白這樣想是錯的。

要是真那麼做的話，還沒看到古拉索德拿出真本事，自己就會敗下陣來。

正確作法只有一個。

那就是過度正直、光明正大地維持原本的戰鬥方式。

「夠格做我的對手！」

「這是鄙人要說的。」

繼而刀光劍影再次激烈地閃動。

情勢於艾伯特極其不利。他只能像是迴避暴風的柳枝，儘量化解古拉索德的凶猛攻勢。不過，艾伯特的眼中沒有放棄的念頭。

這場戰鬥逐漸白熱化，最後兩人變得不再顧慮周遭旁人，只把全副意識放在刀劍之上。

＊

阿德曼被砸在地面上，似乎昏倒了片刻。

儘管以時間而論只有一瞬間，在戰場上可是致命性的失誤。阿德曼一面感謝自己走運沒遇到危險，一面以掌握狀況為當務之急。

不需要回想發生了什麼事，他很清楚自己是挨了芬的一發攻擊。

那力量強大到教人絕望。

阿德曼之所以還好端端的，是因為冥靈龍王溫蒂挺身保護他，幫著分擔了衝擊力道。而之所以沒遭受追擊，則是多虧烏蒂瑪前來掩護。

話又說回來，最令人生畏的還是芬。

阿德曼布下的「多重結界」全遭突破，只有一項防禦手段勉強發揮功效。要是沒有這項防禦手段，那一擊恐怕已經對阿德曼造成致命傷。

（我一個已死之人說身受致命傷，似乎有點語病。不過話又說到我擅長的魔法系「結界」，這與其說是遭到破解，不如說……）

以阿德曼的感覺，更像是被跳過了。

附帶一提，剩下的最後一層「結界」不是魔法系，而是他為了保險起見加上不想忘記以前學得的本領所施加的鬥氣防護膜。假如少了它，無法否定阿德曼或許已經升天。

雖然也有可能是靠蠻力硬闖，他覺得被穿透的可能性更合理。這麼一想，芬那種力量的祕密就自然浮現檯面。

（我懂了……本來以為不可能，但確實有些蛛絲馬跡。看來可以認定高階巨人族具有「魔法無效」能力了。）

這便是阿德曼推論出的答案。

這個看法與烏蒂瑪的見解相同，而它就是正確答案。

如今阿德曼已經將這看作是真相。

因為極大魔法只造成微小影響，以及自己的防禦被穿透，這麼一來都說得通了。

就算萬一是他弄錯也沒影響。

只要在對付巨人時不用魔法就好，阿德曼一點也不為此苦惱。

總之不管對錯，阿德曼的魔力已經見底。他抱持的心態是反正很難繼續使用魔法，敵人的特性是不是「魔法無效」都沒差。

阿德曼本來應該瀕臨死亡，現在卻像是沒事似的站了起來。

全身骨頭龜裂，聖衣沾滿泥巴。

但他依然平靜自若，視線望向與烏蒂瑪交戰的芬。

（不愧是烏蒂瑪小姐，似乎早已察覺魔法不管用了。而且兩者力量相差那麼大，真佩服她還能打成平手。）

正確來說其實不是打成平手，不過是維持平手狀態拖延時間罷了。只要任何一擊直接擊中，烏蒂瑪恐怕別想再站起來。

而她處於這種狀況竟毫無懼色，依然大膽地連番出招。正是這份膽量，讓她面對存在值多出二十倍以上的對手還能英勇奮戰。

然而，恐怕也快到極限了。

阿德曼也不能再糊里糊塗下去。但他依然不慌不忙，是因為明白急著趕去也幫不上忙。

一具魔力耗盡、半死不活的骷髏——這就是最適合目前阿德曼的形容詞。

既然如此，在前去助陣之前得先做一件事。

「溫蒂，妳沒事吧？」

「是，一時太大意了——」

溫蒂悄悄變為人形，回答阿德曼的詢問。這麼做是因為受傷太重，迫使她決定用上最終手段療傷。

溫蒂一天僅一次可以藉由肉體結構變化的方式，發動「超回復」能力。

從龍形態變成人，或者是相反。無論是哪一種，使用之後再嚴重的致命傷都能直接忽視。這次她是藉由變身為人形的方式，代替阿德曼抵銷了致命重傷。

阿德曼知道她有這項能力因此並不驚訝，繼續說道：

「謝謝妳救了我。」

「很高興您平安無事。」

「可是，這下傷腦筋了。」

「您的意思是？」

「那傢伙似乎不怕魔法。再這樣下去，烏蒂瑪小姐會有危險。」

「原來如此。」

芬的能量總量多到超乎常識，硬碰硬只是有勇無謀。溫蒂原本以為可以用魔法進行支援，聽到阿德曼這句話讓她大受打擊。

可是，阿德曼本人卻顯得心平氣和。

他用一種令人不敢相信此人曾是司祭、活像個學者專家的眼神對芬品頭論足。

「那個巨人太強了。就算魔法有效，恐怕也很難用來打倒他。」

阿德曼淡定地陳述事實。

戰鬥速度、破壞力以及防禦力。

從各方面而論都是一流，假如光看能量總量，甚至能與「龍種」匹敵。拿半吊子的戰力去對付他只會被擊潰。

阿德曼的魔法當然也不例外。

所以他的意思是必須換個方針。

「真傷腦筋。好久沒讓我這鍛鍊得筋骨強健的肉體登場了。」

「啥？」

溫蒂很敬愛自己的主子阿德曼，然而這話不能當作沒聽見。她不由得疑惑地低呼一聲，用一種「他是撞到頭了嗎？畢竟骨頭都裂了，該不會意識正恍惚吧？難道說他瘋了？搞不好根本是在作白日夢說夢話……」的懷疑目光望向阿德曼。

這不能怪她。

因為阿德曼全身只有骨頭，哪來什麼筋骨強健的肉體。

說穿了就是「你一具骷髏頭在胡扯什麼」。

彷彿要回答溫蒂的這個疑問，阿德曼落落大方地告訴她：

「還沒跟妳說過呢。當年我雖然就任大司祭的地位，但另外有份正職。」

「是、是喔……」

「其實我原本是『聖拳導師』，也就是僧侶與武鬥家的高階職業。」

「原來如此？」

由於有艾伯特這個堪任前衛的優秀護衛在，阿德曼之前一直沒有與敵人搏鬥的必要。於是重心就日漸轉移到負責回復的後衛職業。

理由是因為這樣最有效率，不過阿德曼並未因此而荒廢技藝。他現在仍然堪當第一線的拳法家。

藉由鬥氣防護膜保住了自己一命，就是最好的證據。

「與妳交手時，我不覺得拳法對並非人形的妳有用，所以沒機會表現一下。」

「原、原來是這樣……」

溫蒂不知該作何反應。

都已經相處幾百年了，這回才頭一次聽到這個事實。

不如說，倘若身懷這種特技，應該有更多場面可以善加利用才對。

即使溫蒂相當敬愛阿德曼，有時還是會聽到個幾件令她無法接受的事情。

「看來我的解釋妳已經聽進去了。」

「咦？不，可是，那個……咦？先等一下！」

「有什麼問題嗎？」

「呃，不是擺明了一堆問題嗎？」

「哦哦，具體來說呢？」

溫蒂被問得很窘，仍盡力整理思維問了最重要的問題：

「我是覺得不可能，不過您不會是打算赤手空拳去對付那個巨人吧？」

溫蒂內心祈求「拜託告訴我不是」如此問他。

他們是老交情了，但她從沒看過阿德曼有哪次在鍛鍊體魄。

不是，況且也不知道一具骷髏鍛鍊體魄有沒有意義……

說什麼以前是「聖拳導師」，那又不關她的事……

況且光靠這些不明確的情報就想挑戰芬，難度也太高了……

簡而言之，溫蒂一點都提不起勁。

可是阿德曼卻信心十足。

「呵呵呵，真是個傻問題。既然我是拳士，赤手空拳不是理所當然嗎？還有其他疑問嗎？」

我不是在問你這個——溫蒂很想這樣回嘴，結果只回出一句：「沒其他問題了……」

因為阿德曼的氣勢壓過了她。

（原來如此。阿德曼大人說他以前上過自己人的當，這下我能理解了。這人表面上像是很能理智處事，其實還滿——）

她決定不再繼續深思，視線望向大鬧戰場的芬。

事已至此，只能相信敬愛的主子。

其實溫蒂開始懷疑自己也許沒那麼敬愛阿德曼了，還是決定將一切託付給他。

「很好。那麼告訴妳作戰計畫。既然魔法看起來不管用，那就用物理手段揍人。沒別條路了。」

才剛聽完這句話，溫蒂就想走人了。但她耐住性子，繼續傾聽後續計畫。

「當然，我想妳的吐息也不會有用。這是因為『魔法無效』的原理似乎是直接干涉構成魔素的『靈子』。」

沒想到講話還滿正常的——儘管這樣講很失禮，總之溫蒂又重拾了對阿德曼的信賴。

可是，下一句發言卻是——

「也就是說，我們缺乏攻擊手段。所以我有個提議，我們合體吧！」

「——啥？」

阿德曼開口提出的策略，徹底超出溫蒂的想像範圍。

坦白講，不懂他在說什麼。

可是阿德曼卻把溫蒂的回答聽成「好」。

「呵呵呵，我就知道妳會答應！」

「咦，等一下，我不——」
溫蒂沒來得及出言否定。
應該說是阿德曼不聽人說話，急不可耐地直接發動了招式。
「現在就讓妳瞧瞧，我事先研發以備萬一的祕術！」
溫蒂的身體漸漸失去力氣……
阿德曼發動的祕術，原來是「附體同化」。
真不知道他是何時研發出來的，總之祕術似乎毫無差錯地完成了。
身為死靈的阿德曼，是無限趨近精神生命體的存在。
可以說是處在依附於自己的屍身＝骸骨的狀態。
這麼做賦予了他對現世的影響力，不過憑依體其實不一定得是骸骨。
以這次來說，就像是轉為依附到溫蒂身上。
若只是如此，還不足以稱之為祕術。
問題在於意識是否會互相融合。
不同於強奪他人身體的附體術，這種作法必須保護對方的意識。正是因為解決了這個問題，阿德曼才敢誇口稱它為祕術。
「請放心。即使被我附身，妳還是保有自己的意識對吧？」
『是、是的……』
「好吧，雖然晚點分離時有點需要擔心……」
阿德曼喃喃自語。

溫蒂可沒漏聽這句話。

應該說都已經變成一心同體，當然聽得一清二楚。

『等、等一下！這樣做真的安全嗎？』

聽到溫蒂驚慌地說，阿德曼溫柔地回答：

「就算發生最糟的情況，再請吾等神明利姆路大人為我們重新準備肉體就是了！」

講這話臉皮真厚，不過溫蒂也覺得若是這點小事應該會獲准。

因為利姆路很愛做實驗，看到這招祕術的成果大概會非常高興。

比起這個，更大的問題是誰能換上新的肉體——不，更要緊的是自己現在變成了什麼樣子，溫蒂終於開始關心這點。

阿德曼一依附到溫蒂身上，就使得她的身體產生劇變。

冥靈龍王的魔素量，與支撐這大量魔素的強壯肉體，如今由阿德曼的鋼鐵般精神力所支配。

「唔嗯，真是教人懷念的外貌啊。」

站在那裡的是身穿漆黑司祭服的黑髮青年。

這便是阿德曼年輕時的模樣。

儘管擁有髮色不同等些許差異，但可說是完全重現了當年樣貌。

看到這副模樣，溫蒂心想：

（奇怪？意外地還滿帥的耶！阿德曼大人果然是值得我敬愛的大人物！）

溫蒂其實意外地現實。

『再來就交給您了，阿德曼大人。祝您凱旋而歸！』

溫蒂忘掉剛才感到的不安，對阿德曼寄予全面信賴。就這樣，具備強壯肉體與龐大魔力的真正「冥靈王」降臨此地。

（呵呵，好久沒這麼興奮了。以我目前的狀態，說不定跟賽奇翁先生都能打得不分勝負。我猜可能與烏蒂瑪小姐實力相當吧。）

阿德曼如此判斷。

他想起那些自己還是骸骨時無法以拳交心的同伴。現在的話就算不能取勝，至少可以打得起來。

（對，現在的話——）

紅丸、迪亞布羅與賽奇翁這三人算是層次特高，但阿德曼有自信不會輸給其他守護王。

阿德曼露出大膽無畏的笑臉，雙腳蹬地。

身體輕盈得像是騰空飛翔。

就連身為骸骨的時期，都沒有這種擺脫重力的感覺。

即使如此，芬這個巨人仍是值得畏懼的敵手。

就連烏蒂瑪都只能一味挨打了，大意輕敵無異於自殺行為。

如果只有阿德曼一人絕無勝算。但是，若能與烏蒂瑪並肩作戰……

幸運的是，芬勇武過人是事實，然而技量似乎沒有正與艾伯特交手的古拉索德來得高深。正是因為他沒能善加運用「龍種」級的能量，才會遲遲無法收拾掉烏蒂瑪。

既然如此，勝機就在這裡——阿德曼自信十足地做如此想。

「何必爭取時間尋求戰術上的勝利，不如就以壓倒性的完全勝利為目標吧！」

『憑阿德曼大人的能耐，當然辦得到！』

不知道哪來的根據，總之溫蒂也很上道地幫腔。

很像是這對半斤八兩的主僕會有的對話。

「沒錯，妳說得對！因為我是……我們可是利姆路大人的最強部下——聖魔十二守護王之一！」

這項事實，就是他的自信來源。

阿德曼與溫蒂——兩人身處危機，仍愉快地笑著奔馳於大地。

＊

真該死，我就知道！烏蒂瑪真想惡狠狠地如此咒罵。

如今她再不情願也得相信，魔法對芬是真的不管用。

而且糟透了的是，她與魯米納斯擬定的作戰計畫是用最強魔法「靈子崩壞」除掉達格里爾。

她很想去告訴魯米納斯計畫不可行，但芬沒好心到會放她走。結果只能遠遠望見「靈子崩壞」燦爛的光柱，得知作戰宣告失敗。

「蟲型魔獸裡也有能讓魔法無效的傢伙，不過你這個跟那不同吧？」

「哈哈哈哈！妳發現啦？我們的『魔法無效』是絕對魔法防禦能力。它能封鎖『靈子』本身的動作，所以不管是哪種魔法都沒用啦！」

「謝謝你熱心解釋。」

烏蒂瑪火冒三丈，直接酸回去。

對於以魔法為最強武器的惡魔族來說，巨人族又是一大天敵。雖然這似乎是高階種專屬的特性，但是性能被剋成這樣也真好笑。

（——該死！金一定早就知道了。不會先跟我說一聲啊……）

她暗自抱怨，但金不在這裡。

到了這一刻，烏蒂瑪才終於真心明白利姆路平時掛在嘴邊的報告、聯絡與相談的重要性。

只可惜知道得太晚了。

她不能在這時候放棄，得找出某些攻略方法才行。而烏蒂瑪已經發現，線索就藏在蓋多拉使用過的「絕牙虛無飽噬」裡。

（這個大叔特地過來，就表示那招有它的危險性在吧。為什麼會危險？）

不用煩惱半天，答案就出來了。

因為有用。

這與魔法本身的性質有關。

魔法的原理是對魔素造成影響改寫其法則，而魔素當中由於含有「靈子」，所以「魔法無效」自然會收到絕對魔法防禦之效。然而黑暗魔法當中唯有虛無系魔法的特性，是召喚出地獄虛無讓接觸到的能量消失，因此即使是「魔法無效」也不能化解它的效果。

這已經成了確信。

烏蒂瑪毫不猶豫，將攻擊方法限定在虛無系。

「去死吧，黑暗魔法『虛無消失獄』——」

烏蒂瑪的虛無襲向芬。

「嘖，找麻煩的傢伙。你們惡魔別的不會，就擅長整人！」

芬的鬥氣抵銷虛無，沒對他造成傷害。「虛無消失獄」是與「靈子崩壞」成對的黑暗系最強魔法，但對芬只算是一點惡整。

即使如此，這麼做也並非毫無意義。

所謂積沙成丘、滴水穿石，反覆攻擊下去總有打倒芬的一刻。

只有時間要多少有多少。

烏蒂瑪找到了通往勝利的途徑，更進一步聚精會神。她打算反覆施展不能犯一點小錯的精密攻擊，幾千幾萬次都行。

只要被芬的攻擊打到一次，烏蒂瑪必敗無疑。兩人的實力差距就是有如此之大，然而只有戰鬥當中的最關鍵要素也就是速度，兩者相差無幾。

正是因為如此，烏蒂瑪與芬的戰鬥才能夠成立。

另外還有一個原因。

亦即戰鬥經驗的多寡。

烏蒂瑪以賽奇翁這個壓倒性強者為對手，接受過戰鬥訓練。如今這份經驗成了一項長才，讓她熟知如何跟上強者的身手。

烏蒂瑪與賽奇翁論存在值差不到一倍。也許有人會以為差了二十幾倍的芬更危險，但事實不然。

打個比方，賽奇翁是用槍攻擊。槍法招招致命，一被刺中必死無疑。

相較之下，芬的攻擊有如巨大鐵鎚。其中暗藏極大威力，光是擦到都要身受重傷。

不過，兩者的差距只在於點與面。

只要能量超過殺死敵人所需分量，威脅度就都一樣。芬的攻擊威力更強，反正橫豎都是死，就這點來說跟賽奇翁的攻擊並無不同。
結論這麼明確，心情自然無負擔。
雖然擔心魯米納斯他們，但她已死心。反正再擔心也無能為力，早就把這事趕出腦海了。烏蒂瑪現在心情甚至從容到可以哼歌，開開心心地開始把芬玩弄於股掌之間。
然後就在這時，阿德曼重返戰線。
「烏蒂瑪小姐，讓妳久等了。」
「你是誰——啊，難道是老骨頭？」
「哈哈哈，我是阿德曼啦！」
「算了沒差啦。該怎麼做自己清楚吧？」
「這是當然！」
藉由思考加速進行高速溝通，兩人瞬間決定好自己分擔的職責。
作戰內容為阿德曼擔任前衛與芬對峙，烏蒂瑪一面掩護他一面使用黑暗魔法「虛無消失獄」削減芬的體力。
戰況進行到這一步，再來就是單調作業。
「空有體力的皮小子，不是我們的對手嘍。」
儘管勝利宣言說得太急，總之烏蒂瑪帶著邪惡嗤笑撂下這句話。

＊

大地為之震動。

魔王達格里爾殘暴的絕對性力量，支配了戰場。

這打得贏才怪——此為魔王魯米納斯．瓦倫泰的真實心聲。

本來的作戰計畫是開場就使出最強的祕藏奧義，結束達格里爾的性命。既然這招不管用，敗北就確定了。

只要用上不管任何對手都得回歸塵土的「靈子崩壞」，縱然是達格里爾也應該逃不過死劫。連「龍種」恐怕都只能結束今生重新來過。

誰知結果竟是一敗塗地。

達格里爾的「魔法無效」這項犯規特性，徹底粉碎了勝利的機會。

就在那一刻，魯米納斯已經半預測到現況。

艾伯特與古拉索德仍在一對一廝殺。

雙方互不相讓，乍看之下像是不分軒輊。然而，一旦透過究極技能「色慾之王阿斯蒙太」觀察二人之戰，會發現戰況呈現全然不同的樣貌。

相較於光輝刺目的古拉索德，艾伯特的光芒已經微弱到隨時可能熄滅。儘管雙方能削減的生命力都微乎其微，本身具備的總量差距卻暗示了孰勝孰敗。

不等艾伯特將古拉索德徹底殺死，勝敗就會分曉。

結果會是艾伯特輸。

不過，這不該怪在艾伯特身上。毋寧說恰好相反，他能以精湛的劍技堂堂正正與劍王交鋒，已是值得讚揚的偉大功績。

古拉索德也是個劍法大師。

若是考慮到能量差距這個不利條件，甚至可以說艾伯特的技量高出對手。

只可惜，沒高到能顛覆戰況。

再這樣下去，艾伯特的敗北只是時間問題。

至於烏蒂瑪他們這邊，則是與芬打得難分難解。

戰鬥場面雖然愈來愈火爆，再打似乎也不會改變結果。

不是一句表現出色就夠，他們讓人由衷佩服，覺得不愧是利姆路的部下。

即便不知歷經了什麼樣的過程，總之阿德曼與冥靈龍王溫蒂合而為一。這賦予了他強壯肉體，魔素量似乎也大幅上升，但是對付能與「龍種」匹敵的「狂拳」——芬，兩者差距仍然十分明顯。

特別是烏蒂瑪，畢竟是長年煩擾魯米納斯的對手，心中所感一言難盡。

一方面想好好讚賞她一番，然而同時也有點不是滋味，覺得這傢伙果然棘手。

魯米納斯心裡五味雜陳。

魯米納斯能以數值化的方式看見生命力，在她眼裡雙方的差距大得令人絕望。但他們非但不放棄，甚至還顯現享受戰鬥樂趣的從容。

然而這種狀態，卻是建立在如履薄冰般專注的精神上。

在魯米納斯的視野中，可以看見阿德曼放棄全身防禦，將能量僅集中於接觸敵人的部位，藉以應付芬的攻擊。

烏蒂瑪也一樣。相較之下她操縱起能量自然不造作，安定性是高於阿德曼沒錯，然而同樣也是不堪一擊。

為了彌補能量密度的差距，她將全身力量凝聚於一處。其技巧堪稱精妙入神。

只是這麼做不可能維持長久，一瞬間的大意都會致命。

可是又必須以長期戰鬥消耗敵人氣力為主要目的，不用說也知道有多令人絕望。

勝負能成立才叫做奇蹟。

更何況芬可還沒活用聖魔封鎖。當這條鎖鏈開始大顯神威時，戰況恐怕會被徹底顛覆。

最後，說到紫苑。

她當著魯米納斯的面被揍倒，卻再次站起來迎戰達格里爾。

感覺得出不管被毆打多少遍都絕不退縮的決心。

可是，這只是匹夫之勇罷了。

達格里爾與紫苑的戰鬥能力差距毫無希望可言，魯米納斯從數值上讀出這點，在她看來紫苑的行動除了有勇無謀之外什麼都不是。

紫苑之所以還活著，是因為有魯米納斯的庇護。否則幾乎是確定當場死亡。

縱使是擁有不死肉體的紫苑，萬一敵人連再生的空檔都不給，肉體也保不住。即使從「靈魂」也有辦法再生，但假如除了物質體之外連精神體都失去的話，「心核」將會連同暴露在外的星幽體一併被打碎致死。

是魯米納斯在防範這種狀況於未然。

拜託妳別再亂來了——魯米納斯如此心想，一面擦掉冷汗一面從旁守護紫苑。

達格里爾的兒子們驚慌失措，著急地想阻止紫苑。

「大、大姊！這樣不是辦法啦！」

「紫苑大人！我看要打贏老爸還是——」

「太、太可怕啦。不如還是直接開溜……」

可是，紫苑毫不退縮。

「住口！利姆路大人是常勝不敗。也就是說，我也一樣絕不會輸！」

儘管毫無邏輯可言，魯米納斯覺得很符合紫苑的作風。

然後，也許是聽聞這話拋開煩惱了，連達格里爾的兒子們都變得活力十足。

「唔喔喔喔喔喔喔！老爸！我們來當你的對手！」

「也只能幹啦。豁出去了！」

「就做給他看！然後要獲得讚美咧！」

大概是一如宣言真的豁出去了，三人挺身面對達格里爾。

「哦？竟然變得敢擋在我面前，看樣子你們都長大了不少啊。」

達格里爾也喜形於色，但看來毫不打算手下留情，下個瞬間三人就被打倒。才不過一擊就把他們打成重傷，爬不起來。

不過他們至少還活著，所以下手可能還是有輕一點。

（這下輸定了。根本沒道理能贏——）

魯米納斯已經死了半條心，這時卻聽見紫苑的咆哮：

「呵呵呵，你們都做得很好，很有氣勢。剩下就交給我，在一旁好好休息吧！」

明明紫苑自己也被達格里爾打成重傷。

即使已治癒，但介於兩者之間的實力差距明明就令人絕望……

即便如此，紫苑還是繼續站起來，愈挫愈勇。

那副模樣讓她想起教人無限懷念的光景。

紫苑的身姿，與過去拯救過魯米納斯的「勇者」相彷彿。

「老夫也來盡一份力！」

蓋多拉自告奮勇，也來支援紫苑。

可是，這都沒有意義。

因為紫苑等人的攻擊根本就打不到達格里爾，連他一根汗毛都碰不到。

該是做選擇的時候了。

是要繼續戰鬥迎接敗北，還是放棄勝負逃走以圖重振旗鼓？

聰明人聽到這個問題，根本選都不用選。

的確——

對，換作是以前的魯米納斯，的確早就毫不猶豫地撤退了。

沒有勝機的戰爭何來意義可言。

反正國家可以再重建，不是非這塊土地不可。

因為魯米納斯他們擁有永遠的壽命，沒必要打什麼賭上生死存亡之戰。

但是——

（這樣真的好嗎？把紫苑他們棄之不顧對妾身來說是正確抉擇嗎？）

魯米納斯很猶豫。

既然達格里爾要的是魯米納斯，魯米納斯現在撤退可望提高紫苑等人脫險的可能性。

她是這麼覺得，也明白這只是藉口。

她無法對自己的內心撒謊。

如同烏蒂瑪與阿德曼堅持繼續挑戰芬，紫苑想必也不會放棄吧。可是，只要完全沒有求勝途徑，紫苑是注定一死。

但是，假如現在魯米納斯出手幫她呢？

魯米納斯的權能——究極技能「色慾之王阿斯蒙太」能夠掌控「生與死」。就算是當場死亡，有她在就能復活。

現在，魯米納斯一旦撤退，紫苑必死無疑。

那樣她不能接受。

（對朋友見死不救，就一個人逃走？妾身……妾身才不接受那種丟人現眼的生存方式！妾身可是重視榮譽的「夜魔女王（Queen of Nightmare）」！）

就這樣，魯米納斯也做好了必死決心。

「岡達！」

「在。」

魯米納斯一呼喚，十足管家派頭的心腹岡達．史特勞斯隨即如影子般無聲現形。

她頭也不回地下令：

「妾身欲作為重視榮譽的八星魔王（Octagram），在此與紫苑共進退。」

「逃走也是一條路，您認為呢？」

岡達向她進言，說逃走並不可恥。

然而，魯米納斯卻一笑置之。

「丟人現眼地抱頭鼠竄，恐怕不是妾身應有的行為吧。你不這麼覺得嗎？」

她如此說道，嫣然一笑。

那笑容蠱惑人心，與美少女般的外貌形成反差。

岡達深深了然於心，想起一件事。

對，在很久以前——送那神祖最後一程時，這位大人也曾露出這樣的笑容。

魯米納斯一向執著於生存，但那是為了保守與朋友的約定。

她的本質，原是一位重視榮譽的女王。

「夜魔女王」魯米納斯．瓦倫泰不適合逃亡行為。

因為崇高地君臨天下的吸血姬，對岡達等人來說是最值得高捧的神尊。

「——遵命。」

岡達恭敬地行禮。

魯米納斯落落大方地點頭回應，告訴他：
「萬一妾身被滅，就由你成為下一任王帶領民眾吧。」
這是魯米納斯帶著決心與最壞打算做出的宣告。
可是岡達聽了依然神色溫穩，不做反應。假如管家的職責是隨侍主子，岡達毫無疑問就是魯米納斯的使徒。
「背棄自己的王，哪還配為人臣？魯米納斯小姐的部下當中，沒有一個人會追隨那種愚蠢之徒。」
「你說什麼？」
「小的已安排人手讓民眾疏散避難，但我個人希望可以跟隨小姐左右——」
「唔……」
面對意想不到的反抗，就連魯米納斯也不禁困惑。
向來忠貞不二的岡達，在這天第一次違背了魯米納斯的心意。
「——要毀滅時有小的陪您。」
岡達如此回話，用暗藏堅定意志的眼神等魯米納斯回應。
她一時感到困惑，但不知不覺間心情竟也愉快起來。
「呵，隨你吧。」
於是痛快地下令。
不知道是像到誰，真是個傻瓜——魯米納斯痛快地笑了。

「祝小姐凱旋歸來。」

說完行過禮後，岡達就離去了。

他判斷自己的戰鬥能力不足以對付達格里爾，因此先去幫助路易。

這傢伙還是一樣能幹——魯米納斯很佩服他。至於她自己，則與紫苑並肩而立。

魯米納斯也不確定這樣做究竟對不對，但她不後悔。

「努力想出的作戰到頭來似乎失敗了，妳還是不打算放棄嗎？」

「當然了。」

魯米納斯不大高興地點頭，不過隨即咧嘴一笑反問：

「別管妾身如何，妳不想逃走嗎？」

被這樣一問，這回換紫苑不高興。

「當然不了！」

最後誰站在戰場上就是贏家，就算贏不了，只要能活下來就夠了。

「很容易達成，對吧？」

紫苑大膽無畏地說。

蓋多拉一副頭很痛的表情，但似乎無意反駁。

看到兩人這種反應，魯米納斯也只能傻眼。

*

「既然如此，回復就讓妾身來吧。縱然當場斷氣，妾身也能立刻讓你們復活。」

以這句話為信號，只能說有勇無謀的特攻行動開始了。

職責分擔由紫苑與蓋多拉反覆展開波狀攻擊，魯米納斯則是後方支援。

即使達格里爾的攻擊讓紫苑或蓋多拉當場死亡，魯米納斯總是說到做到讓他們死而復生。「色慾之王阿斯蒙太」的權能是很令人驚異，但魯米納斯的眼明手快也只能用厲害來形容。

然後，也得說到蓋多拉。

他是因為轉生為金屬惡魔族這種神奇種族，面對不怕魔法的達格里爾才能夠奮勇應戰。

達格里爾的「魔法無效」雖然無所不擋，但並非沒有弱點。它似乎能夠抵銷所有對自己產生效果的魔法，不過無法全數抵銷對他人身體的影響。

像身體強化魔法就是個好例子。也就是說，它能忽視防禦結界或身體硬化等效果，而已經得到強化的速度等能力則不受影響。

以阿德曼的「爆霸流星嵐」為例，受召喚的隕石因為是空想物質才會被消除，但若是換成真正的物質，據推測應該能造成不小的傷害。

假設把頗具質量的岩石收進異空間，接著用飛行魔法飛上高空，把岩石丟下來……

附在岩石上的位能恐怕消除不掉。換言之，蓋多拉推測的結論是它無法連間接性魔法也加以抵銷。

而他想得沒錯。

蓋多拉對自己的肉體施加強化魔法，巧妙地戰鬥。這種作法奏效了。

紫苑倒下的期間，由蓋多拉上前。

蓋多拉被打倒的話，就由紫苑迅速換手。

雖然是臨時組合，卻有如老手隊伍一般合作無間。

首要關鍵當然還是魯米納斯的權能，但少了任何一人這種戰術都無法成立。

只是得說很遺憾，達格里爾看起來連一點倦色都沒有……

當著魯米納斯的眼前，紫苑再一次站起來。

無論被打得多慘，總是無懼死亡地一再站起來。

她把事情看得很單純，過度正直地只管做好自己能做的事。

其中擁有對魯米納斯的信賴。

她相信只要有魯米納斯在，就算當場死亡也能得以復生。

儘管這麼說不太好聽，紫苑就是過度正直又單純。這是她的厲害之處。

可是，蓋多拉就沒辦法這樣了。

從瀕死恢復到健全狀態時，所有傷口都會痊癒到不留半點痕跡。乍看之下像是毫髮無傷，彷彿沒受到任何影響。

然而，蓋多拉的內心卻逐漸變得疲困。

這是因為理智處事的他不像紫苑，即使不思考他們在打多絕望的一場仗，那種心思還是揮之不去。

像這種戰鬥，心裡想太多就打不下去了。一旦意識到不安或疑問，就會立刻引發失誤。

更何況對手還是達格里爾。

不但擁有能與芬匹敵的魔素量，這個魔王還身懷只比古拉索德差一點但真材實料的技量。整體能力居三兄弟之冠，是最危險的人物。

（繼續這樣下去對嗎？憑老夫的能耐，難道就想不出更高明的方法了嗎？）

蓋多拉在煩惱這種事。

結果這要了蓋多拉的命，稍微拖慢他的動作。

本來應該只是算不上失誤的些微延遲，無奈達格里爾沒好心到會放過這個破綻。

不，正好相反。

正確答案是其實他已經忽視了許多破綻，決定不再繼續陪他們玩下去。

「真是無奈，本來還以為你們能多給我找點樂子，沒想到這麼令我失望。」

達格里爾大嘆一口氣後，隨手就把蓋多拉揍飛出去。

魯米納斯當然立刻想幫他治療，但達格里爾用迅雷不及掩耳的動作岔入兩人之間，阻止她這麼做。

＊

達格里爾站在魯米納斯與蓋多拉之間。

這下即使魯米納斯想幫忙療傷，也會被達格里爾妨礙而束手無策。

「你這傢伙……」

「嫌我礙事嗎？其實我老早就能這麼做了，是以為你們能展現出更豐富多彩的招式，才放任你們自由。我不會叫你們道謝，但怨怪我就是大錯特錯了。」

達格里爾所言不假。

他從開始到剛才，都在配合他們的行動。藉由這種作法，想儘量享受戰鬥的樂趣。

確信自己只要出馬，就絕不會輸。

達格里爾的力量就是如此強大無敵。

但他卻給了魯米納斯等人機會，是因為想起昔日的摯友，神祖——特懷萊德．瓦倫泰說過的話：

「那孩子啊，是我的曠世巨作。不同於其他作品，她具有無限的可能性。」

神祖成天把這番話掛在嘴邊，向達格里爾炫耀。

神祖高徒們個個實力非凡，他卻只對魯米納斯另眼相看而忽視其他門徒。

然而就達格里爾來看，並不覺得她有那麼特別……

神祖直到最後都沒做進一步解釋，就與世長辭了。

而且還是被最疼愛的女兒魯米納斯親手消滅，連「靈魂」都不剩——

方才那招「聖域型極大靈子崩壞」正是斷送了神祖性命的必殺魔法。可是就連那一招，都對達格里爾不管用。

在他看來，對手已沒有其他祕招了。

但為了看清對手的力量，達格里爾還是自己上場陪他們玩兩下。

可是，現在看來似乎是白費工夫。

魯米納斯只是專心支援同伴，沒有要參與攻擊的跡象。

達格里爾多次故意露出破綻，對手卻仍然只是重複一成不變的攻擊套路。

（難道不知道這種孩童把戲重複再多遍，都不可能打倒我嗎……）

達格里爾覺得自己被看扁了。

因此判斷繼續陪他們拖下去，也沒有意義。

話雖如此，他也不會疏於戒備。

因此作為合理的判斷，才會出手阻斷前衛與後衛的聯繫。

「聽起來好像你一直都在手下留情似的。」

「這是事實。」

紫苑憤慨地責問，達格里爾則心平氣和地隨口回應。

「你說什麼——」

「唔嗯，看來妳沒弄清楚狀況。」

達格里爾消失了。

然後下個瞬間，捶進腹部的拳頭迫使紫苑閉嘴。

衝擊力道強到以為內臟都爆炸了。狂暴的威力可不是立刻就會消失的小玩意兒，而是繼續在紫苑的五臟六腑之間瘋狂亂竄。

（遇上這種威力，用回復魔法根本沒意義……）

這是紫苑的心聲。

事實上，只要破壞能量還殘留在體內，再怎麼療傷也無濟於事。

魯米納斯也一眼就看出這點。

真是棘手——她緊咬嘴唇懊惱不已。

「怎麼樣？以為有人護著妳，就肆無忌憚了是吧？」

「唔嗚，這、這沒什麼……」

「哦，還是不肯屈服啊。妳這份骨氣值得欽佩，但光靠氣勢是過不了我這關的。」

達格里爾興趣缺缺地一腳把紫苑踹上天。

他對紫苑沒有恨意，其實反而很有好感。這一腳是想把她踢昏，好讓她不能再來礙事。

然而，他似乎低估了紫苑的耐力。

「笑、笑死人了！就這點攻擊，打不……打不倒我的……」

紫苑口吐鮮血，卻仍大膽地笑著站了起來。

「……傷腦筋，我也老糊塗了。錯判妳的能耐，這必須道歉。」

本來以為可以讓她昏倒而不至於要她的命，但這種作法阻止不了紫苑。達格里爾領悟到這點，這才真正決定不再手下留情。

「憑妳的能耐，如果能覺醒或許還有點看頭。」

達格里爾對紫苑如此說道。

「這話什麼意思？」

「一個將死之人不用知道。」

就好像當成最後的送別，達格里爾拋下這句話。然後二話不說握緊拳頭。

魯米納斯見狀，叫道：

「快、快住手！」

魯米納斯感覺出達格里爾的變化，得知紫苑現在是命在旦夕。

然而，達格里爾對魯米納斯的反應嗤之以鼻。

「是妳的不中用害死了她。」

「什——」

紫苑正想回斥，卻再次被達格里爾的一記攻擊強制閉嘴。

儘管還沒死，但已失去意識。

還有一口氣在是紫苑運氣好，絕非達格里爾手下留情，然而也不可能繼續戰鬥了。

達格里爾本就無意折磨紫苑，如果可以也不想要她的命，現在總算昏倒讓他鬆了口氣。

就這樣，現場最終僅剩魯米納斯與達格里爾二人。

魯米納斯也終於做好最壞打算。

「好吧，達格里爾，來單挑吧。妾身當你的對手！」

魯米納斯擺好架式，準備迎戰達格里爾。

話是自己講的，她心裡卻覺得滑稽可笑。

因為她只是出於身為魔王的自尊才誇下海口，其實在達格里爾眼中魯米納斯大概只是個垃圾吧。

「好，魯米納斯，就讓我看看特懷萊德託付給妳什麼東西吧。如果辦不到——就受死吧！」

下個瞬間，達格里爾渾身迸發猛烈強勁的鬥氣。

魯米納斯一看，才明白他從剛才到現在保留了多少實力。

達格里爾並不是有意手下留情，只是如果從一開始就以這種狀態應戰，勝負早就分曉了。

（真的是個怪物。妾身對這傢伙沒輒，唯一的希望竟然是等利姆路前來馳援……）

既然祕密武器未能奏效，與達格里爾硬碰硬毫無勝算。可是，魯米納斯還是站在這裡。

有那麼一瞬間，魯米納斯想過早知道也許還是該逃走才對，但又笑著打消這個念頭。

魯米納斯心想，自己若是棄朋友（紫苑）於不顧，還算什麼魔王？

（真不可思議。跟紫苑又不像跟克蘿耶是老交情了……）

她現在還能站在這裡，不外乎是因為不想辜負紫苑他們的期待。

然後忽地有個念頭：

（也真是苦了利姆路那傢伙。總是得拿出超乎實力的表現，以滿足身邊所有人的期待。）

要等到落入這種狀況，魯米納斯才初次理解利姆路的心情。

除了金之外，大概也就利姆路有辦法打贏達格里爾。

不然就是——

某黑龍自由不受拘束的身影，閃過魯米納斯的腦海。

（想太多。妾身豈有可能去對那種傢伙寄予期待！）

心裡這樣想，魯米納斯的嘴角卻自然綻放正好相反的笑意。

看到她的這種神情，達格里爾的表情變得不解。

「都走到這一步，妳還藏了一手嗎？」

「哼，要是有那種法寶，老早就用上啦！」

魯米納斯挺起胸脯逞強。

為的是至少在生命的最後一刻不選擇逃避，守住身為魔王的尊嚴。

（——難道說，妾身也相信奇蹟？相信就像過去那樣，這次也會有人拔刀相助……）

昔日遭遇危機時，是「勇者（克羅耶）」救了她。

那就像是一場奇蹟，不會一再發生。

這是不可能的，天底下沒這種好事，這道理魯米納斯自己清楚得很。

可是她卻拋不開這個念頭，也許是因為看到紫苑或烏蒂瑪等人仍抱持希望的模樣，有點受到感化。

一定就是這樣——魯米納斯做如此想。

（利姆路那傢伙也真是夠辛苦。就連妾身這樣無關的人，都忍不住要對他寄予期待……）

想到這裡就讓她覺得好笑，實在很不可思議。

「——？妳是想到什麼妙計了嗎？」

「沒有啊。只是覺得雖然不合妾身的作風，但就試著掙扎到最後吧！」

「哦。」

「那麼，妾身要上了！」

魯米納斯鼓足氣勢，全面解放魔力。

同時，又將「色慾之王阿斯蒙太」的權能纏繞在夜薔薇之刃（Night Rose）上。

這招能夠藉由她所司掌的「死亡」權能奪走對手的生命力，同時又用「生存」權能將其轉換為自身能量，是魯米納斯必殺必勝的戰鬥方式。

以這種狀態應戰，即使雙方實力有些差距也不成問題，而且戰鬥拖得愈久就對自己愈有利。論高手之間主要著重於消耗對手能量的戰鬥，魯米納斯可說是箇中好手。

看到她這種作法，達格里爾也覺得滿意。

心想：稱得上是個好敵手。

讓誰來看都會佩服這幾個人。

站在同一陣線時讓達格里爾覺得很可靠，即使如今反目成仇，仍讓他的內心慷慨激昂得無以復加。

（真的，殺之可惜啊。）

但她殺了曾為達格里爾摯友的男人，此仇非報不可。

這麼做能夠讓達格里爾完成自己的「弒神」宿業。

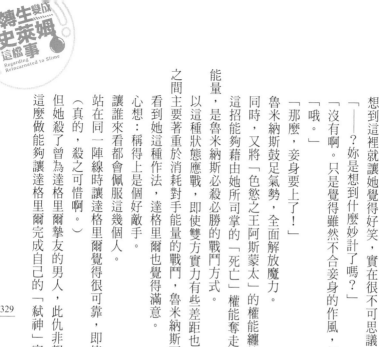

這是他透過芬與菲德維締結的密約。

達格里爾協助菲德維實現野心，讓維爾達納瓦復活。然後才要進入主要階段。

而且，他和菲德維的密約還不只如此。

他若是打倒魯米納斯，西方地區將全數納入巨人族的統治。倘若還能乘勢蹂躪朱拉大森林，該地也將歸達格里爾所有。

不但可以大展身手完成宿業，還能滿足拓土開疆的野心，達格里爾必須坦承「不能在這裡止步」。

更重要的是，他的本能早已開始脫離控制——

達格里爾判斷鬧劇不用再演下去。

「真要說的話——」

他以這句話作為開場白。

霎時間，萬物回歸寂靜。

在這戰場上的戰鬥行為，全都失去意義。

「——我只要這麼做，你們不就一籌莫展了嗎？」

只有達格里爾的這句喃喃自語，在世界上響起又消失。

「——！」

在徒留意識的世界裡，魯米納斯困惑不已。

「哦，妳還有『意識』啊。不愧是那傢伙引以為豪的曠世巨作。」

達格里爾的「聲音」帶有讚賞口吻，然而令人喪膽的恐怖卻襲向魯米納斯。

魯米納斯聰明絕頂、無所不知。平常可能是沒去留意而忽視了，但現在她專注於戰鬥，因此能夠理解現在的狀況。

不幸地理解了。

——時間，暫停流動了嗎——

這就叫做絕望。

（所以從一開始，就沒有能戰勝達格里爾的分毫可能性……）

明明理解了這一點——魯米納斯在這狀況下，卻仍未喪失對生存的渴望。

她為了求生而尋求所有線索——然後引來更大的絕望。

魯米納斯陷入宛如被無底黑暗吞沒的錯覺，依然繼續掙扎。

在「停止世界」當中，就連絕望也永無結束之時。

魯米納斯閉上眼睛，然後懊悔不已。

（只可惜最後，沒能親手對付那頭惹人厭又傲慢的邪龍——）

就在魯米納斯想到這裡的時候……

她彷彿聽見有人大聲狂笑。

事情發生在達格里爾的拳頭，即將擊中魯米納斯的那一瞬間。

她的思維，在這時稍作暫停。

「咯啊哈哈哈哈！我來也！」

理解到這個聲音代表何種意義的同時，魯米納斯掌握了現況。

強大無比的拳頭逼近眼前。

然後，一隻褐色手掌擋下了它。

那個「原本並不在這裡」的邪龍（男人），擋下了達格里爾揮向魯米納斯的拳頭。

——如同黑夜之後白晝總會到來，希望的來臨讓時間恢復流動——

現在，就在這一刻。

飛越時間與空間出現的邪龍，魯米納斯又恨又期待、天下無敵的維爾德拉，成功阻止了達格里爾蘊含絕望性力量的攻擊。

絕望的時間，在此告終。

ROUGH SKETCH

第四章

神樹攻防戰

Regarding Reincarnated to Slime

從維爾德拉的登場倒轉一段時間——

我為了阻止蜜莉姆的暴走，用「空間轉移」前往舊猶拉瑟尼亞地區。

受維爾薩澤的冰雪吹襲的領域，視野太差無法直接前往。這次我也是考慮到這點，才會來到跟那裡稍有距離的地點。

然後就是追蹤氣息，直線衝刺。

蜜莉姆與維爾薩澤應該正在上演全武行，所以我繃緊神經慢慢靠近。

然而，事情不如我的想像。

而且是比想像得更糟……

「嘖，沒想到這麼快就來了。不過已經太遲了。蜜莉姆，用妳的力量粉碎礙事的神樹吧！」

不只蜜莉姆與維爾薩澤，連菲德維都在那裡。

應該說，整個氣質判若兩人，甚至讓我懷疑那究竟是不是菲德維。

他散發壓倒性的存在感。

那股存在感輕鬆凌駕於米迦勒之上，現在的我就算拿出真本事對付他也不見得能贏。

而且不知道為什麼，他趾高氣揚地對蜜莉姆發號施令。

至於蜜莉姆，一看就知道她變得有多可怕。

看影像不夠真切只覺得她外表奇形怪狀，但湊近一看，恐怖不祥的氣息一目瞭然。

背上有一對漆黑翅膀。

額上長出的紅色獨角變得更輝煌，散發七色彩光。

臉孔以外的肌膚浮現奇異花紋，覆蓋一層不停隱約改變色調的閃亮硬質龍鱗。

我心想原來這就是蜜莉姆「狂化暴走」之後的模樣，同時也感覺到一股幾乎令人膽寒悚懼的力量。

作為絕對性破壞化身駕臨人世的魔王蜜莉姆，果真是不負「破壞的暴君」名聲的存在。

如此強大的蜜莉姆，又為何會聽命於人？

究竟是用了什麼手段——

《——是究極技能「正義之王米迦勒」的權能之一「王權發動（Regalia Dominion）」。看來菲德維是成功支配蜜莉姆了呢。》

啥？

不是，等一下好嗎？

暴走蜜莉姆都可怕到沒得形容，現在還變成菲德維的手下？

這已經完全超出最糟的範圍了……

《所幸感覺起來，他還沒完全控制成功。菲德維即使將所有演算領域用來支配蜜莉姆，似乎也只夠下達簡單的命令。》

不不，那也夠棘手了吧？

唯一幸運的是，他沒命令蜜莉姆動手殺我。

菲德維看到我們登場顯得很不滿意，但似乎無意在這裡開打。他沒搭理我們，只對蜜莉姆下令完就離開了。

《想必是因為對蜜莉姆的支配不夠安定，無法隨機應變吧。不然就是想以破壞神樹為優先——》

也就是說靠菲德維的支配力，一旦下令就無法收回之類的？

很有這個可能。

被蜜莉姆拿出真本事追殺，光是想像都讓人不寒而慄。沒演變成那種狀況已經該偷笑了，但真沒想到事情會變成這樣。

《完全出乎預料。想必是因為陷入暴走狀態，同時也失去抵抗力了吧……》

我也有錯，明知菲德維也擁有支配系權能，卻絲毫沒考慮過蜜莉姆被操縱的可能性。不能只怪希爾大師一個人。

真要說起來，蜜莉姆對支配系權能應該具有超強抗性才對。因為她動不動就在誇口，說那種小把戲對自己沒用。

要不是因為陷入暴走狀態，支配絕對不會成功。

不，這根本全都是計劃好的吧……

《讓蜜莉姆暴走，會引發世界崩壞的危機。但沒想到竟然想用「王權發動」除去這個疑慮……賭注下得實在太大了。》

希爾大師講話都支吾其詞了，這項作戰成功機率大概真的很渺茫。

坦白講，腦袋有病才會付諸行動。

既然是這樣，再去管這些也不是辦法。

比起這個，菲德維設定為蜜莉姆攻擊目標的「神樹」又是什麼？

《亦即守護魔導王朝薩里昂首都的神木。那是大到能將巨大都市容納其中的巨樹，似乎扮演了安定天地間魔素，預防天災的角色。》

希爾大師對答如流。

還是一樣博學多聞又值得依靠，但這段話有個部分不能忽略。

我沒去過薩里昂，現在才知道那個國家的首都原來在大樹內部——不對，這不重要。雖然只能模糊想像，既然都城在大樹裡，要是樹遭受破壞一定災情慘重。

說什麼都得阻止，這是唯一選擇。

萬一辦不到——

最起碼得爭取時間疏散居民，否則必定演變成重大慘劇。

「喂喂，這下子事情麻煩啦。」

金講出事不關己的感想。

又不是小朋友寫作文，真希望他能講點更有內涵的話來聽聽。

「你有意見嗎？」

「沒有，對不起。」

這種察言觀色的能力就不用了——很想這樣跟他抱怨，但我向來秉持好漢不吃眼前虧的原則。

為了讓這位大爺心情好，多加幫忙，我就退一步海闊天空。

金並不感謝我的貼心之舉，口氣不耐煩地抱怨：

「不過，菲德維那混帳……做事還是一樣陰險。」

「嗯？」

「我是說被你慫恿，就結果來說或許是對的。」

聽金這麼說，我也恍然大悟。

勸說了老半天，才好不容易讓金移駕到這裡來；但金如果因為強烈戒備伊瓦拉傑而不肯過來，事情很可能在那一刻就死棋了。

多虧金願意應付維爾薩澤，我才能去應付蜜莉姆。

萬一只有我一個人來……

不對，現在不是講這些假設的時候。

沒時間發呆了。因為蜜莉姆已經開始行動。

金一派自然地過去維爾薩澤的面前。

我也沒閒著，總之打算先跟艾爾知會一聲，再去追蜜莉姆——但不知為何手機接不通。

她那邊好像在忙——啊，我有種不祥的預感。

迫於無奈，只好一邊聯絡紅丸一邊追逐蜜莉姆。

用「思念網」聯繫紅丸的同時死命追上蜜莉姆，試著出手攻擊想引起她的注意。可是，蜜莉姆對我的攻擊絲毫不以為意。

雖然沒有全力攻擊，威力也不輕啊。

然而根本沒那閒工夫哭訴。

因為蜜莉姆才一咆哮，一種不可思議的力量當場爆發開來。

原理大概是藉由音源振動進行干涉，令分子間產生解離吧。我溜得夠快，但光是那陣餘威就把河川燒乾了。

胡亂招惹蜜莉姆太危險了。儘管我這麼想，繼續這樣下去薩里昂崩壞就要倒數計時了。

這該怎麼辦啦——抱頭苦思的同時，感覺到與紅丸連上了「思念網」。

《雖然成功機率很低，我試著擬定一項作戰。》

已經沒時間猶豫。

因為憑她那種比音速快上數十倍的異常飛翔速度，再過不久就會抵達薩里昂。

就算作戰成功率再低，也只能將一切賭在希爾大師身上。

總之就這樣，我做出一如往常的結論，心存疑慮地把狀況告訴紅丸，接著命令他實行作戰內容。

魔導王朝薩里昂陷入空前絕後、史無前例的危機。

在這當中，天帝艾爾梅西亞照樣維持平時那種非官方對外的態度，面對母親希爾維婭，語氣輕鬆不拘束地問道：

「所以，利姆有辦法過來嗎？」

「他說沒辦法。聽說魔王蜜莉姆暴走了，要去阻止她。」

「不會吧！」

狀況變得比想像中更棘手，就連艾爾梅西亞也難掩驚訝之色。

「順便告訴妳，原因似乎出在『白冰龍』維爾薩澤身上，他連魔王金都請出來了。」

請出來講得簡單，也只有利姆路有這能耐。

艾爾梅西亞充分了解這一點，只能輕描淡寫地告訴自己這也有可能。

話雖如此，這下糟糕了。

以目前來說，薩里昂的首都——這座神樹擁抱之都，正遭受傑西爾的猛攻而化為人間地獄。

若只有傑西爾一人也就罷了，偏偏還來了個自稱「三星帥」札拉利歐的男人，導致現場混亂不堪。

「雖然已經用神樹的防衛機制強化到極限，但繼續這樣下去也不是辦法……」

艾爾梅西亞心煩意亂地說。

魔法士團全體出動應戰，但都遭一一擊墜。不過，艾爾梅西亞覺得他們沒被打到潰不成軍已經很厲害了。

薩里昂引以為傲的魔法士團是一支高階武官集團，這些人又被稱為「純血騎士」。

他們是天帝的全權代理人，也是具有調停者資格之人。

集團僅以出現返祖現象流有古老血脈之人組成，是魔導王朝的最高戰力——這是大眾的認知，實際上是由人稱「魔導操騎」的兵器與適合人選組成的騎士團。

這個「魔導操騎」——通稱「魔格斯」不用說，當然是國家機密。使用跟魔法士團相同的稱呼，也是為了不讓機密外洩。

總高度約五公尺。配備魔鋼製外殼，以龍肌纖維進行驅動。本體宿有意志，是會自己尋求適合人選的智慧兵器（Intelligence Weapon）。

而它的真正價值只有在操騎狀態下才能發揮。如同精靈使的絕招是與精靈同化，這種「魔導操騎」也必須要有操縱者駕駛才能解放力量。

平時則是以空間收納的方式，收在加工成項鍊或手鐲的魔法寶石裡。

講個題外話，卡巴爾與基多等人也擁有這項裝備。他們當初在認識利姆路等人的地點與失控的伊弗利特對峙時，其實沒忘記做好啟動魔格斯的準備。

只是，在國外啟動魔格斯會觸犯洩密罪，責任肯定會歸屬到艾拉多公爵頭上。況且以他們的狀況來說，就算放出魔格斯也不見得能打贏伊弗利特。他們判斷如果只要護著愛蓮逃走便用不著放出魔格斯，所以才會打肉搏戰。

卡巴爾與基多等人的真正實力相當於A級，即使騎乘魔格斯也不能讓戰鬥能力加倍。也因為如此，艾拉多公爵才會選擇他們作為愛蓮的護衛。

就像這樣，操縱者的戰鬥能力各有千秋，有的人本身體能不佳，在操騎狀態下卻能所向披靡。而說到這種「魔導操騎」的戰鬥能力，最低也相當於特A級。現在有約莫三百騎的這種機體，組成戰隊與敵人對峙。

「原來我們國內有那麼多魔格斯啊。」

「就是一架架慢慢製作嘍。」

薩里昂的十三王室平時明爭暗鬥，這回似乎總算齊心協力，毫無保留地投入了所有戰力。

只不過他們如果到了這個節骨眼還在互相仇視，艾爾梅西亞是真的打算棄他們於不顧。沒發生那種狀況算是不幸中的大幸。

這事姑且不提，艾爾梅西亞與希爾維婭繼續對談。

「不過利姆那邊魔偶開發也有進展，可能不用多久我們就會失去優勢。」

「就算真的變成那樣，妳也打算向他提共同開發吧？」

「算是吧。利姆很懂常識，而且我們在不想讓可怕戰力外流這點上有共識，所以應該會限制數量後做分配吧。」

平常明明走祕密主義，現在談這些內容卻口無遮攔得令人吃驚。

就連在一旁偷聽的重要官員們都滿臉驚訝，不過她們倆其實是在逃避現實。

此時此刻，又有一名魔法士團的王牌被擊墜了。換算為存在值應該有超過五十萬，這樣一位王牌級騎士對上傑西爾卻連一點時間都爭取不到。

再說除了傑西爾以外，敵軍還有其他值得一提的勇將。

札拉利歐自不待言。

他的部下達利斯與妮絲，也立下了輝煌的戰果。

作為妖死族（Death Man）獲得肉體的他們，以絕對強大的力量搗毀魔法士團。

「損失慘重呢。」

艾爾梅西亞忍不住要抱怨，不過這並非她的真心話。

比起金錢，國家命脈得以存續更重要。他們必須盡力撐持到援軍抵達，而以現況來說就連這都難以達成。她只是計算過這些之後，不禁想抱怨一句罷了。

「看來還是只能我們自己想辦法了。」

希爾維婭帶著死心的表情說道。

事實上，薩里昂全境當中戰力上的最強存在，就是希爾維婭與艾爾梅西亞這對母女。她們之所以像這樣按兵不動，是因為被長老級重臣們請回來。

「萬萬不可，陛下！希爾維婭大人也是，切勿糟蹋自己的性命。」

「說得對。若是有勝算還另當別論，但這次對手太過強大。我們絕不同意。」

連大長老們都出面阻止兩人上戰場。

他們這麼做是擔心兩人的安危。

只有少數幾人知道希爾維婭在當艾爾梅西亞的替身。就連十三王室的王族都不知情。

可是兩人這次卻同時現身，造成現場混亂不堪。最起碼兩人的強大實力遠非操縱「魔導操騎」的魔法士團所能比擬，所以才能暫時重整戰線。

魔法士團已經全體出動，竭盡全力爭取時間。他們那麼做，正是為了讓希爾維婭、艾爾梅西亞以及其他重要人物逃走。

現在兩人要是重返戰場，戰士們的努力就白費了。

但是，問題是——

「講白了，我不喜歡就只有我們逃走。」

「贊成媽媽的意見。我也拚一下好了，不然晚點利姆可能會笑我。」

兩人早已做好必死決心。

「陛下！」

一名長老拚了命苦諫。

遙遠往昔，正是這位大臣將拉普拉斯——薩里昂送上戰場。

從那時候起，他一直為此後悔不已。發誓絕不重蹈覆轍，所以這次格外拚命，就是為了靠他們親手保護由衷敬愛的艾爾梅西亞她們。

然而，艾爾梅西亞卻換上為政者的神情反問：

「朕為何人？」

她都這麼問了，長老不能不回答。

「您是天帝陛下。」

「朕要前進，豈有人能阻擋？」

淨挑這種時候濫用權力，太卑鄙——大臣在心中流淚。但他也明白這正是艾爾梅西亞的生命態度，所以事已至此，他也無力阻止。

「沒人有這樣的膽子。」

他只能如此回答，低頭領命。

既然大臣——當今的大長老都同意了，其他人更是無能為力。

十三王室的眾家主，也必須完成身為王的責任與義務。

作為天帝的最高部下，他們肩負銜命引導民眾的職責。

「陛、陛下——」

「艾拉多小弟弟，愛蓮小妹妹那邊利姆應該會保護她，你就保護大家吧。」

「請准許我……准許我陪伴陛下！」

「嗯～你來可能會礙事喔。艾拉多小弟弟是魔法士團的團長之一沒錯，但去了大概還是送死吧。」

提出這番反駁的不是艾爾梅西亞，是希爾維婭。

艾拉多是初次見到這位大人——他自己是如此認為，不過他對希爾維婭而言是敬愛的夫君的弟弟。

她在假扮艾爾梅西亞的時候，已經見過艾拉多好幾次。

正因為如此，她才會如此冷淡地拒絕。

聽了此言，艾爾梅西亞的祖母兼艾拉多的母親艾莉絲・格利姆瓦多頷首。

她基於十三王室之首的立場，對大公爵艾拉多下令：

「謹慎發言，艾拉多。其他諸王也聽好了。」

平時穩重端莊的她，此時以威嚴端肅的聲音宣告：

「諸位不可任性強求，應當遵從陛下的心意。」

話中帶有不容爭辯的壓力。

語氣嚴肅到其他諸王無論懷著何種心思，表面上都只能點頭。

「可、可是母親大人——」

艾拉多還想爭辯，但被艾莉絲瞪了一眼，只得住嘴。

他是第一次看到母親真正動怒的表情。

諸王之一勸戒艾拉多：

「若不是艾莉絲大人阻止，閣下早已被拘禁了。」

隨後，早已將王位讓給自家兒子的王族各長者，也拍拍艾拉多的肩膀好言相勸。

「放棄吧。自從你老哥薩里昂那混帳離去之後，希爾維婭就隱居去了。你不知道她有多可怕也怪不得，但我告訴你，那可是比陛下還嚇人咧。」

「就是說呀，我們大家一起上都打不贏她。勸你還是聽話，溜之大吉比較好喔。」

絕口不說他死了，在薩里昂已經成為一項潛規則。沒有人想觸怒希爾維婭，使得這種說法自然而然約定成俗。

而他們每一個人，都對自己的無能為力悲嘆不已。

心想：難道又要依賴她們，就我們幾個苟延殘喘嗎？

可是如果這是天帝的心願，為人臣子只能從命。

年紀尚輕的諸王，看到長老們的這種反應也領悟到了。

也就是說，再反抗也沒用。

同時他們也大為驚訝，得知薩里昂竟是如此地上下一心。

平常看起來關係惡劣的父母輩以及祖父母輩，此時竟能如此和諧對話。他們是第一次看到長輩們的這種模樣，可是看起來極其自然，感覺不到半點虛偽。

所有人看到這幕光景都恍然大悟，知道是希爾維婭以及艾爾梅西亞的領袖魅力凝聚了向心力。

希爾維婭能夠將天候系最高階的究極技能「雷霆之王因陀羅」運用自如，是舞弄金剛杵（Vajra）的使槍好手。

她的女兒艾爾梅西亞・阿爾・隆・薩里昂除了貴為魔導王朝薩里昂的天帝，還有另一個面貌。彷彿在希爾維婭之外另闢蹊徑，她已覺醒獲得天候系最高階的究極技能「風天之王伐由」，而且也是個能夠自由自在耍弄神話級環刃（Chakram）斬殺敵人的戰鬥天才。

而艾爾梅西亞的實力雖不如希爾維婭，但水準相差無幾。

她們再次違背眾人的心願，返回戰場。

而這麼做，最終將開拓一條活路。

俗話說「天助自助者」。她們勇敢的行動，延續了迎向未來的希望。

*

紅丸、蒼影、雷昂、卡嘉麗與蒂亞這五人抵達薩里昂時，希爾維婭她們已重返戰場一段時間。

顯示在「管制室」影像上的她們，已是第二次出擊後的模樣。因此早就顯得疲勞困頓不堪。

傷患似乎都在巨大神樹的葉片上接受治療。

為了保護他們，希爾維婭對付傑西爾，艾爾梅西亞則是對付札拉利歐。因為神樹具有的防衛機制發揮功效，目前眾人才能保住性命。

「不愧是利姆，本來以為沒希望了，沒想到還真的派援軍過來……」

艾爾梅西亞感動萬分地迎接紅丸等人。

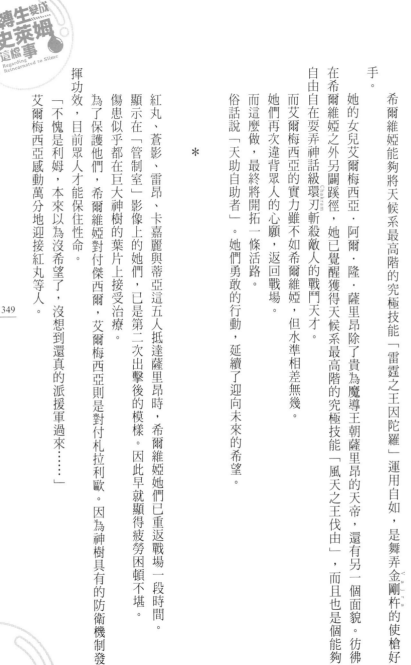

「利姆路大人向來說到做到。」

紅丸笑著點點頭，接著雙眼緊盯札拉利歐與傑西爾等人。

雷昂像要代替艾爾梅西亞上場般，飛到札拉利歐面前。握在手裡的聖焰細劍（Flame Pillar）輝煌耀眼，散發強烈存在感。

而不知不覺間，蒼影已悄悄靠近札拉利歐的背後。

此時眾人皆飄浮於神樹周圍上演空中纏鬥，就連蒼影也理所當然似的飄在空中。

雖然形成二對一，但從戰力差距來想的話雷昂與蒼影這對組合居於劣勢。不過蒼影從不執著於光明正大的戰術，毫不猶豫就準備好隨時偷襲對手。

再來，說到傑西爾。

「饒不了你。」

如此說道的卡嘉麗，飄浮於希爾維婭的身邊。到了她們這種等級，在空中一樣能做出與地面無異的立足處。

啊，她不像其他人要跟我換手啊——希爾維婭雖如此心想，她其實還能再撐一下，決定想成對方願意來助陣就不錯了。

「太囂張了……」

傑西爾咬牙切齒地說，蒂亞也帶著挑釁意味瞪他。

形勢是三人包圍一人，戰端即將開啟。

紅丸俯瞰大局，掌握戰況。

只要大將傑西爾與札拉利歐缺席，魔法士團的戰力所向披靡。他們一口氣重振戰況，開始將妖魔族大軍反推回去。

（有好戲瞧了，如果能維持現況打倒傑西爾他們，勝利就是我們的了。）

紅丸知道事情不會這麼簡單，但仍面露大膽笑容逐步解讀戰況。

與札拉利歐對峙的雷昂，照樣面無表情不過心情惡劣透頂。

雷昂向來容易遭人誤會。

笨口拙舌，就連出於善意的行動有時都會成為結怨的原因。

少數能夠理解雷昂內心的人，只有他的師父希爾維婭，以及他擅自視作盟友的艾爾梅西亞。

現在居然有人敢將兩人折磨得如此悽慘，堪稱激怒雷昂的第二名行為。

附帶一提，榮獲第一名的行為不用說，當然是對克蘿耶的騷擾。

這事就先不贅述，他這次的憤怒還有其他原因。

自己遭受這些傢伙恣意支配是原因之一，這件事給希爾維婭添了麻煩也令他無法容忍。

雷昂本來想親手除掉米迦勒這個罪魁禍首，誰知卻似乎被利姆路搶先一步，導致他欠了利姆路一大筆還不清的人情債，覺得自己真是沒用。

要是不趁現在報恩，自己在他面前可能會愈加抬不起頭來。

讓他抬不起頭來的人有希爾維婭一個足矣。

不只如此，雷昂推測這次不只是希爾維婭她們的問題。

維爾薩澤的目的不明，只知道她似乎正一邊與蜜莉姆對打一邊往這裡飛來。萬一被捲入她與蜜莉姆的戰鬥餘威，此地必定是一觸即潰。

而雷昂不認為事情會就這樣結束。

從此地薩里昂北上到人類繁榮發展的西方諸國，一路上都沒有任何防禦設施。往西就是死亡沙漠，再繼續前進則是「聖墟」達瑪爾加尼亞。

然後前進方向稍微轉向西南，就會抵達雷昂的支配領域──黃金鄉埃爾德拉。

雖不知維爾薩澤作何打算，但目標必然是這幾個地區之一。

若只有維爾薩澤一人，無論她有何目的都能設法因應。然而一旦對手是暴走的蜜莉姆，不管用上任何手段都難以阻礙她。

這究竟是維爾薩澤的想法，還是菲德維的作戰……？

（不管是什麼，阻止就對了。）

雷昂決意如此。

他向來秉持迅速決斷的信念，以有罪推定為個人主義。

以這次來說，能否阻止維爾薩澤與蜜莉姆端看利姆路等人的本事，然而此地薩里昂必然是一條重要的防線。

此地如今遭受敵軍攻打就是鐵證，必須搶在蜜莉姆她們抵達之前先除掉敵將。這樣一來，之後才能夠全力應付蜜莉姆的暴走。

當然，直接硬碰硬無異於自殺行為，但應該可以改變行進方向降低災情。無論怎樣都不能讓她們前往埃爾德拉地區，更不能威脅到人類的生存圈。

（將其誘導至荒蕪大地似乎才是上策──）

雖然對達格里爾過意不去，雷昂認為只有這方法勉強可行。也因此，這個計畫絕不能遭人阻撓。

「呵，竟敢利用蜜莉姆的暴走，菲德維也真能想些卑鄙手段。」

雷昂一面對札拉利歐如此說道，一面舉起劍尖對準他。

雷昂的戰鬥風格，與擊劍技術有其相通之處。擅長以突刺為主體的華麗劍技。擊劍的起源是決鬥用劍術，不適合用在實戰——這是一些人的看法，但事實不然。因為天底下所有劍技當中，威力壓倒群雄的正是突刺。

儘管一旦招式撲空會導致姿勢不穩失去防備——風險太大而無法經常使用，不過雷昂的劍術克服了這項弱點。如同希爾維婭的槍術，他結合劍術與神速身法，能巧妙周旋閃躲對手的追擊。

此外，雷昂的權能專精速度，而且他的武器聖焰細劍屬於神話級。

拿出真本事的雷昂，無須依靠黃金圓盾。無視於防禦的最快速度，與集中一點的最強劍術互相結合，造就了雷昂閃光勇者的名聲。

再加上雷昂能藉由自身權能的究極技能「純潔之王梅塔特隆」隨心所欲地操縱「靈子」。這使得他能夠連續發動威力最強的「靈子崩壞」，沒人有辦法破解。

這就是雷昂號稱最強的原因。

論存在值，雷昂遠比不上札拉利歐。但是，如果從戰鬥能力來想……

雷昂乾淨俐落的戰鬥風格，對上札拉利歐完全管用。

武人會惺惺相惜。

札拉利歐也欣賞雷昂的能耐。

正因為如此——

「他說過要搶維爾德拉的因子，然而實際上他們在想什麼我毫不知情。現在連維爾薩澤也在擅作主張，還真希望有人來解釋給我聽呢。」

他才會如此坦率地說出心底話。

事實上，的確沒人跟札拉利歐解釋過什麼。

他只是聽從菲德維的命令，發動戰爭要攻陷薩里昂罷了。

傑西爾也是，原本明明在攻擊魯米納斯，卻被編排到這邊的作戰來。

（都做到這種地步，攻陷此地想必有其必要性，只是……）

沒有什麼工作比不知箇中原因就被使喚來使喚去更讓人提不起勁。若是要求他充當一個齒輪的基層小兵也就算了，札拉利歐覺得自己身為將帥還被這樣對待實在不愉快到了極點。

之前是因為無法抵抗米迦勒的支配，才會默默承受這種對待。但札拉利歐隨時都在觀察機會，米迦勒一消失就得到解除的契機。後來他慢慢進行分析，已經來到很快就能解除的階段。

札拉利歐沒義務解釋這麼多，於是換個話題：

「那麼，雷昂，是你要做我的對手嗎？還是說，在我背後鬼鬼祟祟的你也是，想要我同時對付你們倆嗎？」

說到這裡，札拉利歐瞥了一眼紅丸，看出他沒有要動手的跡象。大概不是輕視札拉利歐等人，而是想在戰場上適切地分配戰力吧。

其實這種判斷就等於低估了札拉利歐等人，但反正札拉利歐幹勁缺缺，懶得理這些。他無法違抗命令，只想隨便打打應付了事。

蒼影早就想到對手很可能已經發現他的存在。因為不同於傑西爾，札拉利歐整個人有種絕不輕敵的氣質。

若純比較存在值，傑西爾的威脅性較大，但真正棘手的應該是札拉利歐——這是紅丸做出的結論。

蒼影也同意他的看法。所以他才會做好準備專心輔助雷昂，並不打算勉強偷襲對手。

「既然已經穿幫，事情就簡單了。我們這邊也沒那多餘心力，希望你知道我們為了求勝將會不擇手段，做什麼都是可接受的。」

蒼影堂而皇之地聲明自己將會「耍賤招」。

雷昂也沒有異議。

因為輸掉就什麼都完了，為了達成勝利而確保萬無一失是當然的。

以雷昂為主、蒼影為輔的札拉利歐攻略戰就此開始。

＊

以傑西爾為對手，三者各自施展不同攻擊。

希爾維婭快如電光一閃，以金剛杵施展槍擊。

卡嘉麗發射遠程魔力彈。她以破壞王笏（Ruin Scepter）收放力量，精煉出幾經雕琢的塊狀魔力砸向對手。

至於蒂亞，則是站在最前方扮演牽制角色。

這是最危險的職責，但她毫無恐懼。只因體內蘊藏無名火——代替福特曼激忿填膺。

「人家看你就討厭！給我去死啦！」

「住嘴！你們這些除了成群結夥沒其他能耐的臭垃圾，少跟老夫叫囂！」

「你才是最吵的！」

蒂亞如此回嗆，把手裡的大鐮刀當成迴力鏢擲去。這是出發前一個叫黑兵衛的鬼人贈與她的武器。

這把武器散發的恐怖不詳氣息可達傳說級最高階，甚至差一點觸及神話級。蒂亞感覺得出來它比起自己那把壞掉的大鐮刀，是更為出色的武器。

對方告訴她，這把大鐮刀名叫「墜淚大鐮（Tear Scythe）」。

割取的不是性命，是眼淚——這是黑兵衛的說法。

蒂亞覺得這把武器十分適合自己。

因為她必須在這場戰役中，結束內心的傷痛。

這把「墜淚大鐮」像是本身具有意志般鎖定傑西爾。

同時蒂亞也急遽提升體能，一口氣撲向傑西爾。她欺近傑西爾的懷裡，對他飽以老拳。接著再迅速脫身，接住旋轉飛回手邊的大鐮刀。

然後就這樣立定不動，若無其事地維持保護卡嘉麗的態勢。

這是藉由獨有技「操演者」操控自身肉體才能施展的巧技。

蒂亞的獨有技「樂天家」原本只能在「接受命令時」這種模糊的特定條件下才能發動。那是因為當時的蒂亞自我意識稀薄，心神不定的關係。

然而，自從獲得克雷曼的碎片——構成其「心核」的「資訊體」——蒂亞跟著改變了。

她變強了。

代替離去的拉普拉斯以及身體被侵占的福特曼，她決意由自己來保護卡嘉麗。

…………

…………

……

就在那個瞬間，有人向蒂亞問道：

《只要妳同意，這份力量就歸妳。》

那是不在場的某人留下的「聲音」。

是某人趁蒂亞沉睡時進行分析，為了將來所需而設下的機關。

好讓蒂亞出於自我意志想得到力量時，能夠回應她的需求。

當然必須付出代價。

但是，已經有人事先支付了。

蒂亞的權能早已經過分析，判定為無害。同樣地，它也被判定為與絲毫不構成威脅的克雷曼權能進行統合並不會造成危害，於是就出於只要還是自己人，能做點強化總是沒壞處的服務精神，暗藏了這一道機關。

（要給什麼東西，人家統統都收！因為人家必須變強！）

蒂亞毫不猶豫地答應。

變化安靜而迅速地在她體內完成。

蒂亞的獨有技「樂天家」與藉由獲得的克雷曼「資訊體」重現的獨有技「操演者」經過統合，使得究極授與（Ultimate Enchant）「樂天奏者奧菲斯」於焉誕生。

這所有一切，全是出於某人（希爾）之手。

………………

……

就這樣，蒂亞憑著自我意志獲得了新生。

（嗯！知道啦，克雷曼。人家……我們得保護卡嘉麗大人才行！）

蒂亞如此發誓。

這麼做讓蒂亞湧現更多力量。就好像亡友（克雷曼）借給她力量一樣……

原本不懂得如何運用的存在值二百四十多萬，如今反而感覺不夠用。只要在每個瞬間把需要的力量加倍，即使對付水準高過自己的傑西爾也不用退縮。

傑西爾就覺得沒意思了。

「妳一個人偶，也敢不把老夫放在眼裡！」

怒不可遏的傑西爾一副煩不勝煩的態度，射出大火球。

倘若是神速的希爾維婭還另當別論，卡嘉麗或蒂亞不可能躲得開這招。這一擊連「靈魂」都能燒盡——照理來說是這樣。

豈料卡嘉麗與蒂亞的身影卻搖蕩般的消逝，接著出現在稍遠的位置。

看到這狀況就連傑西爾也驚愕萬分。

「什麼？妳們本來應該沒有這種力量……究竟做了什麼！」

這次傑西爾謹慎地射出火球，好把對手倆看個清楚。

這種機關換成札拉利歐早就一眼看穿了，就只是騙小孩的簡單把戲。原來是紅丸用「陽焰」保護了卡嘉麗她們。

畢竟對付紅丸吃過不只一次苦頭，傑希爾再怎麼糊塗，再看一遍也懂了。

「竟敢耍小聰明！」

傑西爾瞬間怒氣暴衝，氣急敗壞地連射火球狙擊卡嘉麗她們。可是這樣做只是著了紅丸的道。

紅丸並未直接對付傑西爾，卻照樣能解讀其思維與行動模式，提供卡嘉麗她們最準確的建議。

因此……

「被我抓到了吧，看槍！」

希爾維婭如此說道，一槍刺穿傑西爾。

傑西爾沒這麼容易死掉，但希爾維婭算是出了一小口惡氣。

卡嘉麗也是。

米迦勒賜予的權能——究極賦予「支配之王麥基洗德」被優樹搶去未曾奪回。取而代之地卡嘉麗重獲自由，強化了扎根於自己「靈魂」的獨有技「謀略者」，將其提升至近乎究極的權能。

只是，無論卡嘉麗如何優秀，處於非神等級還是有所極限。像希爾那樣能自由自在地改動權能才叫異常。

這種異常，卡嘉麗在夢中體驗到了。

…………

……………

……

那聲音十分清晰。

《只要妳想要，我願意賜妳力量。》

有人對著睡夢中的自己，做出這個意味不明的提議。

不用說，當然是希爾做的。

只要是在迷宮內，希爾幾乎無所不能。

與其說是夢境，其實是在卡嘉麗的潛在意識裡進行的對話。希爾在那裡向她提議締結契約。

它會將卡嘉麗的權能最佳化，條件是不能用這份力量對付利姆路。

就算萬一真的背叛，這項權能還是握在希爾手裡……可說是兼顧興趣與實利，一舉兩得的提議。若是換個角度看，甚至會覺得這提議好像都是希爾占便宜。

渴望力量的卡嘉麗同意了。

她本身誤以為是作夢，所以沒懷疑上當的可能性。即使行事小心謹慎的卡嘉麗難得糊塗，只要不和利姆路為敵就不會有任何損失。卡嘉麗個人出於各種理由並不想和利姆路為敵，所以結論是毫無問題。

…………

……

……

等到醒來時，卡嘉麗才注意到這份力量。

然後融會貫通，如今已完全成為自己的一部分。

「把福特曼還給我！」

卡嘉麗如此大叫，發動那項權能——究極授與「預言之書（Agastya）」。

宛如預知未來一般，這項權能預測出傑西爾的下一步動作。藉由這項能力，聯手攻擊招招見效，彌補了敵我的實力差距。

說到底，他們這邊可是有紅丸的判斷力、卡嘉麗的預測力、希爾維婭的行動力與蒂亞的必死決心合而為一。就算傑西爾的邪惡力量如何強大，這下也無法輕易壓倒對手。

再說，紅丸還有過與傑西爾交戰的經驗。儘管初次交手時因為力量相差太大而一時驚慌，但現在他已掌握對手的力量性質。

有所了解就不用害怕。

利姆路向來的方針是不打贏不了的仗，而紅丸也得其真傳。既然如此，紅丸來到這裡的事實，就證明己方有勝算。

想要的戰力（缺片）全數湊齊，勝利的瞬間（拼圖完成）近在眼前。

傑西爾卻懵懂無知，怒吼道：

「狂妄的東西！看來你們是忘記寡人的厲害了。」

他連發火球彈攻向卡嘉麗，自己躲在爆炸餘波後方嚷嚷。然後順勢將爆炸威力轉換為推進力，急速接近卡嘉麗。

他打算先殺掉卡嘉麗。

從弱者開始下手是戰鬥鐵則，傑西爾判斷得沒錯。但是這種思維太容易被識破，做好準備等他上鉤更是簡單。

大家心裡各自稱奇。

不會吧，從來沒打過這麼輕鬆的戰鬥——希爾維婭心想。

與之前想的一樣，可怕的果然不只利姆路一人。站在同一陣線的時候很可靠，要是變成敵人可不是鬧著玩的——這是卡嘉麗的想法。

感覺非常踏實——這是接下最危險擔子的蒂亞的感想。

由此可見紅丸的指揮能力是多麼卓越。

雖然在利姆路面前吐過苦水，他本身其實是個能帶領群眾、有擔當的男人。迪亞布羅也是這樣，利姆路不在反而會讓他們更可靠、賣力。

基於這些原因，現在紅丸的精神專一澄明。

指揮體系下的人馬與紅丸以「思念網」保持聯繫，藉由他的權能——「陽焰之王天照」的「意志統制」，使得全體人員能夠像具有統一意志般拿出最佳表現。

結果使得他們面對層次高出許多的傑西爾，竟能打得毫不遜色，這就是現實。

假如只有紅丸一人，絕無可能打贏傑西爾。紅丸與他屬於相同體系因此缺乏決定性力量，再怎麼樣施謀用計也贏不過他。

就像上次一樣，只能打到不至於落敗。

可是，這次不一樣。

有了希爾維婭這個決定性力量。

有了卡嘉麗這道安全裝置。

蒂亞的掩護也做得無可挑剔。

紅丸現在的心境，就是感覺自己所向無敵。

＊

札拉利歐用眼角餘光看看傑西爾，稍稍吃了一驚。因為如果純論力量，傑西爾應該在自己之上，現在卻被層次低於他的對手吃得死死的。

（傑西爾不是笨蛋。雖然傲慢，並不是會大意敗北的蠢人。也就是說，是那男人特別出色。）

他略瞥一眼紅丸，明白到這點。

即便紅丸不曾直接參與戰鬥，但每每在關鍵時刻做出適當輔助，無一遺漏。紅丸的力量與傑西爾體系相同，因此似乎總是能完全抵銷那些火炎攻擊。

火這種屬性，聚焦對了可以發揮超強威力，然而只要使它打偏，熱效率就會不斷下降。傑西爾的情況也是如此，是藉由以權能強化過的支配力干涉魔素，發動化為超高溫火團的火炎攻擊。但是只要把熱浪誘導開來，聚焦點溫度當然會降低。

想這麼做照理來講並不簡單，但紅丸似乎總是能夠面不改色地辦到。這讓札拉利歐真心佩服，即使是敵人也想讚賞他一番。

只是從能量總量來比較，傑西爾壓倒性為上，紅丸再厲害，若被直接擊中恐怕也承受不了。因為無論對魔素的干涉力勝出多少，倘若被對手用大到無法駕馭的能量砸來也一籌莫展。

（唔嗯，他似乎是巧妙運用身法來避免這種狀況，但傑西爾那傢伙大概就快失去耐性了吧？）

札拉利歐做如此想。

傑西爾好歹也是無人不知的魔導大帝。只要弄清楚自己置身的狀況，自然會明白必須設法解決紅丸才不會把自己逼進死胡同。

札拉利歐會這麼想也不奇怪。

（不過，打得真是漂亮。）

紅丸誘導做得著實巧妙，只有爆炸與衝擊力特別誇張。乍看之下像是壓倒了對手，形成傑西爾一時無法察覺現況的主因。

而且，每個人的聯手行動也做得不拖泥帶水。眾人各自一絲不苟地克盡自己的職責。

這一切似乎也都出於紅丸的指揮。

紅丸本身分明也是個頗有實力的戰士，卻在指揮官一職上發揮了更優越的才幹。札拉利歐暗自承認紅丸這個男人是個威脅。

「對付我的時候竟敢左顧右盼，也真是被小看了。」

神速劍戟交錯之後，雷昂淡定地撇下這句話。

看起來並不特別惱火，感覺只是說出心裡產生的念頭。

札拉利歐苦笑著回答：

「沒有，我沒那個意思。只是因為雙方技量不相上下，誰慌張就輸了。」

嘴上這麼說，札拉利歐卻游刃有餘地架開雷昂的劍。

不過，他這些話並無虛假。高等級的劍士對戰，本來就很難分出高低優劣。

對手的視線、身體的配置、氣息的方向；他們能夠從這些諸多情報，預測出劍的軌道。一旦雙方都站上這樣的擂台，勝敗就取決於如何巧妙地虛晃一招。

這麼一來，以對話進行牽制等作法也成了有效戰術，札拉利歐認為總比勉強出招傷到自己來得好。

敵人不光是雷昂一人，還有蒼影這個難纏的伏兵。他會抓準札拉利歐覺得心煩的時機出手攻擊，即使層次不如自己也大意不得。

平常說的存在值——亦即考量構成身體的要素、能量總量、各種抗性等諸般要素算出的數值，終究不過是個判斷標準。

就像現在，威力特化型的傑西爾無法完全追上速度特化的對手，適性差的時候勝敗走向會變得無法預測。

札拉利歐深知這個至理。

他不知道所謂的存在值，不過大致上看穿了敵人的強弱。話雖如此，作為戰士的長年經驗也讓他深切理解到，光憑這點去做全面判斷會栽跟頭。

所以，瞧不起對手是大錯特錯。即使同時對付雷昂與蒼影，他可從來不敢有半點輕忽。

而雷昂在這短短時間內，也看透了札拉利歐的這種特質。

（還真難對付。沒有破綻真的讓人無從下手。）

雷昂把自己的事撇到一邊，暗自心想。

假如敵人有所疏忽，還能趁機使用必殺奧義，但對付札拉利歐恐怕想都別想。無論雷昂有多擅長打帶跑戰術，施展必殺技時本身還是會露出破綻。建構戰術時想彌補這個問題，長期戰就變得不可避免。

這麼一來，各項能力不如人的一方將會居於劣勢。

對於只靠技量與對手周旋的雷昂來說，他已經預知到繼續打下去只有敗北一途。

換言之，札拉利歐的方針是對的。

雙方皆已摸透對方的心思，使得彼此的應對方式形成對比。

若要形容，就是札拉利歐平心靜氣，雷昂則是慢慢失去從容……

只不過，雷昂並不是單打獨鬥。

「鎮定點。別被敵人的話術所惑。」

蒼影迅速靠近之後從影子裡現身，湊到雷昂耳邊呢喃。接著順勢對札拉利歐發動看似有勇無謀的特攻，一刀就被砍倒。

不用說，這當然是蒼影的「分身術」。但是用這招可以發動虛實交錯的波狀攻擊，意外頗有成效。

主要與對手刀劍交鋒的是雷昂，疲勞累積到一個程度就有蒼影換手。重複這樣的作法，才能儘量戰鬥得久一點而不至於耗盡氣力。

所以對札拉利歐而言，眼下狀況其實也不太理想。

這種長時間的膠著狀態，突然產生變化。

紅丸展開行動了。

「艾爾梅西亞陛下，我有一事相求——」

艾爾梅西亞正脫離戰線恢復疲勞時，紅丸去找她商量。

札拉利歐心想「真佩服你們戰鬥中還有這閒工夫」，就隨便聽聽兩人的對話。

「什麼事？」

「那邊那些騎士……記得叫做魔法士團？短時間就好，想請陛下將他們的指揮權交給我。」

札拉利歐一口氣被這話吸引注意力，心想這人要求得真唐突。

雷昂見狀不免有些不悅。

他覺得對方沒把自己放在眼裡，但也被紅丸的提議引起了興趣。

「什麼？這可能有點困難——」

「我明白這是無理要求。然而已經接獲消息，再過不久蜜莉姆大人就會來到此地。大人表示再這樣下去此地的災害會大到無法估計，命令我設法阻止。」

「這話是利姆說的？」

「是。」

那就沒辦法了——艾爾梅西亞露出這種表情。

「正常來說啊，就算兩國關係再友好，這種要求也是絕對行不通的，不過既然利姆都這麼說了就沒辦法嘍。」

上司跟部下都半斤八兩——艾爾梅西亞一邊如此發牢騷，一邊把團長們都召集過來。

札拉利歐見狀，也暗自心想：「不是吧，這也太離譜了。」

「簡直是亂來。」

「哎，誰教他是利姆路呢？」

「這人真有如此奇葩？」

「有。老實講，我也搞不懂他這人。」

不知為何，札拉利歐竟與身為敵人的雷昂產生共鳴。

話又說回來，札拉利歐心想。

那個叫紅丸的男人，在對付傑西爾的同時還有什麼打算？

札拉利歐興味盎然地旁觀，看到團長們正在提出申訴。會有這種反應非常合理，但艾爾梅西亞怒斥一聲就讓他們都住嘴了。

她似乎是說現在正是危急存亡之秋，而紅丸也做了些動作來證明此話屬實。

空間開始播放影像。

看來是他運用自身權能，將遠方影像投影在高空中。

「那是什麼？」

「看樣子是應用海市蜃樓的原理。是紅丸擅自改良利姆路大人所開發的監視魔法『神之眼』吧。」

不知為何是蒼影解釋給他聽。

附帶一提，戰鬥還在繼續當中。雙方此時依然刀光劍影激烈交鋒，但已漸漸帶有更強烈的公事公辦色彩，彼此也像這樣有了多餘精神來對話。

真要說起來，札拉利歐的劍技屬於一刀斬殺敵人的剛強之劍。

這是因為他的宿敵蟲魔族身上包覆著外骨骼，砍太多刀會傷到劍刃。為了避免這點，他練出抓準對手破綻一刀斬向弱點部位的技巧，連帶著影響了劍法。

由於異界與基軸世界的時間流速不同，以札拉利歐的體感時間來說彷彿已經戰鬥數百億年以上的漫長時光。可是劍術技量卻已到了頂，是因為戰鬥方式變得專精於蟲魔族這一種敵人的特性。即使如此，敵人當中還是有異常厲害的戰神，所以札拉利歐才會練出超乎想像的實力水平。

因為札拉利歐無心戰鬥，雷昂他們跟他才打得起來。

一對峙的瞬間，雷昂與蒼影也已經察覺到札拉利歐的真正實力。但兩人照樣可以不慌不忙地閒談或是解釋情形，可以說膽識過人。

而糾纏了半天後顯示出來的影像，映照出利姆路等人的現況。

利姆路負責對付蜜莉姆，維爾薩澤則由金來應付。然後不知為何目前連維爾格琳也來了，提供幫助不讓周遭地區受到波及。

「沒想到連維爾格琳都來出力。不愧是利姆路，擄獲人心的才能真是教人害怕。」

「請你說是大人的品德使然。」

雷昂與蒼影各執己見，但札拉利歐沒心情聽這些。

因為他不懂蜜莉姆等人怎麼會往這邊殺來。

真要說起來，他連這是否在照計畫進行都不知道。

這是菲德維的某種企圖，抑或只是偶然？雖然也有可能是維爾薩澤獨斷專行，若是如此又猜不出她的目的。

可是萬一，這都是菲德維的計謀……

（假設是菲德維對維爾薩澤灌輸了些什麼，是有可能發生眼下狀況。若是如此，那目的是什麼？）

札拉利歐動腦思考。

蜜莉姆現在跟維爾薩澤打了起來，呈現維爾薩澤對暴走蜜莉姆四兩撥千金的形勢。只要定下其他目標，維爾薩澤就會閒下來了。

這樣一來蜜莉姆就會大肆破壞周邊事物，屆時金很有可能會出面阻止。

維爾薩澤的目的必定就在這裡。

與蜜莉姆交手的金，再厲害也不可能游刃有餘。她一定是想趁機打倒金，讓他聽命於自己。

到目前為止都很容易猜到，因此札拉利歐不認為金會乖乖現身。他當然會找幫手，而找來的是魔王利姆路也不難理解。

到目前為止都沒問題。

麻煩的在後頭。

（維爾薩澤要的擺明是金，但是那樣沒必要換地點。這樣想來，或許還是該預設菲德維的企圖也占了一部分……）

札拉利歐推測到這裡，開始感到煩悶不解。

他們為何要特地來到自己與其他人正在攻打的薩里昂？

莫非是來支援札拉利歐等人？

（不，沒這可能。菲德維這傢伙究竟在想什麼？）

札拉利歐找不到疑問的答案，開始對菲德維心生不滿。

為何不一開始就把話說清楚？

他引誘蜜莉姆來到此地想讓她做什麼？不釐清這點，連他們自己都可能遭殃。到底是該提供協助還是撤離此地，如果連這都搞不清楚會害他們無法動彈。

札拉利歐動腦思考。

假如防衛戰力只有希爾維婭與艾爾梅西亞，光靠札拉利歐等人就能輕鬆打下薩里昂。但是魔王利姆路派來援軍，可以說導致狀況陷入膠著狀態。

這麼一來，要說菲德維是因為預料到這點所以放蜜莉姆過來，以理由來說就不夠充分。因為若是那樣，當初應該先讓蜜莉姆來大鬧一場引發局勢混亂，再由札拉利歐等人開始進攻。

等到進入混戰狀態才讓蜜莉姆到達現場，可見這種狀況有其意義在。

比方說，對，因為所有人都動彈不得，所以沒人能妨礙蜜莉姆——

想到這裡，札拉利歐回頭望向背後。

眼前屹立著自悠久太古時代就聳峙於此地的神樹。

於大地生根，負責守護這顆星球免於所有天災的神樹，即使遭受傑西爾的火焰洗禮仍大度展現它健全完好的模樣。

昔日蜜莉姆與金交戰之際，也是這棵神樹保護此地不受波及。

北方有維爾薩澤在。

魔王魯米納斯支配的人類生存圈，有金與菈米莉絲守護。

魯德拉守護的納斯卡地區，在維爾格琳的協助下也平安脫險。

可是，位於災害中心地的聖域達瑪爾加尼亞，儘管因為有「天通閣」而不至於滅亡，留下的巨大災害爪痕至今仍未弭平。昔日的榮華盛景一去不復返。

但是，反過來想——

也可以說，就只造成了這點損害。

世界受到神的保護。

可以說想毀滅世界，必須跨越許多道障礙。

調停者——金，就是最大的障礙。

被人類視為最強大、最惡劣的魔王，但他遵守與維爾達納瓦的盟約，守護這世界直至今日。

另外還有幾人同樣肩負守護世界的職責。

包括另一名調停者菈米莉絲在內，金精挑細選的魔王們扮演了這個角色。

然後是與魔王對立而生的勇者們。

特別是現在，有最強勇者魯德拉轉世誕生的正幸，身邊跟隨著維爾格琳。

除了這些人之外，像「天通閣」那種受到神明出手影響的聖遺物應該也會形成阻礙。

而另一個聖遺物，正好就是這棵「神樹」。

（菲德維試圖讓維爾達納瓦大人復活的計畫，由於失去了米迦勒這個憑依體而以失敗告終。既然如此，那傢伙的下一個目的就會是……）

即使希望這世界毀滅也不奇怪──想到這裡，札拉利歐頓覺背脊發冷。

遺留在這世界上的聖遺物只有兩個，亦即「神樹」與「天通閣」。雖然還有菈米莉絲創造的迷宮，但那應該當成例外。

然後，礙事的顯眼存在已經所剩無幾。

金、利姆路、克羅諾亞、正幸、維爾格琳與維爾德拉這六人，目前有一半以上無法參戰。

金的行動被維爾薩澤困住。

利姆路正在設法阻止蜜莉姆的暴走，無暇他顧。

克羅諾亞與正幸雖有行動自由，但恐怕早已用盡力量，暫時無法動彈。

維爾格琳似乎正為了保護這顆星球而展開行動。據推測應該占用了大半力量，如今已不構成威脅。

然後說到維爾德拉，他現在待在菈米莉絲的迷宮裡。

似乎察覺到菲德維想對他下手而進入守勢，反過來也可以說被困在迷宮裡不能動。

換言之，假如菲德維的目的一如札拉利歐所料，那麼狀況正在一步步鋪排完成。

大事不妙──札拉利歐心想。

坦白講，札拉利歐完全沒有毀滅性人格。說句真心話就是菲德維要死自己去死，就算跟他是朋友，札拉利歐可沒那意思陪他毀滅世界。

真要說的話，札拉利歐認為既然朋友一場，就應該阻止他幹傻事。

（即使不知道是否猜中，最好以此為前提展開行動。）

就算結果是札拉利歐誤會了，將錯就錯怪菲德維沒解釋清楚就好。他用這種思考方式做出結論，準備轉換心態想想今後的行動方針。

這時他無意間環顧四周，看到紅丸態度坦蕩地正在指揮魔法士團。

有一套——札拉利歐感到佩服。

（周密地用計耍弄傑西爾的同時，竟然還能不忘做好準備預防即將來臨的天災。）

從這個層面來看，會覺得傑西爾反而像是小角色。

向來不喜歡傑西爾的札拉利歐，光是這樣就對紅丸有了好印象。

就這麼決定——札拉利歐做出決斷。

便對雷昂他們說道：

「我想你們也知道，我的自由正被人剝奪。雖然已奪回部分支配權才能像這樣暢所欲言，但米迦勒對我的支配並未完全消除。」

「……你想說什麼？」

「你與我有過類似遭遇，應該明白我的意思吧？」

「哼，是想叫我們幫你重獲自由嗎？」

「謝謝你反應這麼快。」

札拉利歐就用這種輕鬆的口吻，向他們做了一項提議——

＊

紅丸掌控了魔法士團。

…………

……

即使有艾爾梅西亞允許，騎士之間還是出現不滿聲浪。

當然了。

憑什麼我們得被一個外國人使喚——這種不滿反應，紅丸也能理解。

問題是，現在不是抱怨這個的時候。

艾爾梅西亞就是諒解這點，才會把指揮權出借與他，艾拉多公爵也才會不情不願地表示願意服從。

團員騎士似乎都是擁有爵位的超菁英分子，但現在無論如何都需要他們從命。這是因為一旦弄錯防禦戰術，他們將會暴露在蜜莉姆凶殘的威勢之下，瞬間潰不成軍。

（蜜莉姆大人果然不得了。聽說哥夏山脈的地形已經改變，再這樣下去此地也會步上後塵，落得毀家滅國的命運。為了避免這種事發生，我得加把勁才行。）

紅丸下定了如此決心。

利姆路給他的指令很單純，內容預測了蜜莉姆的前進路徑，並表示想設法扭轉這條路徑。

看來繼續這樣下去，蜜莉姆將會直接撞上守護薩里昂王都的「神樹」。

利姆路的講話口氣聽起來不太有自信，但紅丸深知一項事實。那就是利姆路遇到這種情況時，總是料事如神。

他說最糟的情況下需要讓所有人疏散避難，不過紅丸想先盡力試試看。

關鍵就在於魔法士團。

利姆路的說法是若能集結全體力量對蜜莉姆發動攻擊，即使只有一瞬間也好，或許可以轉移她的注意力。

而能不能打倒她什麼的似乎根本不值得討論，所以完全不用擔心會傷到她。

（其實根本也沒人在擔心這個……）

紅丸苦笑心想。

然後他繃緊神經，對著艾拉多正試著說服的騎士們高聲說道：

「聽我說！再這樣下去，史無前例的危機將會造訪此地。我的主君利姆路大人已命我阻止此事！你們或許沒有義務與我聯手，但是就先聽我的指揮吧。否則就做好心理準備，眼睜睜看著你們的家園被夷為平地！」

紅丸講這話不是想威脅他們，只是實話實說罷了。

現在不遵從利姆路的指示，薩里昂幾乎是注定滅亡。當然，就算魔法士團不願從命，紅丸自己也不打算放棄。他會盡力幫忙進行避難疏散，拯救人命，然後再去跟利姆路會合。

如今傑西爾對紅丸來說，只不過是個擋路的傢伙罷了。他判斷靠卡嘉麗、蒂亞以及希爾維婭三人就足以應付。雖然前提是要有紅丸的輔助，但可以分神處理，不會太困難。

基於以上原因，紅丸個人很想開始著手防範迫在眉睫的威脅。

總而言之，再來就等回應了。

由於必須依據魔法士團的回覆決定今後的方針，紅丸為了迅速傳達現場狀況，用自己的權能將影像投影至半空中。

如同蒼影向札拉利歐解釋的那樣，這是用紅丸的權能「陽焰之王天照」重現遠方影像。它是紅丸參考海市蜃樓研發的技術，在室外能派上極大用場。

用這招公開轉播蜜莉姆等人的狀況，必然能夠大幅增強說服力。紅丸本來只是抱著這種心態，沒想到看到的景象超乎想像地駭人。

蜜莉姆不過是咆哮一聲，便將山川破壞殆盡。

河川燒乾，山巒震碎。

利姆路拚命想安撫她，但毫無效果。看來他只能與維爾格琳互相協助，盡可能擋下蜜莉姆的攻擊以減少災情。

（——不，不對。是利姆路大人引開了蜜莉姆大人的注意力，才能將災情控制在那點程度……）

眼下狀況是利姆路讓蜜莉姆把注意力全放在他身上，再由維爾格琳擋下攻擊的餘威。利姆路必須死命應戰也是理所當然。

這樣聽起來會以為利姆路有辦法誘導蜜莉姆，然而這恐怕是不可能的。打個比方，蜜莉姆的攻擊就像是湍流，只能承受擋開，不可能改變流向。

（或者大人只是不想讓我們擔心，其實另有原因？）

不管怎樣，紅丸都只能完成他的任務。

（說是能轉移她的注意力一瞬間也好，這樣或許就能改變前進方向對吧？我會辦到的。）

紅丸做個大大的深呼吸。

若是失敗，後果不堪設想，最慘可能導致世界滅亡。

即使賭注下得實在太大，但這是唯一的勝算所以只能看開，像平常一樣選擇相信利姆路就是了。

紅丸心甘情願，不過魔法士團可沒這麼樂觀。

被迫目睹到那種「景象」，還要他們保持鎮定才叫強人所難。

在這當中，眾人的視線紛紛望向毫不退縮的紅丸。

眼看魔法士團變得鴉雀無聲，艾爾梅西亞開口：

「再說一遍，我要把魔法士團的指揮權交給紅丸先生。有人反對嗎？」

艾爾梅西亞施加壓力如此問道，無人表示反對。

（唉，可想而知啦。倒不至於有人笨到看見那種場面還要抱怨……）

艾爾梅西亞只要拿出威嚴一聲令下，眾將士都會賭命聽從紅丸指揮。但是那樣也許會有人不了解自己肩負的使命，懷著怨氣不情願地賣力。

紅丸似乎沒想到那麼多，事情就這麼以最理想的狀態塵埃落定了。

…………

…………

……

就像在趕時間似的，紅丸接二連三下達指令。

對方可是外國的騎士團，命令卻下得豪邁爽直，沒在跟他們客氣。

似乎有很多人反而覺得紅丸這樣很可靠，他的評價就在這種不經意的舉動下一路攀升。

就這樣，備戰工作按部就班地進行。

●

靠近薩里昂，能看到一棵巨大的樹木。

照理來講還有一段距離，卻已能用肉眼看得一清二楚。光是這樣就讓人理解到「神樹」有多高大。

但是，我得說一句。

管它有多拔地參天，暴露在蜜莉姆凶殘的威勢下照樣不堪一擊。蜜莉姆的力量就是如此所向無敵，我對這點毫無疑問。

來到這裡的一路上，已經見識這點見識到煩了。

這顆星球之所以還沒完蛋，多虧維爾格琳小姐主動表示願意幫忙。

她擔心再這樣下去星球會發生大動亂，所以特地來這一趟。

倘若世界崩壞，維爾格琳小姐也會很困擾，所以其實也不用這麼感恩戴德，但就算世界完蛋她也能用次元跳躍逃走。我就心懷感激地接受幫助了。

她似乎在正幸身邊留了「別體」，在這裡的她只有七成力量。已經幫我夠大的忙，實在有夠可靠。

所以也就忍不住起了依賴心。

「冒昧問一下，您能不能乾脆順手保護神樹，免得它受傷害啊？」

我不抱希望地問問看維爾格琳小姐。

可惜結果不出所料。

「你還是一樣笨呢。蜜莉姆都還沒拿出真本事，我卻已經在全力維持『星護結界』了耶？光是目前這樣就夠慘了，別忘記蜜莉姆還能操縱『星粒子』。這世界上可沒有哪種『結界』能正面抵擋得了龍星爆焰霸。」

惹來維爾格琳小姐的一頓冷眼，好像她真的很拿我沒轍。

我一面心想早知道就別問廢話，一面又被美女斜瞪的破壞力搞得心裡小鹿亂撞。

「可是我想說，龍星爆焰霸不是也被反射過——」

「那是因為蜜莉姆有手下留情。我看星粒子應該不能反射，期待只會受傷害啦。」

噢，原來是這樣啊……

與其說是手下留情，蜜莉姆大概是控制了下手輕重吧。也是啦，隨手消滅敵軍的同時也有可能順便把星球打爆，當然不能使出全力。

可是，蜜莉姆現在陷入暴走狀態。

期待她會手下留情就太傻了。

這麼一來，只能趕在認真起來的蜜莉姆拿龍星爆焰霸轟人之前，先設法解除對蜜莉姆的命令。

那麼，回到該怎麼執行的問題上。

希爾大師擬定的作戰，是盡可能召集大量戰力展開波狀攻擊，引開蜜莉姆的注意。我則趁機中和菲德維的權能，解除命令。

事實上，菲德維的權能是控制了蜜莉姆沒錯，但不夠徹底。而且希爾大師滿懷自信地打包票，說我一定能解除支配。

正確來說也不是我，是用希爾大師的力量來解除……不過它說為了辦到這點，必須先分散蜜莉姆的注意力。所以這事靠我一個人的力量做不來。

既然這樣為何不請維爾格琳小姐先應付蜜莉姆，我再趁機解除命令——但結論好像是這樣做可能導致攻擊餘威嚴重破壞地表環境。維爾格琳小姐都沒等我拜託就自己過來了，所以我聽了也覺得有道理。

如果可以，我也想充當攻擊目標巧妙地應付她，以儘量減少災害。問題是做不到，只能說是個難以預測災害規模，有勇無謀到極點的作戰計畫。

而且成功率還不怎麼高——

《好消息。發現可能提升成功機率的要素了。》

哦？

我討厭噩耗，但愛死好消息了。

《在目的地附近，已發現魔王雷昂與敵將札拉利歐的蹤影。兩人來得正是時候，我想請求兩人提供協助。可否請主人准許？》

當然好啊，可是他們會幫忙嗎？

雷昂或許還好，可是札拉利歐好像是菲德維的盟友……

《沒有問題。他「一定」會提供幫助。》

不知希爾大師哪來的自信，但這種時候交給它就對了。我放棄思考，給了准許。

隨後沒過多久，就得知了這麼做的結果。

札拉利歐的提議是請雷昂與蒼影全力攻擊他，藉此對自身造成負擔。他想趁全力行使權能的期間，檢驗看看菲德維施加的「天使長支配（Ultimate Dominion）」是以何種方式起作用。

雷昂照理來講也受過支配，目前似乎已獲得解放。儘管不知道再次使用權能會產生什麼後果，也因為如此，他覺得做一番驗證或許能得到脫離目前狀況的契機。

雷昂也接受了這項提議。

令人羨慕的是，雷昂表示魔王利姆路已替他親手封住據說包含在天使系技能中的「支配迴路」。

遺憾的是札拉利歐的驗證沒派上用場，但是增加負擔這招值得一試。他們如此判斷，打算直接付諸實行。

就在這時——

他們聽見了不可思議的聲音。

《兩位的說法我都聽見了。只要兩位想要，我願改造天使系權能，讓您不再受任何人影響。》

忽然來了個真面目成謎的人給出這項提議，而且仔細想想簡直鬼扯。
這麼可疑的提議，誰敢點頭答應？
雷昂與札拉利歐不禁面面相覷。
怎麼辦——兩人互以視線詢問對方，得知眼前狀況不是對方搞的鬼。
兩人盤算該如何下決定。
雷昂已經發現這是利姆路所為。
究竟用的是什麼手段，其實沒必要特別思考。
（如果是那傢伙就算做出這種事也不奇怪。既然如此，就交給他試試或許也挺有意思的。）
雷昂如此做出決斷。
真要說起來，利姆路連被組進他人權能中的「支配迴路」啥的都能輕易改動，還有什麼是他辦不到的？連隱瞞的意思都沒有，就像在昭告天下自己的力量有多荒唐。
不只是雷昂，其他魔王也大多持相同見解，認定「利姆路就是荒唐」。
要是問利姆路，他會說這誤會可大了，但放任希爾為所欲為就是同罪，沒資格抱怨。
至於札拉利歐則是困惑至極。
他表面上佯裝冷靜，保住沙場老將的面子。內心卻不平穩。
（是怎麼做到的？它怎麼有辦法直接對我的內心說話！）
札拉利歐從未有過心靈對話的體驗。
雷昂選擇直接忽視，而個性一板一眼的札拉利歐從這裡就開始在意了。
假如這是雷昂所為，他覺得是雷昂直接把思念傳來。而且利姆路人不在這裡。這以札拉利歐的經驗與常識而言是不可能有的現象。

不只如此。

為了預防任何種類的精神攻擊，札拉利歐當然已設下心理防壁。況且他本身是精神生命體，心核的防禦堅如鐵壁。

更不要說與本人心願擁有密切關聯的究極技能竟然能讓他人做更動，用常識來想是不該有的事。

（不懂什麼意思。更大的問題是，這是有可能辦到的嗎？）

怎麼想都不可能，但那聲音聽起來似乎無意撒謊騙人。

札拉利歐為了重獲自由，已做好不顧自身危險的心理準備。

可是這聲音卻提出這個無法理解的提議，好像事情再簡單不過。

簡單到讓他忍不住笑出來——

『代價是什麼？假設我接受提議，對你有何好處？』

——札拉利歐會這樣反問也無可厚非。

那聲音回答：

《想請兩位幫個忙。很簡單，聽我指示全力攻擊就行了。》

——就這樣。

這回答不能再更可疑了。

聽起來彷彿對札拉利歐毫無壞處，因此也就顯得更加可疑。

但是同時聽了又覺得很爽快，真不可思議。

『好吧，我就接受這個提議。』

札拉利歐也答應了。

有了這句話，契約就此成立。

《確認對方已應允——接著執行「能力改變（Alteration）」。》

變化在瞬時之間戲劇化地來臨。

再來就是謎之聲——希爾的個人舞台。

雷昂的權能——究極技能「純潔之王梅塔特隆」被改造成為性能更加強大的究極技能「光輝之王蘇利耶」。

札拉利歐的究極技能「審判之王伊斯拉菲爾」由希爾親手更改為究極技能「審罰之王墨提斯」。

●

希爾大師告知我，已經順利湊齊人馬。

似乎是讓雷昂與札拉利歐同意協助了。

真搞不懂。

雷昂還能理解，但札拉利歐不是敵人嗎？

到底是怎麼樣才能取得同意？

《小事一樁。我進行過「解析鑑定」的「正義之王米迦勒」具有能夠對天使系技能進行絕對支配的「天使長支配」，所以就拿來一用了。》

對，是有這麼個犯規招數。

被敵人用這招對付會很火，沒想到讓自己人來用會這麼強大可靠……

應該說太強大，感覺白緊張了。

希爾大師說它透過權能對雷昂與札拉利歐做出干涉，談妥條件。然後還抓準機會更動兩人的權能，能把興趣發展到這種地步或許該誇它厲害。

《呵呵呵，謝謝誇獎♪》

不是，都還沒開始誇你耶？

應該說根本很傻眼，但看希爾大師這麼開心，我決定保持沉默。

不說這些了。

總之戰力增加算是意想不到的收穫。

雷昂與札拉利歐先維持現況。他們表示會一面假裝繼續對打，一面等待希爾大師的指示。

我也沒閒著，聯絡各單位以備重大時刻來臨。

與紅丸保持密切聯繫，留意細節以防發生任何一點誤差。

紅丸似乎同時還得負責協助別人對抗傑西爾，但他說那邊不用擔心。聽說不只希爾維婭小姐，就連卡嘉麗與蒂亞也來並肩作戰，把傑西爾這般強者打得節節敗退。

之所以能有現在的狀況，似乎是與傑西爾屬於相同體系的紅丸指示眾人作戰，針對他的弱點下手的關係。

若是紅丸單打獨鬥八成贏不了，讓我深深體會到適性的重要性。

紅丸那邊交給他準沒錯，所以其他部分也可以關心一下。

我也跟蒼影解釋狀況，要他時刻到來時協助雷昂與札拉利歐。

與艾爾的「思念網」也連上了，於是解釋一下我這邊的狀況。還有也說明了作戰綱要，請她代為轉達魔法士團。

雖然有紅丸指揮應該就夠了，但多這一道措施更安心。

附帶一提，我是第一次看到魔法士團，嚇了好大一跳。因為它們讓我聯想到動畫裡登場的那種鎧甲型機器人。

即便實際上好像不是另外操縱而是穿起特大鎧甲，與它共享感覺，不過將近五公尺的龐然大物，在我看來就是機器人無誤。

關於這玩意兒，打算等恢復和平之後再徵求許可進行研究。

現在多了這麼一件好玩的事，這次的作戰只准成功不許失敗。

因為萬一搞砸，薩里昂就會化為灰燼。

我再度繃緊神經，繼續觀察蜜莉姆的行動。

她還是一樣渾身散發驚天動地的霸氣，毫無半點倦色。

她現在的力量就已深不可測，然而真正讓我害怕的一點是，感覺她的氣息還在一點一點慢慢膨脹。

蜜莉姆這傢伙，在這種狀況下竟然還繼續成長。

不，更正確來說，是壓抑已久的力量獲得解放。

雖然換算成存在值也沒意義，但肯定在我打倒的米迦勒之上。

要正面迎戰那麼可怕的存在，光想就渾身發冷。

可是，非做不可。

決戰時刻就快到了。

為了遇到任何問題都能迎刃而解，我事先設想各種狀況，一個個想出對策。

札拉利歐難掩困惑之色。

從體感來說他知道自己出現了什麼變化，問題是沒有實際感受。

只覺得好像聽到那聲音說：「接著執行『能力改變』。」緊接著，就感覺到束縛心核的鎖鏈碎裂。

儘管那只不過是札拉利歐的心靈影像，他確實感覺到了。

菲德維繼承「正義之王米迦勒」的權能，導致札拉利歐依舊受到支配。可是現在，才一眨眼的工夫就獲得解放。

好不容易獲得的究極技能「審判之王伊斯拉菲爾」也是，與其繼續被支配倒不如丟掉爽快。他本來是這麼想的，不知為何權能卻保留下來，而且好像還變得更好用了。

究極技能「審判之王伊斯拉菲爾」的性能就像是「誓約之王烏列爾」的低階版。雖然也彌補了一些不足之處，權能的方向性很類似。

說得明白點，就是加強空間管理能力的權能。在權能影響所及範圍內，使用者能夠管理所有物質或波長的流向。

只有「資訊體」或「星粒子」等特殊例子不在此限。

換言之，就連雷昂擅長的靈子攻擊——「靈子崩壞」對札拉利歐也沒用。

當然，如果能量總量同等就會管用，但兩人的層次差太多。札拉利歐只要拿出真本事，要反射「雷昂的靈子崩壞」都不是問題。

只不過這次的戰事當中，雷昂完全沒使出他的必殺技。這是因為他對權能產生了疑心，猶豫著不敢使用。

所以一直沒它表現的機會，而這對雙方來說都是一件幸運的事。

現在札拉利歐的權能，在希爾的更動下脫胎換骨。

變成究極技能「審罰之王墨提斯」——能夠恣意操縱對象空間內的所有物質或波長，可說是連究極技能「誓約之王烏列爾」都相形見絀的逆天權能（技能）。

儘管無法操縱「資訊體」或「星粒子」，依然是堪稱戰鬥特化的最強權能之一。

札拉利歐以直覺理解這點。

（真不敢相信，為什麼？我是接受了提議沒錯，但可沒說要加入你們啊……應該說，不不，還有比這更大的問題存在。）

札拉利歐有所自覺，知道自己腦袋有點混亂。

這怪不得他。

究極技能一般來說，是極難獲得的力量。就像體感時間活了數百億年以上的札拉利歐，也是費盡千辛萬苦才自力獲得。

他早就知道有這種力量，也覺得自己不需要。所以或許他以前只是沒能獲得，然而就算是這樣，未免也太……

（事實就是這絕非能夠簡單獲得的能力。可是那聲音卻能這樣說更動就更動？這是有可能的嗎！應該說，能辦到這種事的就只有──）

想到這裡，札拉利歐產生一陣寒意。

究極技能是創造主維爾達納瓦創造的世界管理系統。即使管理者權限可以作為替代，如果擁有更加強便利性的權能，想行使天神般的力量都不是難事。

視條件而定，就連死者復活也絕非不可能。

（這種連世界法則都能輕易破壞的權能──能夠說改就改嗎？）

札拉利歐打了個哆嗦。

仔細想想，事情從頭到尾都不對勁。

「究竟是什麼人能做出這種──」

聽到札拉利歐不禁喃喃自語，雷昂回答：

「是利姆路做的。」

「利姆路？你說這是魔王利姆路幹的好事？」

「對。不用想得那麼複雜，當作本來就是這樣就好。」
胡扯什麼——札拉利歐心想。
可是，看到雷昂目光飄遠，讓他不幸得知背後必有一堆不可告人之事。
「你們兩個，對利姆路大人太冒犯了。」
蒼影不高興地說。
他似乎是認為主子被人瞧不起而動怒，但札拉利歐很想說「給我等一下」。
「是你的主子太跳脫常識了！」
「說得對。」
札拉利歐忍不住反駁，雷昂也點頭贊同。
兩人在這種意外的地方一拍即合，使得雙方有點尷尬。
「確認過效果了嗎？」
札拉利歐想換個話題，向雷昂問道。
「別小看我，憑感覺就理解了。」
雷昂回答了這個問題。
事實上，雷昂已經把「光輝之王蘇利耶」融會貫通。
彷彿它從一開始就是自己的力量，自然而然就納為己用了。
憑雷昂現在的力量，可以毫無困難地干涉「靈子」。
事實上，假如單純拿技量做比較，雷昂甚至在札拉利歐之上。
札拉利歐雖也是個身經百戰的武將，但敵人全是一成不變的蟲魔族，與鍛鍊武藝的概念無緣。這點也適用於歐貝拉，他們總是在對付相同的對手，導致自己的技術已配合敵人修正為最佳狀態。自從愛刀達到神話級後，就連敵人的外骨骼都能輕鬆割開，也失去鍛鍊技量的機會。

就這點而論，儘管走過的人生遠比對方短，雷昂是對付過無數敵人的「勇者」。倘若單純比較經驗層面，即使比札拉利歐豐富也不奇怪。

所以即便札拉利歐有手下留情，也是因為如此，雷昂才能夠不用權能就與層次壓過自己的對手打成平手。

所以雷昂——

「我看你一直沒在使用權能，沒問題嗎？」

對於札拉利歐的這句詢問，才能夠瀟灑地笑答：

「沒問題。我現在可以毫不客氣地跟你對打了，你看呢？」

看到雷昂的態度就像在說「我可以拿你來證明」，札拉利歐也只能苦笑。

「之後再好好陪你過招吧。」

用這句話搪塞掉之後，札拉利歐把注意力轉向已進入視線範圍的蜜莉姆。

●

我環顧遠方等待開戰的同伴們，確定所有人都已做好準備。

不愧是紅丸，陣勢布置得無可挑剔。

這樣想必能夠不浪費一點力量，對蜜莉姆展開波狀攻擊。

我也看到蒼影。

他佇立於空中靜止不動——應該說是飄浮在半空中，不過還是一樣有種性感魅力。

戰鬥中不需要這種魅力，但本人也不是故意的，大概沒辦法收放自如吧。

不說這個了，蒼影兩旁有雷昂與札拉利歐在。兩人看起來意氣相投，看來真如希爾大師所說，已經說動兩人幫忙。

這個狀況與其說是札拉利歐背叛，恐怕得怪菲德維人緣太差吧。

不過這次反而還得感謝這點，沒什麼好抱怨的。

至於事情結束後的狀況，先當成重要問題記在心裡就好。

好吧，這事到時候就都丟給蒼影處理，現在嘛……

『紅丸，最後再確認一遍，你那邊都搞定了吧？』

『萬無一失。已請雷昂先生與札拉利歐先生都聽我指揮，沒有任何需要擔心的部分。』

聽到他充滿自信的回答，我十分滿意。

勝負只在一瞬間。

蜜莉姆正以快過音速數十倍的速度接近此地，所以第一步出錯就全完了。

她發射龍星爆焰霸之前所需的時間，肯定比眨眼睛更短。

急速停止調整姿勢，然後就是開砲。

我們這些旁觀者的體感時間大概會很漫長，但實際上我想也就三秒。

對正在飛行的蜜莉姆發動攻擊是打不中的，因此只能抓準那一瞬間。大家反覆進行連續攻擊同時誘導蜜莉姆的行動，我則趁機發動「虛空之神阿撒托斯」，去除菲德維對蜜莉姆施加的干涉思念——「王權發動」。

雷昂與札拉利歐他們也會全力攻擊提供支援，成功率應該又高了一點。

畢竟我們這邊可是先由魔法士團展開波狀攻擊，接著又換紅丸、蒼影、雷昂與札拉利歐這四人施展最強奧義。蜜莉姆再厲害也應該會停止片刻，多少防禦一下吧。

以上就是作戰綱要。

然後，當機立斷的瞬間來臨了。

蜜莉姆準備出手攻擊神樹，在空中停下來。

魔法士團的攻擊開始了。

彷彿一場精采的表演，光束砲以整齊劃一的動作射出。

若是平常會看到入迷，但現在不是欣賞的時候。

我看出那每一道光線，都是相當於核擊魔法「熱收縮砲」的高威力熱線。竟然有機甲兵器能連續發射那種熱線，艾爾也真是偷藏了超強的祕密武器。

好吧，這個以後再跟她慢慢聊。

該說果不其然嗎？對蜜莉姆都不管用呢。

在紅丸正確無比的指揮下，光線全集中在一點上。焦點溫度似乎已經超過一億度，變成相當嚇人的狀態，但對蜜莉姆沒用。

因為她直接忽視，連防禦姿勢都沒擺呢。

雖然看起來很華麗，可是這場攻擊真的有意義嗎？

《成功分散蜜莉姆的注意力，爭取到些微時間。》

是、是喔……

即使幾乎沒啥意義，至少有達成原本的目的。

啊，蜜莉姆向前筆直伸出雙手了。

看起來注意力完全沒有渙散，照這樣子我不管發動什麼都不會生效。

這下只能靠紅丸他們的攻擊了。

第一個出手的是蒼影。

「千手影殺。」

蒼影的影子伸長出去，化為千條手臂捕拿蜜莉姆。

但是，很抱歉。

儘管蒼影已經全力發動權能——究極贈與「月影之王月詠」，卻一瞬間都阻止不了蜜莉姆的動作。

更別說「一擊必殺」當然不可能管用。雖然是早就料到的事，很遺憾地連她的半點注意都沒引起就結束了——我是這麼以為的，然而蒼影沒這麼容易放棄。

萬萬沒想到，他竟然自己衝過去從背後架住蜜莉姆。

《請放心，那是蒼影的「別體」。》

噢，是這麼回事啊。

原來還有這麼方便的用途，害我都佩服起來了。

就這樣，蒼影雖沒達成目的攔住蜜莉姆，最起碼成功妨礙了她的動作一下下。

然後，像是直接把蒼影蓋過，究極的破壞之光張牙舞爪。

「化作塵埃消失吧，百裂碎光靈霸（Hundred Breaker）！」

這是雷昂的必殺奧義。

每一道光輝都龐大到能把人吞沒，而且是能依照雷昂心意變化軌道的「靈子崩壞」，我想不出比這更強的招式了。

不用說也知道，蒼影的「別體」瞬間變為塵埃。

但是，很抱歉。

蜜莉姆沒反應。

自從進入龍星爆焰霸的發動態勢那一瞬間起，就出現了一層隱形障壁（Invisible Barrier）裹住蜜莉姆。它纏繞著「星粒子」的光彩，就連靈子攻擊都抵擋個一乾二淨。

可以肯定絕對比「誓約之王烏列爾」的「絕對防禦」更強大。

雷昂的奧義當時就連我都吃盡苦頭，卻沒對她造成多大效果就沒了。

不過，攻擊可不是這樣就結束。

雷昂的攻擊結果還沒揭曉，札拉利歐就先行動了。

「神霸剛斬烈閃（Insanity Hash）。」

標準質樸剛健典型的札拉利歐，似乎心甘情願接受紅丸的指示。

既然已經答應提供協助，我想他一定不會毀約。

他似乎認為即使身處敵營，服從指揮官的命令就是軍人的本分，想不到這男的即便與我們為敵卻值得信賴。

蒼影發動攻擊的同時，札拉利歐也出招了。

我不知道的是，他在對付雷昂或蒼影時從沒使出過這招。

札拉利歐那連生體異鋼的外骨骼都能一刀兩斷的剛強劍刃，隨手一揮都暗藏必殺威力。而如今，它帶著濃厚殺意往蜜莉姆砍去。

存在值估計超過二千萬可不是蓋的。

比蒼影加上雷昂的攻擊還要高密度的劍壓，化為過度正直的神速一擊。

但是，很可惜。

它只讓蜜莉姆的隱形障壁發出炫目光彩，然後就沒了。

那場面令人難以置信。

無論拿哪一招來看，應該都擁有不可輕視的威力才對。

可是，它們對蜜莉姆來說似乎都不具有太大意義——三人的同時攻擊似乎就這樣宣告失敗，然而在蜜莉姆發動龍星爆焰霸之前，還有大約一秒的時間。

然後照紅丸這個男人的能耐，有這一秒就夠了。

彷彿將紅丸的好戰天性展現得淋漓盡致，其嘴角浮現膽大包天的笑意。

『好，重頭戲來了！』

他並沒有真的說出口，但蒼影、雷昂與札拉利歐都配合展開行動。

從一開始就全都布局妥當了。

紅丸拿在手裡的「紅蓮」散放美麗的赤紅光輝。

先是足以燒毀萬物的恐怖紅光，接著又與紅丸一片烏黑的霸氣交相融合——

「陽光黑焰霸超加速激發（Prominence Acceleration）——！」

那是宛如黑色太陽的光輝。

紅蓮般火焰，點綴了無明的黑暗。

暗藏凶惡威勢的黑紅陽光，呈現東洋飛龍的外形。而它彷彿有生命一般扭動身軀襲向蜜莉姆，欲將其生吞活剝。

碰上這招就連蜜莉姆也不能無動於衷。

這是因為紅丸的陽光黑焰霸超加速激發，至少在那一瞬間寫下能量超過數千萬的紀錄。

…………

……………

……

所謂的威力，是從力量輸出與能量總量之間的關係算出的數值。

就算能量總量再怎麼龐大，輸出一弱威力就弱了。反過來說，就算輸出再怎麼強大，假如能量總量不夠也打不出高威力。

以紅丸來說，輸出方面沒話說。能量的總量也不算少，但用來對付蜜莉姆還是差得遠了。

那他是從哪裡變出具有如此超高威力的必殺技？

《——我把主人的力量借給他了。》

啥？

我這邊一點異狀都沒感覺到耶，希爾大師，你怎麼這樣擅作主張啊？

好吧，如果這樣做能救到大家是無所謂，就不能先跟我講一聲嗎……

《因為這種作法還在實驗階段，原本打算等成功之後再向主人報告。》

嗯——還是一樣過度講求完美。

對希爾大師來說或許只是做個小實驗，對我來說卻是件大事耶。

不，這種怨言還是以後再說吧。

決定先請它解釋現在發生的狀況。

希爾大師的說法如下：

我的權能——究極技能「虛空之神阿撒托斯」會無限湧出一種叫「虛無崩壞」、難以運用的能量。

希爾大師正在研究如何才能活用這種能量。

作為這種實驗的一環，它找幾名幹部商量過此事。

我心想那幹嘛不拿我本人做實驗就好，但它說——

《怎麼能讓主人遇到危險呢？太不應該了。》

一句話就否定掉了。

我是覺得假如在迷宮裡不會有危險，但希爾大師似乎還是無法同意。

真是保護過度，不過身為被保護的對象，我還是心懷感激比較好……

這事就先擱一邊，於是希爾大師找了一些和我以「靈魂迴廊」相繫的人，私底下設計並架構了輸送「虛無崩壞」能量的機制。

完全是看希爾大師發揮長才。

從原理來說似乎是「需求與供給」的應用，不過可能也只有統合了究極技能「虛空之神阿撒托斯」與「豐饒之王沙布．尼古拉特」等等的希爾大師才能完成如此祕技吧。

它說這項機制尚未完成，不過紅丸的力量瞬間爆發性上升的祕密就在此——也就是「虛無供給」。

…………

……………

……

陽光黑焰霸超加速激發纏住蜜莉姆的身軀，對她緊咬不放。

蜜莉姆覺得討厭想甩掉它，動作停了下來。

「操絲妖縛陣。」

蒼影的妖絲捆住蜜莉姆。

「百裂閉光靈籠！」

按照雷昂的意志，「靈子崩壞」的牢籠已完成。

隱形障壁如明星般燦亮，但蜜莉姆的龍星爆焰霸沒發動，這樣就爭取到夠多時間了。

附帶一提，札拉利歐似乎不具有捕縛系技能，只有放出霸氣施加壓力而已。雖然效果十足，總覺得有點虛，這話就藏在心裡吧。

回到正題，這下理想狀況就打造完成了。

我這邊也準備就緒。為了不辜負大家的努力，非得讓它成功不可。

希爾大師，拜託你了！

《不辱使命。》

即使在這種重要時刻靠技能似乎有點遜，但希爾大師與我一心同體，它努力就是我努力。

我先搬出這套理論替自己開脫，然後謹慎地專心等結果。

《——影響消除（Reset）——》

沒遇到任何障礙，一招見效。

似乎也是因為希爾大師理解「正義之王米迦勒」的權能，所以才能用重複蓋過的方式抵銷影響力。

就這樣，菲德維用來對蜜莉姆造成影響的「王權發動」，在這一瞬間完全喪失效果。

＊

作戰成功，可喜可賀。

我很想讚揚大家的努力奮鬥，但蜜莉姆的暴走狀態還沒解除。

要求她破壞神樹的命令已經解除，然而接下來還有問題尚須解決。

再這樣打下去，光是戰鬥餘威就會對薩里昂造成重大災害。

得趕緊換個地點……可是薩里昂周邊還有烏格雷西亞共和國等地區，海洋對岸又有雷昂的國家。

走反方向則是西方各國，若要挑能把災害控制在最小程度的路線，走海路將她帶往荒蕪大地或許會是最佳答案。

雖然會對達格里爾的支配領域造成影響，現在大概也不用管這些了。

只是，我不想危害到當地居民，所以疏散工作一定得做好。

這種時候就靠蒼影了。

『蒼影，我現在打算把蜜莉姆引誘到荒蕪大地，但不想危害到達格里爾的人民。你辦得到嗎？』

我跟他講重點。

結果不出所料，得到所期待的答覆。

『請放心交給我。早就料到會有這種情況所以留下「分身」，立刻就能行動。』

不愧是蒼影，真是專業人士。

無懈可擊。

一般來說誰也不可能「料到會有這種情況」，若是蒼影就能接受。
這下再次見識到蒼影這個男人有多能幹，換做平常我會覺得在變相酸自己，今天卻覺得很高興。
一整個充滿事情有希望的安心感，所以就交給他了。
正覺得放心的時候，忽然發生嚴重狀況。
時間停止了。
誰啊，這麼不識相沒事找事做！我心裡忍不住大有怨言。
不是，假如蜜莉姆也跟著停下來還沒問題，可是她還是照常行動。而且時間暫停期間世界的防禦力會歸零，導致暴走蜜莉姆變成極度危險的存在。
本來就已經夠可怕，現在更是一被碰到就完蛋。
在這裡戰鬥不是上策，能誘導她前往的地點又只有死亡沙漠。
搶在蜜莉姆大鬧之前吸引了她的注意是很好，可是如果就這樣開始誘導，拜託蒼影做的疏散避難又會來不及。
世界上沒幾個無人地點，更何況讓生態系遭到破壞也一樣是大問題。
「蜜莉姆，看我這邊！」
我如此大叫吸引蜜莉姆的注意，反正先移動再說。
雖然狀況發展成這樣有夠糟糕，總之我在「停止世界」裡與蜜莉姆打起空中格鬥戰。
要不是自己變得能夠對應暫停的時間，現在整件事已經玩完了。這點是值得感謝，可是在這種狀況下跟蜜莉姆開打真的很辛苦。
可以實際感受到我的體力不斷消耗。

相較之下，蜜莉姆的力量像是源源不絕，而且還在不斷增加中。

誰會先力盡倒下，清楚明白到用小學生程度的算術就能算出來。

繼續這樣下去會死棋。

世界崩壞進入倒數計時，我不願坐視不管，可是又不知道是誰搞鬼把時間暫停——

克蘿耶可以剔除在外。

雖然也有可能是金或維爾薩澤，但他們倆都能照常行動，這麼做似乎沒意義。

誰啦，沒事給我找這種麻煩……

菲德維嗎？

以整人行為來說是超有效沒錯，可是會挑在這種時候用嗎？

其實現在不是抓犯人的時候，然而為了設法解決現況，我很想揪出是誰在搞鬼。

就在這時——

『利姆路啊，聽得見嗎？』

維爾德拉用「思念網」找我說話。

正確來說，是經由「靈魂迴廊」傳遞「思念情報」。由於在「停止世界」當中幾乎無法使用需要魔素的技能，除了我們這種例外之外連互通消息都有困難。

應該說，原來維爾德拉也不受時間暫停的影響啊。

該說他果然厲害，還是理所當然……

『是是，聽得見啦。』

『悠哉什麼啊！跟你說我這邊的狀況，紫苑還有魯米納斯有危險了！阿德曼他們也陷入苦戰，因為沒人能對抗達格里爾的「時間停止」。』
『嗯？是達格里爾讓時間暫停的嗎？』
『唔嗯，正是如此。可能是想早早打完這場仗吧，達格里爾那傢伙就幹了這種好事！』
原來如此，犯人忽然就揭曉了。
他與紫苑等人打起來就表示果然跟我擔心的一樣，應該是全軍進行了「空間轉移」。這是無所謂，可見紫苑他們一定是夠賣力，逼得達格里爾拿出真本事。
「停止世界」除了用來淘汰弱者之外沒別的用處，但對於無法應對的對手來說卻是殺招。我也被這招對付過，只是沒想到竟然連達格里爾都會用。
好吧，這下該怎麼辦？
眼下有兩個問題。
一個是如果沒人去搭救，紫苑還有魯米納斯他們八成會全滅。
然後第二個問題就難了，也就是如何前往。
由於時間停止中的「空間轉移」必須放出「資訊體」掌握周遭環境，基本上不可能辦到。如果是肉眼可見範圍勉強還能轉移，但還不如自己過去比較快所以沒意義。
這是因為不分距離遠近，都必須干涉「資訊體」讀取位置座標資訊才能轉移。
反正都得讓「資訊體」來來回回，不如自己直接過去比較快。
以這次來說，就算現在趕去救援，還在慢慢前往魯貝利歐斯的路上，達格里爾大概就已經完全壓制該地了。
無論是我去，還是拜託維爾德拉去，結果都一樣。

更何況我正在應付蜜莉姆，要拜託的話只能找維爾德拉……

『維爾德拉，就算趕不上也沒關係，可以拜託你現在就去救人嗎？』

『就等你這句話！』

本來是想請維爾德拉擔任迷宮最終防衛人員。可是現在不是糾結這個的時候。

再來就剩如何前往，這時候只能靠氣勢——

『利姆路大人，與烏蒂瑪連上「思念」了。我把座標資訊傳送給維爾德拉大人。』

哦哦！

意想不到的是，這時迪亞布羅竟然加入對話。

《即使距離較遠，只要知道座標資訊，就算身處「停止世界」也有辦法進行「空間轉移」。烏蒂瑪人在現場，我借用她的感覺與認知獲得了資訊。》

原、原來如此？

換句話說，這也是因為跟我用「靈魂迴廊」相連所以辦得到？

《正是如此。》

它自信十足地如此斷言，但時間停止中的遠距離轉移，根本是犯規密技吧？

一般來說辦不到。

兩個能知覺到「停止世界」的人用「靈魂迴廊」相連，例外到都讓我無言了。

這下子，等於是什麼事都有可能發生。

但我不會客氣。

『烏蒂瑪，拜託妳了！』

『是！利姆路大人，交給我吧！維爾德拉大人，這樣就行了嗎？』

『唔嗯，辛苦了！咯啊哈哈哈，總算輪到我登場啦！』

維爾德拉的笑聲讓人好放心。

還有，迪亞布羅與烏蒂瑪他們變得能知覺到「停止世界」的事實，在目前的狀況發展下也讓我心裡非常踏實。

然後，感覺到維爾德拉進行了轉移——

世界再次恢復運作。

●

不負我的信任，維爾德拉似乎把事情搞定了。

這下我放心回到自己的作戰。

一邊引起暴走蜜莉姆的注意把她帶開，一邊飛往荒蕪大地。

傑西爾對付卡嘉麗等人的同時，感到氣憤難平。

本來覺得就是幾隻雜碎小角色，卻遲遲無法給予決定性傷害。這讓他控制不住怒氣。

不過，思維依然保持冷靜。

所以周遭發生了什麼狀況，他也知覺得一清二楚。

（怎麼可能，不敢相信……想不到龍皇女的力量竟能強到那種荒唐的地步……不，更重要的——）

札拉利歐的背叛才是問題。

不知道是什麼原因造成這種發展，總之現在就連札拉利歐都在協助敵人束縛蜜莉姆。

這問題可嚴重了。

對菲德維的忠誠心什麼的並不重要。

傑西爾視為問題的是，身在此地沒有自己人可以求助。

如果只有卡嘉麗等人，維持現況遲早可以打贏吧。

但如果連札拉利歐都與傑西爾反目成仇，到時候他想逃跑都有困難。

『菲德維，這跟當初說好的不一樣啊！』

傑西爾幾乎是用吼的，以「思念網」找菲德維發洩一肚子的怒氣。

經過一段沉默後，菲德維低聲回應：

『你說札拉利歐倒戈了……？』

『現在不是嚇呆的時候！再這樣下去老夫也有危險，要撤退了，你沒意見吧？』

傑西爾嘴上急急地說，已經著手準備撤退。

儘管面對不如自己的對手要撤退是奇恥大辱，這種小心謹慎，正是傑西爾能活到今天的原因。

否則他早在很久以前，就被蜜莉姆打得魂飛魄散了。

傑西爾握緊神祖血槍(Origin Blood)，然後解放了至今不曾使用的力量。

神祖血槍威力強大。傑西爾雖然勉強讓它認自己為主子，但反抗力道也很強，濫用會反遭其害。

可是在這種時刻，這把究極武器值得依靠也是事實。結合其威力與傑西爾的權能，能夠化為就連大國也得從地表上蒸發的廣範圍血魔熱波(Evil Blood Wave)發揮猛烈威勢。

以原理而論，說穿了就和空爆燃燒彈一樣。

藉由引爆廣範圍散布的魔素來引發爆炸起火現象。

傑西爾從剛才到現在可不是在亂打一通。

其實他在閃躲蒂亞或希爾維婭的攻擊時，也悄悄往四面八方散布魔素。

而這些魔素已經擴散到充斥整個戰場，只要傑西爾一個念頭，隨時都能化作殺人如芥的地獄烈火。

（雖然以這幾個傢伙的實力，應該會撐過老夫的廣範圍血魔熱波。）

這招是對軍廣範圍技，缺乏對強者的決定性威力。但如果只是高階魔人等級，絕不可能從這波攻擊中生還。

廣範圍散布的魔素，已將薩里昂的魔法士團覆蓋得密不透風。此招一出會把札拉利歐的部下們也一併焚燒殆盡，不過傑西爾不在乎。這招正適合當成障眼法讓自己逃生，實行上不會有任何遲疑。

「你們這些無名小卒，親身體會老夫的偉大吧！」

傑西爾如此大叫，一口氣引爆廣範圍血魔熱波起火燃燒。

神樹陷入一片火海。

樹皮被超高溫燒得爆開。

上下左右展開陣形守護神樹的魔法士團，也霎時被大火吞沒。

站在傑西爾正面的希爾維婭、蒂亞與後方稍遠處的卡嘉麗也一樣反應不及，身陷火窟。
「嘿嘿嘿嘿！去死吧，妳們這些蟲子！到陰間去後悔不該反抗老夫吧。」
傑西爾放聲大笑，但也只能偷偷摸摸藏身於火焰中逃之夭夭。
…………………
…………
……
旺盛燃燒的火勢極猛，彷彿連大氣都能燒盡。
可是，傑西爾的氣息一消失的瞬間——
「真受不了，得感謝這混帳缺乏注意力才行。」
紅丸此話一出，所有烈焰頓時消失不見。
本以為會釀成嚴重慘劇，實際上一看卻發現災情輕微。
希爾維婭、蒂亞與卡嘉麗這三人，半塊皮都沒燒傷。
最有危險的魔法士團也全都平安無事。
儘管在瞬間遭受高溫烘烤的「魔導操騎」似乎有幾架騎體失去動力，活人肉體都受到保護，沒受到任何重傷。
至於看起來整棵起火燃燒的神樹，表面是有留下焦痕，每根樹枝都依然水嫩清新。這證明了它受到的傷害沒看起來嚴重，這點焦痕幾天就能復原。
「真是，要瞞過傑西爾操縱空氣可不簡單唷？」
「不愧是艾爾梅西亞陛下。一如我的期待，處理得十分恰當。」

紅丸爽朗地笑著，安撫討拍的艾爾梅西亞。

從這段話就知道，廣範圍血魔熱波造成的損害之所以如此輕微，是因為有紅丸暗地裡行動。

他的工作量超群出眾，稱為三頭六臂大顯神威都不為過。

果敢執行蜜莉姆制止作戰，同時幫助卡嘉麗等人對付傑西爾。再加上還察覺到傑西爾的企圖，為了阻止奸計而與艾爾梅西亞共同商議，防範災害於未然。

以傑西爾的權能擴散的魔素，正確名稱為血魔噴霧（Blood Mist），屬於可燃性的特殊物質。

吸血鬼族有時會利用它來出招，而這也是神祖血槍的權能之一。

雖然極其微弱，紅丸確實嗅到了不同於天然成分的魔素氣味。他以精密的「魔力操作」看穿這點，因而察覺到傑西爾在暗中搞鬼。

其實除了紅丸之外，還有一人也察覺到異狀。

就是希爾維婭。

儘管她即刻察知危機將至，但想不到能如何因應。如果派人儘量疏散群眾或許可以逃過一劫，然而還是會有人受害。而且一旦自己這邊輕舉妄動，又怕傑西爾會提前下手。

這樣一來可想而知受災範圍會更大，她不知道該如何是好，於是找紅丸商量此事。

早就察覺到異狀的紅丸，這才正確掌握實際情形。

這已經算得上是洞察機先，但不代表想得出解決辦法。

最後，答案自天而降。

《以艾爾梅西亞的究極技能「風天之王伐由」單一收集血魔噴霧，再用究極技能「陽焰之王天照」

只焚燒魔血即可。》

紅丸一聽，立刻毫不懷疑地付諸實行。

世界上有些事情，不要深究比較好。

紅丸和利姆路接起「虛無崩壞」能量迴路的時候，已經聽過這個「聲音」。但他裝作渾然不覺，選擇全盤接受。

（萬事依照利姆路大人的心意——就是這樣。只要這個天之聲的行動是為利姆路大人謀福利，我坦然服從就是了。）

紅丸毫不猶豫地下判斷，在表裡兩方面賣力表現。加上艾爾梅西亞她們答應幫忙，這次又再度跨越了難關。

就這樣，紅丸、希爾維婭與艾爾梅西亞大展身手，粉碎了傑西爾的奸計。

雖然讓傑西爾溜走，但紅丸判斷他們目前沒有多餘力量可以強求什麼，因此這就是最好的結果。

所有事情就這樣順利收尾的瞬間，紅丸倒下了。

確認傑西爾已經逃走後，精神就鬆懈了。

可能早就料到此事，蒼影第一個上前扶住他。

「這也怪不了他，畢竟都立下這麼大的功勞了。」

艾爾梅西亞看著昏倒的紅丸，眼中充滿敬意，語氣也十分溫柔。

對艾爾梅西亞來說，紅丸可是解救薩里昂於災難的英雄。她知道紅丸盡了多大的心力，會有這種反應很合理。

只是，紅丸可以休息，艾爾梅西亞還有正事要辦。

最重要的事情，就是跟札拉利歐以及他仍然健在的軍團做協調。

艾爾梅西亞既憂愁又擔心。

傑西爾的逃亡使得戰場暫時轉為平靜。

兩方陣營現在形成等待對方表態的狀況——而艾爾梅西亞也在猶豫是否該回到先前的交戰狀態。

紅丸的行動是針對傑西爾的攻擊使其失效，因此對札拉利歐的軍隊並未造成損害。

換言之，雙方戰力與其說勢均力敵，其實是薩里昂軍略居劣勢。

基層士兵倒還不成氣候，唯獨兩名敵將著實棘手——她為此煩惱透頂。

真要說起來，敵軍願不願意接受停戰也很難說。

艾爾梅西亞模擬種種可能性，用超高速動腦思考——

但還沒想出結論，煩惱就迎刃而解。

●

達利斯與妮絲，扮演統整札拉利歐軍的角色。

他們的幾名心腹，都在先前的妖死族寄宿競爭中落敗，自我消滅殆盡。憑座天使（Throne）級意志還太薄弱。

分明歷經了那麼漫長的戰鬥……不，其實正好相反。

正因為長久以來生活一成不變，只是一再重複相同的作為，才導致「靈魂」磨損、自我日漸薄弱。

這也說得上是札拉利歐擁有武人性情的原因之一。

形成對比的，就是歐貝拉的軍團。

這支軍團擁有強烈的同袍意識，眾將士無不仰慕歐貝拉。

雖然戰死者眾多，副官也只剩下歐瑪一個，但個個都是能為歐貝拉賭命的勇猛戰士。

相較之下，札拉利歐的軍團則是紀律嚴明有如戰爭機器的軍隊。其中不需要自我，塑造出只要做個齒輪聽命行事就能打下戰果的環境。

因此札拉利歐沒幾個真正的夥伴，如今更是只剩達利斯與妮絲二人。

這兩人此時來到札拉利歐身邊，向他問道：

「那個叫紅丸的男人不知是出於何種想法，似乎連我們也一起保護了。現在戰鬥被迫暫時中斷，要再開始進攻嗎？」

「札拉利歐大人，這樣好嗎？如此豈不是等於背叛菲德維大人？」

達利斯公事公辦，語氣平淡地做確認。

妮絲則是顧慮到札拉利歐的心情，拐彎抹角地詢問今後的方針。

儘管兩人詢問的方向性截然不同，札拉利歐覺得這樣才有趣味。

（意外地還是會培養出個性呢。）

札拉利歐以往從沒放在心上，現在才發現兩名副官也有自己的意見。這項事實，讓札拉利歐覺得很高興。

「呵，看你們正經八百的。」

「「──唔！」」

看到札拉利歐露出笑容，達利斯與妮絲大感驚愕。
震驚到好像天要塌下來了。
有這種反應很合理，因為在他們的記憶中，札拉利歐從來沒笑過。
「札、札拉利歐大人？」
「莫非這也是某種計謀？還是說，您在試探我們？」
札拉利歐舉手制止動搖的兩名副官，懇切地說：
「冷靜點。我只是覺得這場仗沒必要繼續打下去了。」
「您說什麼！」
這成了札拉利歐親口正式說出的停戰宣言。
達利斯大吃一驚，但沒提什麼反對意見。他坦然從命，向全軍傳達命令。
「還有，妮絲，不是我背叛菲德維。正好相反，是那傢伙奪走我的自由意志，損害了我作為朋友對他的信賴！」
札拉利歐平靜中帶著怒氣，把話講開了。
這成了訣別的宣言。
「那麼，今後就要和菲德維大人……」
妮絲戰戰兢兢地回問，札拉利歐重重地點頭。
「沒錯。我呢，已經決定與菲德維分道揚鑣了。」
聽到這句發言，不只妮絲，連達利斯也倒抽一口氣。
札拉利歐接著說：

「你們很幸運，沒有獲得究極技能，也沒被施加究極賦予，守住了自由的自我意志。你們可以繼續追隨我，也可以去投奔菲德維。給你們片刻時間，隨你們決定吧。」

突然被要求決定這種事，達利斯與妮絲變得六神無主。

「您、您是說您不要吾等了？」

「難、難道是我做錯了什麼事嗎？」

他們驚慌地這麼說，但札拉利歐安撫他們。

「沒有。只是因為我也從支配獲得解放，才重新體會到自由的寶貴。你們也該試著放眼看看這美麗的世界才對。」

兩人一聽，重新環顧四周。

天空澄澈無雲，美得彷彿剛才的紛爭都是一場幻覺。

受到保護躲過蜜莉姆威脅的神樹，儘管樹皮焦痕顯眼仍雄壯地高聳入雲。枝椏彷彿頭頂青天般大幅擴展，青翠巨大的樹葉繁密茂盛。

清風徐來，吹拂著聚集在樹葉上的札拉利歐等人。

那涼爽的自然氣息，好像能吹散至今的陳舊思維。

「我們和敵對已久的蟲魔族，現在也處於休戰狀態。本來看在朋友一場才答應聽從菲德維的命令，但那傢伙的所作所為已讓我忍無可忍。我已決定尋找新的人生方向。」

札拉利歐如此告訴兩人。

他明確地宣布，不會容忍不顧情義的行為繼續服從命令。

再說，札拉利歐雖是武人，但也沒那興趣到處尋找新的敵人。只是出於必要才持續投身戰場，並沒有把戰鬥視為人生意義。

被強制戰鬥這麼多年，或許是該放眼其他事物了。札拉利歐做如此想。

而這話也引起兩名副官的共鳴。

「──其實，吾自從寄宿於妖死族之後，也開始有許多新想法。總覺得這具肉身似乎蘊藏著某人的意志，如果可以，吾也早就想發掘戰鬥以外的興趣了。」

達利斯有些遲疑，但仍說出心底話。

這樣很好啊──札拉利歐點點頭。

「我沒有什麼特別的想法。只願跟以往一樣，繼續追隨札拉利歐大人。」

妮絲的意志堅定不移。

她向來貫徹同一份心願，那就是成為札拉利歐的力量。

「我准。」

札拉利歐答應了這個請求。

雖然他決定今後要活得自在，不過會負責任。絕不會棄仰慕他的人或追隨他的部下於不顧。

「既然如此，那吾也……」

「這樣好嗎？我不會阻止你發掘興趣喔。」

「呵呵呵，發掘興趣自然有它的樂趣，但不用著急。就等大家都安頓下來再好好享受吧。」

那樣也不錯呢──札拉利歐心想。

他們還有很長一段人生要走。慢慢重新審視自己該做的事也不是件壞事。

只不過──

為此，必須先將世界導向和平。

「既然如此，我們的下一個目標也確定了。」

世界是如此美麗。

可是，菲德維卻對它不屑一顧。

到了這個階段，菲德維已經成了真正的世界亂源。

身為朋友不能對這種暴行坐視不管——札拉利歐如此心想。

「聽著！敵人是菲德維！我們要摧毀他受困於痴心妄想的野心，讓世界恢復安定！」

『「「遵命！」」』

札拉利歐的軍團，總是如同齒輪機器般擁有共同目的。

這次也是，今後方針就這樣獲得全場的一致同意。

在札拉利歐一聲令下，全體將兵一齊解除武裝。

「我認為繼續戰鬥下去沒有意義，不知閣下覺得呢？」

札拉利歐隻身前去會見艾爾梅西亞，如此陳述意見。

艾爾梅西亞聽了，也表示同意。

「我也有同感。看來這場戰爭你並非出於情願，那就當作兩敗俱傷，收起干戈吧。」

艾爾梅西亞的發言，等於是宣稱不追究戰爭責任。

身為一名為政者，或許應該向侵略者盡力索賠才對，但艾爾梅西亞為了強行結束戰爭，還是做了這項提議。

各王室都支持這項決定。
不，是非得支持不可。
因為事實上，戰爭繼續持續下去有導致滅國之虞。
魔法士團雖然蒙受嚴重損害，但「魔導操騎」可以修好。可是如果繼續爭戰不休，必然造成大量將士為國捐軀。
人力損失無法用金錢彌補，屆時國家戰力低落將無可避免。既然可以料到菲德維挑起的動亂方興未艾，就絕不能在這種時候浪費戰力。
幸運的是，沒有一名指導者蠢到不懂這個道理。
沒人對天帝的決定有異議，都贊成這項提案。
於是經過艾爾梅西亞與札拉利歐的高峰對談，停戰協定就此締結。
緊接著，雙方宣布將建立聯合戰線。
就這樣，目前札拉利歐軍會暫時駐留在薩里昂，準備因應勢必來臨的史上最大危機。

●

彷彿從天上俯瞰萬物，菲德維掌握了整個戰場的狀況。
「札拉利歐竟然會背叛我……」
這對菲德維來說是一大打擊。
札拉利歐是他的少數心腹之一兼長年老友，菲德維從來不曾想像過他會退出。

所以，這逼瘋了他。

先是失去米迦勒，接著又遭到札拉利歐背叛。

要等到失去之後，才知道他們對自己來說有多重要。

（連你都要棄我於不顧嗎？既然如此，我也不再迷惘。就拿我的生命做賭注，證明神的存在吧！）

菲德維的心靈，更進一步扭曲失常。

不為人知地瘋狂到無可挽回的地步。

「菲德維，你打算怎麼做？」

威格這麼詢問。

這傢伙倒是悠哉得很。

不打算負任何責任，只為了個人目的與享樂，活得自由不羈。

菲德維望向威格，露出空洞無神的微笑。

「呵，一切都如同預定計畫。」

「可是啊，原本不是說蜜莉姆會揍倒那棵巨樹嗎？」

「那件事成功與否都不重要。之後再破壞也行。」

儘管札拉利歐的退出不在預定計畫內，但菲德維的計畫本身沒出差錯是事實。因此，他自信依舊。

命運的時刻即將到來。

心中僅剩的少許猶豫，也在遭到札拉利歐背叛的怨念下消失。

如今的菲德維，變得只剩下唯一目的作為原動力。

因此，他再也不會停止前進。

「威格，我要你跟迪諾搭檔，前去攻略迷宮。」

「哦？終於輪到本大爺登場了嗎！」

威格愉快地嗤笑。

菲德維眼睛一望去，在一旁待命的舞衣也站起來。由於威格他們沒拿到「鑰匙」，因此出不了「天星宮」。至於舞衣則拿到了「鑰匙」的複製品，可以用「瞬間移動」送威格他們過去。

附帶一提，菲德維手上也有一份從異界通往「天星宮」的「鑰匙」，但從「天星宮」通往地表「天通閣」的「鑰匙」——「真鎖」就只有維爾薩澤持有。

不過，其實菲德維等人持有的「鑰匙」也已將基軸世界登錄其中，省去了移動的不便。像舞衣更是複製的「鑰匙」就直接包含在究極賦予中，可以從任何地點直接移動到「天星宮」。

迪諾等人也領到了這種「鑰匙」，然而他們不怎麼開心。

「咦？我也要嗎？」

迪諾這次照樣顯得很不樂意，但沒人理他。

維爾德拉這個最強戰力如今從迷宮離開，可以說正是天賜良機。不管迪諾說什麼，都不會改變這個決定。

「你就期待好消息吧。」

留下這句話，威格漸漸走遠。

舞衣走在前頭領路，後面是垂頭喪氣的迪諾，皮可與卡拉夏也只差沒搖頭嘆氣，與他們結伴同行。

就這樣，寂靜造訪「天星宮」。

剩下菲德維一個人笑得十分開懷。

那是帶有某種癲狂的放聲大笑。

繼而菲德維俯視地表後，自己也展開行動完成最後一道工程。

終章

利姆路消失

Regarding Reincarnated to Slime

我一面誘導蜜莉姆一面往荒蕪大地前進，忽然間有種不祥的預感。

突然有個討厭的念頭。

也就是──我現在採取的這一切行動，會不會都是照著菲德維的計畫走？

恐怕是因為經常被希爾大師的意圖牽著鼻子走，才能察覺到這種徵兆。

不，或許只是自己在亂猜……

但目的地受到單一限制，使我對目前整個狀況產生疑問。

要誘導的話必然只有那裡──「天通閣」可去。

畢竟那可是內部堅固耐打到連米迦勒的攻擊都能完封的神明遺物，周遭的死亡沙漠也符合不讓蜜莉姆造成更多傷亡的目的。

雖然對達格里爾過意不去，但雙方現在是敵對關係也算得剛好。因為這下就不會良心不安。

不，是會不好意思，也會覺得畢竟雙方現在是敵對關係嘛。所以可以看開當成迫不得已。

因此如果要誘導蜜莉姆，「天通閣」就是唯一選擇，可是該不會菲德維早就料到這點了吧？

不，應該是我多心……

《……不至於吧。》

況且我不認為菲德維能比希爾大師想得更透徹。

就好比剛才的戰鬥，也是要有札拉利歐的協助才能立下奇功，他不可能連這都未卜先知。
再說假如他早就知道札拉利歐會倒戈，應該有比那更好的作法才是……
嗯——其實現在煩惱這些也沒用，總覺得心裡不大舒服。
結果，要怪我太愛胡思亂想嗎？
菈米莉絲忽然匯報一個壞消息。
『利姆路聽我說，大事不好啦！』
是是，我這邊也沒好到哪去啦——正要這麼回答，菈米莉絲搶先接著說：
『迪諾小弟弟他們攻打進來了！我們這邊已經開始迎戰，可是師父不在讓我很擔心耶！』
啊啊，感覺真的很不舒服。
那時如果沒拜託維爾德拉出馬，「停止世界」恐怕到現在都不會解除。達格里爾的力量與「龍種」並駕齊驅，我想應該能讓時間暫停相當久。
假如在那種狀態下讓暴走蜜莉姆恣意妄為，不但神樹早就被摧毀，也不知災禍還會殃及哪些地方。
所以我應該沒做錯判斷才對，可是……
『只能說妳加油吧。』
『拜託，我要聽的可不是這種答案好嗎？』
『不是，知道啦。可是啊，我現在也正拚命應付蜜莉姆耶……』
『而且也聯絡不上紅丸！所以你如果不早點回來，我這邊就傷腦筋啦。』
我聽出菈米莉絲內心的不安了。
之所以聯絡不上紅丸，應該是他過度勞累的關係。已經確認過他平安無事，看起來身體也沒出狀況，想必很快就會恢復體力。

『總之，麻煩妳努力再撐一下！』

『知道啦，但你真的要儘快回來喔……』

抱怨了一頓之後，與菈米莉絲的通訊終於結束。

真希望她可以多體恤一下我的辛勞。

不過，現在不是開玩笑的時候也是事實。

金與維爾薩澤的戰鬥不容他人介入，目前狀況不明。

然後迷宮遭人入侵，戰況可能會愈來愈激烈。

再加上蜜莉姆依然處於暴走狀態，要怎麼阻止連一點眉目都抓不到。

《只要有人能代為應付蜜莉姆一小段時間，就能用「王權發動」封住她的動作，只是……》

雖然從感性上難以接受，但在最糟的狀況下也沒得選擇。

說歸說，問題是沒有人能幫這個忙所以才在為難。

光是解除菲德維的命令，就害紅丸辛苦到昏倒了。就算要拜託他再來一次，恐怕也得等他恢復體力再說。

應該說從目前的狀況來看，就像是對方對我們兵來將擋，水來土掩。即使向來都是進攻的一方占優勢，真沒想到會被這樣單方面打好玩的。

儘管我也很想設法找機會反擊——看我這樣想東想西也許會以為很從容，其實蜜莉姆的猛攻根本讓我不敢鬆懈。

因為要誘導蜜莉姆，換句話說就是讓她追著打。

哪裡還有多餘心思管菲德維，我只能一邊拚了老命化解蜜莉姆的攻擊，一邊趕往「天通閣」。

然後那地方終於出現在眼前。

若是「天通閣」，應該夠抵擋蜜莉姆的攻擊。照我的預測，進到那裡面就會輕鬆一點。

然而可悲的是，不祥的預感總是特別容易成真。

「魔王利姆路，等你很久了。」

正跟蜜莉姆搏鬥時，一個聲音自天而降傳進耳裡。

那是降落到地表的菲德維充滿惡意的聲音。

「該死！就知道你在等這個！」

我忍不住嘖了一聲，但為時已晚。

還來不及考慮該怎麼辦，希爾大師已先急著警告：

《請火速撤退，立刻離開這裡！》

聽它反常的語氣就知道，不用懷疑狀況已是十萬火急。

與其說撤退，講得明白點就是「快逃」。

我也巴不得能這麼做，問題是辦不到。

因為正在跟蜜莉姆搏鬥啊。

也就是說，目前正是菲德維窺伺已久的良機。

糟透了。

我之所以不驚慌，是因為已經完全猜到之後的發展。

菲德維的下一步是——

「來吧，蜜莉姆！再次服從於我吧，『王權發動』——！」

啊啊，果然。

我從剛才煩惱到現在的最終手段，他竟然毫不猶豫直接實行。

蜜莉姆頓時渾身虛脫。照這樣子看來，應該是又被菲德維支配了。

她就此停止暴走是很好，但矛頭想也知道會轉向我——這就是下棋時所謂的將軍吧。

一旦變得必須同時對付菲德維與蜜莉姆，我就毫無勝算了。

「開什麼玩笑啊，你太卑鄙了！」

輸不起、敗犬的遠吠……隨便他怎麼想，讓我抱怨一句不為過吧。

菲德維蔑視這樣的我，發出嗤笑。

「太難看了吧，魔王利姆路。你會礙我的事，現在要請你退場。」

也許這話不是在嘲笑，而是承認我有本事。

之所以這樣說，是因為菲德維不敢與我一決勝負。

菲德維如今獲得蜜莉姆這一員大將，必然會趁現在二對一把我痛宰一頓——都已經做好這種心理準備了，事情意外地並未這樣發展。

「消逝於時空盡頭吧——『時空躍移激震霸』——！」

這現象還真眼熟。

就與不久前，讓維爾格琳小姐從這世界上消逝的是同一招——想到這裡，意識變得一片漆黑。

我就這麼被菲德維的「時空傳送」瞬移到無法確認是過去、未來還是現在的某個未知「地點」。

後記

第二十集總算完稿了。

事前明明說好這次不會拖稿，結果種種問題堆積如山而守不住截稿日；說實話是真的遇到困難。講得具體點，就是陷入瓶頸了。

精神上完全失去提筆的動力……應該說陷入場面還想得出來，然而一準備下筆寫成文章就變得精神渙散的狀況。

由於除了執筆創作書籍正篇之外還有很多工作擠在一起，這些工作耗掉太多氣力的確是原因之一。但就算是這樣，還是第一次嚴重失去寫作動力到這種地步。

不得已只好執行最終手段，也就是換個寫作環境。雖然心裡七上八下，還是決定前往東京享受飯店生活樂趣……咳咳，我是說入住飯店一陣子，度過閉關創作的生活。

當然是自掏腰包。

沒有啦，其實出版社表示願意出錢，但我怕那樣會更有壓力好像非生出稿子不可，心情上會有點不自在。主要是怕到時候還是寫不出來，也不想再把自己逼得更緊，於是就婉拒了。

結果一反之前連續三個月寫不出來的狀態，每天一字不少地達成進度，順利完稿。

環境果然很重要呢。即使知道讓生活有規律，調整執筆節奏比什麼都來得重要，有時候還是很難辦到……

Kadokawa
Fantastic
Novels

關於我轉生變成史萊姆這檔事 20

（原著名：転生したらスライムだった件 20）

2023年9月27日　初版第1刷發行
2024年7月29日　初版第2刷發行

作　者：伏瀨
插　畫：みっつばー
譯　者：可倫

發行人：台灣角川股份有限公司
總　監：呂慧君
總編輯：蔡佩芬
主　編：林秀儒
編　輯：楊芫青
設計指導：陳晞叡
美術設計：宋芳茹
印　務：李明修（主任）、張加恩（主任）、張凱棋、潘尚琪

發行所：台灣角川股份有限公司
地　址：104台北市中山區松江路223號3樓
電　話：（02）2515-3000
傳　真：（02）2515-0033
網　址：www.kadokawa.com.tw
劃撥帳戶：台灣角川股份有限公司
劃撥帳號：19487412
法律顧問：有澤法律事務所
製　版：尚騰印刷事業有限公司
ISBN：978-626-352-898-7

國家圖書館出版品預行編目(CIP)資料

關於我轉生變成史萊姆這檔事/伏瀨作；可倫譯. --
初版. -- 臺北市：臺灣角川股份有限公司, 2023.09-
冊；　公分. -- (Kadokawa fantastic novels)
譯自：転生したらスライムだった件
ISBN 978-626-352-898-7(第20冊：平裝)

861.57　　　112011239

感謝飯店人員對我的多方照顧。住起來真的很舒服，都不想回家了。

I責編一臉認真地說：「我看你乾脆別回去了吧？」聽起來完全不像在開玩笑……

我想I責編八成是認真的，只好努力避免那種狀況發生了（苦笑）。

暫居東京期間有幸與其他作家見面，發現也有人一樣陷入瓶頸。似乎有很多人的情況是因為新冠疫情的關係無法外出，導致精神受到嚴重傷害。

應該有很多人受到疫情影響而以在家工作為主，像我一樣不擅長自我管理的人，也許或多或少都經歷過類似的痛苦。

遇到這種情況，最重要的就是轉換心情喔！

請大家也要記得讓自己喘口氣，不要給自己太大壓力。

但願拙作《關於我轉生變成史萊姆這檔事》能對各位的心靈安定發揮一點功效。我會繼續努力往完結篇邁進。

那麼下集見！